JACK HIGGINS

Mitternachtsjäger

Roman

Aus dem Englischen
von Hans Schuld

WILHELM HEYNE VERLAG
MÜNCHEN

HEYNE ALLGEMEINE REIHE
Band-Nr. 01/13866

Die Originalausgabe
MIDNIGHT RUNNER
erschien 2002 bei G. P. Putnam's Sons

Umwelthinweis:
Dieses Buch wurde auf
chlor- und säurefreiem Papier gedruckt.

Redaktion: Claudia Alt

3. Auflage

Deutsche Erstausgabe 05/2003

Der Wilhelm Heyne Verlag ist ein Verlag der
Ullstein Heyne List GmbH & Co. KG
Printed in Denmark 2003
Umschlagillustration: Picture Press/Corbis/Skoogfors/Turnley
Umschlaggestaltung: Nele Schütz Design, München
Gesetzt aus der Minion
Satz: Pinkuin Satz und Datentechnik, Berlin
Druck und Bindung: Nørhaven Paperback A/S, Viborg
ISBN 3-453-87260-6

http://www.heyne.de

Der Tod reitet um Mitternacht

Arabisches Sprichwort

Der Anfang

1

Daniel Quinn trug einen typisch irischen Namen, was er seinem Großvater verdankte, der als junger Katholik aus der Provinz Ulster an der Seite von Michael Collins gegen die Engländer gekämpft hatte.

Im Jahr 1920 musste er nach Amerika flüchten, da eine Belohnung auf seinen Kopf ausgesetzt worden war. Er hatte in New York und Boston auf dem Bau gearbeitet und war als Mitglied der geheimsten irischen Gesellschaft, der Irish Republican Brotherhood, zunehmend mächtiger geworden, sodass die Arbeitgeber allmählich gelernt hatten, ihn zu fürchten. Innerhalb eines Jahres war er selbst zum Unternehmer geworden und auf dem besten Weg zum Millionär.

Sein Sohn Paul, der 1921 geboren wurde, war von Kind an besessen vom Fliegen und gab 1940 aus einem Impuls heraus sein Studium in Harvard auf, reiste nach England und trat unter dem Namen seines Vaters als amerikanischer Freiwilliger in die Royal Air Force ein.

Sein Vater war, schon aufgrund seiner antibritischen Haltung, zuerst entsetzt, dann aber doch stolz auf ihn gewesen. Paul hatte als Kampfpilot an der Luftschlacht um England teilgenommen, ein Fliegerkreuz erhalten, war 1943 zur amerikanischen Luftwaffe gewechselt und mit einem weiteren Orden ausgezeichnet worden, doch 1944 wurde er über Deutschland abgeschossen. Die deutschen

Chirurgen hatten ihr Bestes getan, aber er war danach nie wieder derselbe.

Sein Vater hatte im Krieg Millionen verdient, und als Paul Quinn 1945 aus der Gefangenschaft zurückkehrte, übernahm er wegen seiner angeschlagenen Gesundheit einen Anwaltsposten in der Rechtsabteilung des Familienunternehmens in Boston, wo er im Grunde kaum etwas zu tun hatte. Er heiratete, und 1948 kam sein Sohn Daniel zur Welt, dessen Mutter bei der Geburt starb.

Daniel, der ebenfalls nach Harvard ging, um Wirtschaftswissenschaften und Unternehmensführung zu studieren, war ein brillanter Kopf und hatte bereits mit einundzwanzig seine Abschlüsse in der Tasche. Der logische nächste Schritt wäre es gewesen, in den Konzern seines Großvaters einzutreten, zu dem inzwischen Immobilien, Hotels und Freizeiteinrichtungen im Wert von etlichen hundert Millionen gehörten, aber sein Großvater hatte andere Vorstellungen: Er wollte, dass sein Enkel promovierte und anschließend in die Politik ging, wo er eine glänzende Zukunft für ihn voraussah.

Doch oft genügen Kleinigkeiten, um einem Leben eine andere Wendung zu geben. Als der alte Mann eines Abends im Fernsehen das Gemetzel in Vietnam sah, erklärte er missbilligend: »Dabei haben wir dort überhaupt nichts verloren.«

»Aber das ist nicht der Punkt«, erwiderte Daniel. »Wir sind nun einmal dort.«

»Na, du nicht, Gott sei Dank.«

»Du findest also, wir sollen die Sache den jungen Farbigen, die sowieso nie eine Chance hatten, den Arbeitern und den Latinos überlassen? Sie werden zu tausenden abgeschlachtet.«

»Das ist nicht unsere Angelegenheit.«

»Vielleicht sollte es das aber sein.«

»Verdammter Narr«, schimpfte sein Großvater aufgebracht. »Mach bloß keinen Blödsinn, hörst du?«

Am folgenden Morgen meldete sich Daniel Quinn bei einer Rekrutierungsstelle der Armee. Er begann bei der Infanterie, wechselte dann zur Luftwaffe, und sein erster Einsatz als Fallschirmjäger endete mit einer Kugel in der linken Schulter, was ihm ein Purple Heart und ein vietnamesisches Tapferkeitskreuz einbrachte. Während des Heimaturlaubs betrachtete sein Großvater die Uniform und die Orden und protestierte noch ein wenig, aber letztlich gewann sein irischer Stolz doch die Oberhand.

»Trotzdem behaupte ich immer noch, dass wir dort nichts zu suchen haben«, erklärte er und musterte das gebräunte Gesicht seines Enkels, in dessen Augen er etwas entdeckte, was er zuvor nie gesehen hatte.

»Und ich sage dir noch einmal: Wir sind aber nun einmal dort, also müssen wir unseren Job auch ordentlich machen.«

»Was ist mit einer Beförderung zum Offizier?«

»Nein, Großvater, Sergeant ist in Ordnung.«

»Du bist verrückt.«

»Ich bin Ire, nicht wahr? Wir sind doch alle ein bisschen verrückt.«

»Schon wahr. Wie lange hast du Urlaub?«

»Zehn Tage.«

»Und danach geht es gleich wieder zurück?«

Daniel nickte. »Ich wechsle zu den Special Forces.«

Der alte Mann runzelte die Stirn. »Was ist das?«

»Es ist besser, wenn du darüber nichts weißt, Großvater, glaub mir.«

»Nun, dann versuch wenigstens, dir eine schöne Zeit zu machen, solange du hier bist. Triff dich mit ein paar Mädchen.«

»Mach ich.«

Das tat er auch, und nach seinem Urlaub erwartete ihn wieder die grüne Hölle von Vietnam, wo die Luft erfüllt war vom beständigen Dröhnen der Helikopter, wo überall ringsum Tod und Zerstörung herrschten und alle Wege unvermeidlich nach Bo Din führten und zu seiner persönlichen Verabredung mit dem Schicksal.

Daniel Paul Quinn war mit einem Sanitätshubschrauber unterwegs zum Camp Four, das im Norden des Mekong-Deltas tief im Dschungel lag und eine Basis für Einsätze der Special Forces weit hinter den feindlichen Linien bildete. Quinn war dorthin versetzt worden, nachdem die dort stationierte Truppe ihren Master Sergeant verloren hatte.

Die Besatzung des Helikopters bestand aufgrund der angespannten Situation lediglich aus einem Piloten und einem jungen Sanitäter namens Jackson, der gleichzeitig als Bordschütze fungierte. Jackson saß an dem schweren Maschinengewehr und spähte zur offenen Tür hinaus. An den schilfbewachsenen Ufern des Flusses, der sich durch Reisfelder und weites Sumpfland schlängelte, lag hier und da ein Dorf, doch ein monsunartiger Regen, der wie ein grauer Vorhang herabprasselte, machte es schwierig, etwas zu sehen. Der Hubschrauber ging etwas tiefer, als die Sicht immer schlechter wurde.

Irgendwo gab es plötzlich eine Explosion. Der Pilot flog eine Kurve, und sie erblickten ein kleines Dorf am Fluss. Überall loderten Flammen, und die Bewohner drängten sich in Fischerbooten, um zu flüchten. Quinn entdeckte einige Vietcong in den typischen schwarzen Kitteln mit Strohhüten, hörte das charakteristische Knattern ihrer Kalaschnikows und sah, wie die Menschen aus den Booten ins Wasser stürzten.

Als der Helikopter näher kam, rissen die Vietcong ihre Waffen hoch und feuerten. Jackson antwortete mit einer Salve aus seinem schweren Maschinengewehr.

»Herrgott, nicht!«, rief Quinn. »Sie erwischen doch auch die Zivilisten.«

»Wir sollten besser verschwinden«, rief der Pilot und wollte abdrehen. »Das ist Bo Din. Hier wimmelt es von Vietcong.«

In diesem Moment sah Quinn die Missionsstation mit der winzigen Kirche am Rand des Dorfs und die kleine Gruppe von Menschen im Hof.

»Eine Nonne mit einem Dutzend Kindern«, sagte Jackson.

Quinn packte den Piloten an der Schulter. »Wir müssen runter und sie holen.«

»Wir können von Glück sagen, wenn wir mit heiler Haut wegkommen. Schauen Sie mal auf die Straße.«

Mindestens fünfzig Vietcong schwärmten zwischen den Häusern auf die Missionsstation zu.

»Der Hof ist zu klein. Ich müsste auf der Straße landen, und das geht nicht.«

»Okay, setzen Sie mich ab, dann machen Sie sich vom Acker und holen schleunigst Verstärkung.«

»Sie sind verrückt!«

»Wir können diese Frau und die Kinder nicht im Stich lassen. Tun Sie's einfach!«

Er stopfte Leuchtkugeln und Granaten in seine Tarnjacke, schlang sich einen Gurt mit einigen Magazintaschen um den Hals und griff nach seinem M 16. Jackson gab eine Salve auf die Straße ab, was die Vietcong auseinander trieb und etliche tötete. Der Hubschrauber ging fast bis zum Boden runter, und Quinn sprang hinaus.

»Ich schätze, ich bin genauso verrückt«, meinte Jackson und folgte ihm. Er umklammerte ein M 16, hatte einen Gürtel mit Munitionstaschen um den Hals hängen und seine Verbandstasche über der Schulter. Wütend feuerten die Vietcong auf die beiden Amerikaner. Quinn und Jackson rannten zum Eingang des Hofs, wo die Nonne ihnen entgegenkam.

»Zurück, Schwester«, rief Quinn. »Zurück.« Er nahm zwei Granaten aus der Tasche und drückte Jackson eine in die Hand. »Gemeinsam.«

Sie zogen die Stifte, zählten bis drei und warfen. Die Explosionen waren ohrenbetäubend. Eine Reihe von Vietcong blieb liegen, der Rest zog sich vorerst zurück. Quinn wandte sich zu der Nonne um. Sie war Anfang zwanzig, trug einen weißen Habit und hatte ein blasses hübsches Gesicht. Als sie sprach, hörte man, dass sie Engländerin war.

»Gott sei Dank, dass Sie gekommen sind. Ich bin Schwester Sarah Palmer. Pater da Silva ist tot.«

»Leider sind wir nur zu zweit, Schwester. Der Hubschrauber ist weitergeflogen, um Hilfe zu holen, aber Gott weiß, wie lange das dauern wird.«

Jackson bedeckte die Straße mit einer Salve. »Verdammt, was sollen wir machen? Wir können uns hier nicht halten, es sind zu viele.«

Die Mauer, die den Hof umschloss, war im Lauf der Jahre brüchig geworden und teilweise eingestürzt. Dahinter sah man gut drei Meter hohe, ausgedehnte Schilffelder.

»Bringen Sie alle in den Sumpf«, befahl Quinn. »Los, jetzt gleich!«

»Und Sie?«

»Ich halte, solange es geht, die Stellung.«

Jackson widersprach gar nicht erst. »Dann wollen wir mal, Schwester.« Auch sie erhob keine Einwände.

Die Kinder waren aufgeregt und verängstigt, manche weinten. Quinn schaute ihnen hinterher, bis sie über die Mauer geklettert waren, dann nahm er eine Granate aus der Tasche und zog den Stift. Auf der Straße war das Brummen eines Motors zu hören. Er spähte nach draußen und sah einen zerbeulten Jeep herankommen. Hinter dem Fahrer standen zwei Vietcong an einem Maschinengewehr, das sie weiß Gott wo erbeutet hatten. Ihnen folgten weitere Kämpfer, die zu feuern begannen. Quinn warf im letztmöglichen Moment die Granate, die zielgenau in den Jeep fiel. In einer höllischen Explosion wirbelten Fahrzeugteile und zerfetzte Körper durch die Luft, und überall loderten Flammen.

Die restlichen Vietcong rannten um ihr Leben. Stille senkte sich herab, und nur noch das Prasseln des Regens war zu hören. Daniel Quinn wandte sich um, lief auf die zerfallene Mauer zu, kletterte hinüber und sprang ins Schilf, wo er kurz innehielt, um das Bajonett auf sein M 16 zu stecken, ehe er weiterrannte.

Schwester Sarah Palmer trug das kleinste Kind auf dem Arm, hatte ein zweites an der Hand und ermahnte die anderen, die ihr folgten, leise zu sein. Jackson bildete den Abschluss der Gruppe mit schussbereitem M 16.

Sie erreichten einen dunklen Teich, dessen Wasser ihnen bis zu den Oberschenkeln ging. Der Regen prasselte auf sie herab, und über der ganzen Gegend lag ein Nebelschleier.

»Wenn ich mich nicht irre, müsste dort drüben rechts eine Straße sein«, meinte Schwester Sarah.

»Und was nutzt uns das, Schwester? Sie werden uns über kurz oder lang aufspüren, aber um ehrlich zu sein, mache ich mir mehr Sorgen um Quinn. Es ist kein einziger Schuss mehr gefallen seit dieser Explosion.«

»Glauben Sie, er ist tot?«

»Das hoffe ich verdammt noch mal nicht.«

Plötzlich tauchte hinter Jackson ein junger Vietcong aus dem Schilf auf und versetzte ihm einen Bajonettstich unter das linke Schulterblatt, der sein Herz nur um Zentimeter verfehlte. Jackson sank mit einem Aufschrei in die Knie. Am anderen Ende des Teichs erschienen drei weitere bewaffnete Vietcong, ebenfalls sehr jung; einer war sogar ein Mädchen.

Schweigend und mit undurchdringlichen Mienen beobachteten sie, wie Jackson sich auf sein M 16 stützte und aufzustehen versuchte, als ein wilder Schrei die Stille zerriss. Quinn brach aus dem Schilf und erschoss die drei am gegenüberliegenden Teichufer. Der vierte, der hinter Jackson gelauert hatte, stürmte auf ihn zu, aber Quinn wandte sich hastig um und erstach ihn mit seinem Bajonett.

»Wie schlimm ist es?«, fragte er und legte einen Arm um Jackson.

»Unkraut vergeht nicht. Tut allerdings verflucht weh. In meiner Tasche ist Verbandszeug, ich denke aber, wir sollten besser erst mal hier verschwinden.«

»Stimmt«, nickte Quinn. »Schwester, gehen Sie voran.«

Nach einiger Zeit stießen sie auf eine kleine runde Insel, die Platz genug für alle bot. Jackson setzte sich, und Quinn riss seine Jacke an der Stelle auf, die das Bajonett zerfetzt hatte.

»Verbandszeug in der Tasche?«

»Lassen Sie mich das machen, Sergeant«, sagte Schw ter Sarah Palmer.

»Können Sie so was, Schwester?«

Sie lächelte zum ersten Mal. »Ich bin Ärztin. Unser Orden, die Kleinen Schwestern der Barmherzigkeit, widmet sich vor allem der Krankenpflege.«

Hinter dem Schilfgürtel hörte man zahlreiche Stimmen, die wie das Geheul von Füchsen klangen. »Sie kommen, Sarge.« Jackson umklammerte sein Gewehr und beugte sich vor, während sie begann, ihn zu versorgen.

»Ja, sie kommen. Ich muss sie aufhalten.«

»Wie wollen Sie das machen?«, fragte Schwester Sarah.

»Ein paar von ihnen töten.« Quinn nahm einige Signalkugeln aus seiner Tasche und reichte sie Jackson. »Wenn rechtzeitig Hilfe kommt und ich noch nicht zurück bin, warten Sie nicht auf mich.«

»O nein, Sergeant«, sagte Schwester Sarah.

»O doch, Schwester.« Damit wandte er sich um und verschwand im Schilf.

Er hätte sein Bajonett benutzen und lautlos töten können, aber das hätte nicht die Panik verursacht, die er auslösen wollte. Lediglich durch Zufall entdeckte er zuerst zwei Vietcong, die auf einer Anhöhe standen, von der aus sie den Sumpf überblicken konnten. Ihre Köpfe und Schultern ragten über das Schilf hinaus. Quinn erschoss beide aus hundert Meter Entfernung.

Vögel erhoben sich, und aus verschiedenen Richtungen erklangen wütende Stimmen. Quinn ging weiter und stieß auf einen Mann, der durch einen Graben watete. Er erschoss ihn ebenfalls und kam schließlich zu einem anderen Teich, wo er sich ins Schilf kauerte. Bei den Special Forces hatte jeder möglichst fließend ein paar vietnamesische Ausdrücke gelernt, was in solchen Situationen ganz nützlich war. Er gab einen Schuss ab.

»Hierher, Genossen, ich hab ihn.«

Er wartete ein wenig und rief erneut: »Kommt her, ich hab ihn!« Einige Augenblicke später tauchten drei Männer auf und wateten vorsichtig durch das Schilf.

»Wo bist du, Genosse?«

Quinn nahm seine letzte Granate und zog den Stift. »Hier bin ich, ihr Dreckskerle«, schrie er auf Englisch und warf sie in ihre Richtung. Schreiend versuchten sie zu fliehen, doch es war längst zu spät.

An dem schrillen Stimmengewirr, das nach der Explosion von allen Seiten ertönte, merkte er, dass mittlerweile die gewünschte Panik ausgebrochen war. Als er weiterging, stieß er auf eine Straße und sah etliche Vietcong vorbeirennen. Hastig zog er sich ins Schilf zurück, doch plötzlich hörte er in der Nähe das Dröhnen eines Rotors. Inzwischen war das Licht immer schwächer geworden, und aufgrund des tropischen Regens herrschte beinahe bereits Dunkelheit. Eine Leuchtkugel schoss in die Luft. Ehe sie erlosch, sah er dreihundert Meter entfernt einen Huey-Cobra und hörte in der Nähe weitere Helikopter. Verzweifelt stürmte er vorwärts, aber es war zu spät. Der Kampfhubschrauber war schon zu weit weg.

Mithilfe des Leuchtsignals, das Jackson abgefeuert hatte, fand der Huey die kleine Insel im Schilf. Zwei Männer sprangen heraus und schafften rasch die Kinder und Schwester Sarah an Bord.

Der farbige Kommandant der Besatzung packte Jackson am Arm. »Los, weg hier!«

»Aber der Sergeant ist noch da draußen. Sergeant Quinn.«

»Den kenne ich, verflucht.« Im Schilf wurde erneut geschossen, und einige Kugeln trafen den Helikopter. »Tut mir Leid, Mann, wir müssen weg. Es ist gleich dunkel, und wir müssen an die Kinder denken.«

Er schob Jackson zum Hubschrauber, wo man ihn an Bord zog, stieg ebenfalls ein und rief dem Piloten zu: »Los!«

Der Huey hob ab. Jackson weinte, und Schwester Sarah beugte sich ängstlich zu ihm.

»Was ist mit dem Sergeant?«

»Wir können nichts mehr tun. Er ist tot, er muss tot sein. Sie haben doch die Schießerei und die Granatenexplosion gehört. Er hat es ganz allein mit diesen Teufeln aufgenommen.«

»Wie hieß er?«

»Quinn, Daniel Quinn.« Jackson stöhnte gequält. »Herrgott, tut das weh, Schwester.« Dann verlor er das Bewusstsein.

Aber Daniel Quinn lebte. Die Vietcong hatten nicht weiter nach ihm gesucht, weil sie annahmen, er sei in dem Huey entkommen. Er schaffte es zum Fluss, überdachte seine Situation und entschied, dass er nur dann noch eine kleine Chance hatte, wenn es ihm gelang, die andere Seite zu erreichen. Vorsichtig näherte er sich Bo Din. Er hörte Stimmen und sah das Licht der Feuer, an denen man das Abendessen kochte. Quinn hängte sich sein M 16 um den Hals, watete ins Wasser und schnitt mit seinem Kampfmesser die Leine eines der Boote durch, das mit der Strömung hinaustrieb. Er klammerte sich daran fest, und Bo Din verschwand in der Dunkelheit. Zehn Minuten später hatte er das andere Ufer erreicht, lief in den Dschungel und setzte sich unter einen Baum. Gnadenlos prasselte der Regen herab.

Beim ersten Tageslicht brach er auf. Unterwegs öffnete er eine Dose mit Feldverpflegung, die er im Gehen aß. Die ganze Zeit über hoffte er, auf dem Fluss ein Kanonenboot zu entdecken, aber dieses Glück hatte er nicht, also marschierte er weiter durch den Dschungel und kehrte vier Tage später von den Toten zurück, als er auf seinen eigenen Füßen Camp Four erreichte.

In Saigon war man allgemein sprachlos. Der Commander seiner Einheit, Colonel Harker, grinste, als Quinn sich bei ihm meldete, nachdem ihn die Ärzte untersucht und er eine frische Uniform erhalten hatte.

»Sergeant, mir fehlen die Worte. Ich weiß nicht, was außergewöhnlicher ist – Ihr Heldentum im Feld oder die Tatsache, dass Sie es lebend zurückgeschafft haben.«

»Das ist sehr freundlich, Sir. Darf ich fragen, wie es Jackson geht?«

»Beinahe hätte er einen Lungenflügel verloren, aber inzwischen ist er wieder ganz wohlauf. Er liegt im alten französischen Hospital, das die Armee nun betreibt.«

»Er hat sich vorbildlich verhalten, Sir, und ohne an sich selbst zu denken, sein Leben riskiert.«

»Das wissen wir. Ich habe ihn für das Kriegsverdienstkreuz vorgeschlagen.«

»Großartig, Sir. Und Schwester Sarah Palmer?«

»Sie hilft im Krankenhaus. Ihr geht es gut und den Kindern ebenfalls.« Harker drückte ihm die Hand. »Es war mir eine Ehre, mein Sohn. General Lee will Sie heute Mittag im Hauptquartier sprechen.«

»Darf ich fragen, warum, Sir?«

»Das soll er Ihnen mal selbst erzählen.«

Später besuchte er Jackson im Krankenhaus, den er in einem hellen freundlichen Zimmer fand, wo Schwester Sarah ihm Gesellschaft leistete. Sie stand auf und küsste ihn auf die Wange.

»Es ist ein Wunder.« Besorgt musterte sie ihn. »Sie haben Gewicht verloren.«

»Na ja, ich würde meine Methode aber niemandem empfehlen. Wie geht es unserem Patienten?«

»Seine linke Lunge war durch das Bajonett schwer verletzt, wird jedoch mit der Zeit wieder heilen. Allerdings ist für ihn Schluss mit Vietnam. Er fliegt nach Hause.«

Jackson war außer sich vor Freude, Quinn zu sehen. »Herrgott, ich habe wirklich geglaubt, Sie lägen mausetot irgendwo im Dschungel, Sergeant.«

»Daniel«, sagte Quinn. »Nennen Sie mich Daniel, und falls es je etwas gibt, was ich für Sie tun kann drüben in den Staaten, melden Sie sich einfach, klar? Übrigens herzlichen Glückwunsch zu Ihrem Kriegsverdienstkreuz.«

»Meinem was?«, fragte Jackson fassungslos.

»Colonel Harker hat Sie dafür vorgeschlagen, und seinem Vorschlag wird sicher entsprochen.«

Schwester Sarah küsste Jackson auf die Stirn. »Mein Held.«

»Daniel ist der Held. Was ist mit Ihnen, Sarge?«

»Ach, verdammt, ich will keine Orden. Und jetzt beruhigen Sie sich wieder. Die ganze Aufregung schadet bloß Ihrer Lunge. Ich komme später noch mal zu Ihnen.« Er verabschiedete sich von Schwester Sarah und ging.

Sie holte ihn auf der überdachten Terrasse ein, wo er sich eine Zigarette anzündete.

»Master Sergeant Quinn?«

»Daniel genügt vollauf. Was kann ich für Sie tun?«

»Meinen Sie, Sie hätten nicht schon genug getan?«, lächelte sie. »Colonel Harker war so freundlich, mir ein wenig von Ihnen zu erzählen, und ich habe mich gefragt, warum Sie, obwohl Sie es wirklich nicht nötig gehabt hätten, freiwillig hierher gekommen sind.«

»Ganz einfach – ich habe mich geschämt. Was ist mit Ihnen? Sie sind Engländerin. Das ist nicht Ihr Krieg.«

»Wie ich Ihnen schon sagte, die Krankenpflege ist die Aufgabe unseres Ordens. Wir gehen dorthin, wo immer man uns braucht – wessen Krieg es ist, spielt dabei keine Rolle. Sind Sie schon mal in London gewesen? Das Kloster St. Mary in der Wapping High Street direkt an der Themse ist unser Mutterhaus.«

»Ich schaue ganz sicher bei Ihnen vorbei, wenn ich das nächste Mal dort bin.«

»Tun Sie das bitte. Und jetzt erzählen Sie mir, was Sie bekümmert. Sie brauchen es gar nicht erst abzustreiten; ich habe einen Blick dafür.«

Er lehnte sich gegen eine Säule und schüttelte nachdenklich den Kopf. »Ich habe schon vorher getötet, Schwester, aber in diesem Sumpf … das war etwas ganz anderes. Wenigstens zwei von ihnen waren junge Frauen. Ich war auf mich allein gestellt, ich hatte keine andere Wahl, aber …«

»Eben, Sie hatten keine Wahl.«

»Trotzdem macht es mir Angst. Ich habe nur noch ans Töten gedacht, es gab bloß noch Tod und Zerstörung, sonst nichts mehr, gar nichts …«

»Bitten Sie Gott, dass er Ihnen hilft, Ihren Frieden wieder zu finden.«

»Wenn das so einfach wäre.« Er blickte auf seine Uhr. »Ich geh jetzt besser. Generäle mögen es nicht, wenn man sie warten lässt. Darf ich Ihnen einen Abschiedskuss geben?«

»Natürlich.«

Er berührte flüchtig ihre Wange mit seinen Lippen. »Sie sind eine bemerkenswerte junge Frau.« Schwester Sarah sah ihm hinterher, als er die Treppe hinunterging, und kehrte dann zu Jackson zurück.

Im Hauptquartier wurde er ungewöhnlich schnell von einem lächelnden Captain in General Lees Büro geführt. Lee, ein großer, energischer Mann, sprang hinter seinem Schreibtisch auf und eilte auf ihn zu. Als Quinn salutieren wollte, hielt Lee ihn zurück.

»Nein, diesmal ist es an mir. Ich gewöhne mich besser daran.« Er schlug die Hacken zusammen und salutierte.

»General?«, fragte Quinn überrascht.

»Ich habe heute Morgen eine Unterredung mit dem Präsidenten gehabt, Master Sergeant Daniel Quinn, und die Ehre, Ihnen mitzuteilen, dass man Ihnen die Congressional Medal of Honor verliehen hat.« Das ist die höchste militärische Ehrung der USA.

So wurde eine Legende geboren. Quinn wurde nach Hause geschickt, erduldete unzählige Interviews und alle möglichen Feierlichkeiten, bis er es kaum mehr aushalten konnte, und da er kein Interesse an einer Laufbahn beim Militär hatte, verließ er schließlich die Armee. Er ging zurück nach Harvard und studierte drei Jahre lang Philosophie, als versuche er, auf diese Weise seine ganz persönlichen Dämonen auszutreiben. Bewusst mied er jede Kneipe und jede Bar, um nicht in irgendwelche handgreifliche Auseinandersetzungen zu geraten, da er Angst davor hatte, wie er reagieren würde.

Schließlich stimmte er zu, in das Unternehmen der Familie einzutreten. Wenigstens konnte er auf diese Weise seinem alten Kameraden Tom Jackson helfen, der nach Vietnam Jura studiert hatte und im Lauf der Jahre zum Leiter der Rechtsabteilung von »Quinn Industries« aufstieg.

Er war bereits Mitte dreißig, als er Monica, die Tochter einer befreundeten Familie, heiratete – eher aus Vernunftgründen als aus Liebe. Nachdem 1979 Helen, ihr erstes und einziges Kind, geboren wurde, entschied er, dem Wunsch seines Großvaters zu folgen und in die Politik zu gehen. Er übertrug seine Teilhaberschaft am Familienunternehmen einer treuhänderischen Verwaltung und kandidierte für einen Sitz im Kongress, gewann mit knappem Vorsprung, das nächste Mal bereits mit großem Vorsprung, bis er schließlich gegen den amtierenden Senator antrat und ebenfalls gewann. Doch der politische Alltag mit seinen Intrigen, den Absprachen, Gefälligkeiten und belanglosen Streitereien begann ihn nach einiger Zeit zu zermürben, und als sein Großvater beim Absturz eines Privatflugzeugs ums Leben kam, dachte Daniel noch einmal gründlich über seine persönliche Situation nach.

Er kam zu dem Schluss, dass er mehr mit seinem Leben anfangen wollte. Genau zu dieser Zeit wandte sich sein alter Freund Jake Cazalet, ebenfalls Vietnamveteran und jetziger Präsident der Vereinigten Staaten, mit einem Vorschlag an ihn. Er könne verstehen, wenn Daniel seinen Sitz aufgeben wolle, aber er hoffe, dass er nicht ganz aus der Politik ausscheide, denn er brauche jemanden wie ihn als eine Art reisenden Sonderbotschafter, als Vermittler in heiklen Angelegenheiten, dem er vollkommen vertrauen könne. Und Daniel ging auf das Angebot ein. Seit dieser Zeit war er immer dort, wo es Probleme gab, sei es im Mittleren Osten, in Israel, Bosnien oder dem Kosovo.

Inzwischen war seine Tochter, wie es der Familientradition entsprach, nach Harvard gegangen, während seine Frau zu Hause die Stellung hielt. Als man Leukämie bei ihr diagnostizierte, verheimlichte sie es ihm, bis es zu spät war, da sie ihn nicht damit belasten wollte, und er empfand bei ihrem Tod ein unerträgliches Schuldgefühl. Als die Trauergäste nach der Beerdigung ihr Haus in Boston verlassen hatten, schlenderte er mit seiner Tochter durch den Garten. Sie war schlank und zierlich, hatte blondes Haar und grüne Augen, war die Freude seines Lebens und das Einzige, das ihm wirklich etwas bedeutete.

»Du bist ein großer Mann, Dad«, sagte sie, »und leistest wichtige Arbeit. Du darfst dich nicht mit Vorwürfen quälen.«

»Aber ich habe sie im Stich gelassen.«

»Nein, es war Mums Entscheidung, es dir zu verschweigen.« Sie drückte seinen Arm. »Ich weiß genau, dass du mich nie im Stich lassen würdest. Ich liebe dich sehr, Dad.«

Im folgenden Jahr erhielt Helen ein Rhodes-Stipendium für einen zweijährigen Aufenthalt an der Universität von Oxford, und Quinn ging in den Kosovo, um im Auftrag des Präsidenten für die NATO zu arbeiten. So standen die Dinge, als ihn der Präsident an einem ungemütlichen Tag im März zu sich ins Weiße Haus bat …

Washington

London

[illegible] in [illegible] gesagt [illegible] Sachen [illegible]
[illegible] (Wirklichkeit) wurde [illegible]
[illegible] gekommen [illegible]
[illegible]

[illegible]

[illegible] noch [illegible]

[illegible] gegen [illegible] hatten [illegible]
[illegible] auch [illegible]
[illegible]

2

Das Wetter in Washington war an diesem Spätnachmittag im März miserabel, aber das Hay-Adams Hotel, wo Daniel Quinn wohnte, lag nur einen kurzen Spaziergang vom Weißen Haus entfernt.

Quinn mochte das Hay-Adams mit seinen wunderbaren Antiquitäten, der feudalen Einrichtung und dem guten Restaurant. Aufgrund seiner Lage stiegen alle in diesem Hotel ab, die Großen und Mächtigen, die Politiker und die Finanzjongleure, und wenn Daniel Quinn auch nicht mehr das Gefühl hatte, dass er in diese Kreise gehörte, kümmerte es ihn nicht besonders. Er fühlte sich dort einfach wohl.

»Willkommen, Senator«, grüßte der Portier, als er das Hotel verließ. »Es freut mich, dass Sie wieder bei uns wohnen. Brauchen Sie ein Taxi?«

»Nein danke, George. Der Spaziergang wird mir gut tun.«

»Nehmen Sie wenigstens einen Schirm mit. Der Regen wird sicher noch schlimmer. Ich bestehe darauf, Sergeant.«

Quinn lachte. »Aha, auch ein alter Vietnamkämpfer?«

George zog einen Schirm aus einem Ständer und öffnete ihn. »Damals im Dschungel waren wir wahrhaftig oft genug nass bis auf die Knochen.«

»Das ist lange her, George. Ich bin letzten Monat zweiundfünfzig geworden.«

»Senator, ich hätte gedacht, Sie seien vierzig.«

Quinn lachte und sah plötzlich wieder jung aus. »Danke für das Kompliment.«

Er überquerte den Lafayette Square und merkte, dass George Recht gehabt hatte, denn der Regen wurde immer stärker.

Irgendwie stellte sich durch dieses trübe Wetter wieder eine Stimmung bei ihm ein, die er nur zu gut kannte und die sich in der Frage zusammenfassen ließ: Wozu das Ganze? Im Grunde hatte er alles, was ein Mann sich wünschen konnte – Geld, Macht, eine Tochter, die ihn liebte –, und dennoch überkam ihn in letzter Zeit immer wieder das Gefühl, dass er gar nichts hatte. Gedankenverloren erreichte er die andere Seite des Platzes. Im trüben Licht einer Straßenlampe standen zwei junge Männer, die Bomberjacken trugen, durchnässt vom Regen waren und laut miteinander redeten. Der eine hatte langes Haar bis auf die Schultern, der andere einen rasierten Schädel. Sie tranken Bier, und als der Langhaarige seine leere Dose über den Bürgersteig kickte, sah er Quinn. Er verstellte ihm den Weg.

»He, wo willst du hin? Lass uns mal deine Brieftasche sehen, Mann.«

Quinn wollte einfach weitergehen, doch der Langhaarige zückte ein Messer und ließ die Klinge herausspringen.

Quinn schloss den Schirm. »Kann ich euch helfen?«

»Ja, du kannst mir dein Geld geben, Arschloch, falls du nicht hiermit ein bisschen gekitzelt werden willst.« Er fuchtelte mit der Klinge durch die Luft.

Der Glatzkopf war neben ihn getreten und lachte gehässig. Quinn holte mit dem Schirm aus und traf den Langhaarigen unter dem Kinn, sodass er in die Knie sank. Wie damals vor dreißig Jahren als junger Sergeant der Special Forces im Mekong-Delta, trat Quinn ihn kräftig ins Gesicht, ehe er sich zu dem Glatzkopf umwandte.

»Wolltest du was?«

Der Glatzkopf riss das Messer hoch, um zuzustechen, doch Quinn packte sein Handgelenk, streckte den Arm und brach ihm mit einem mächtigen Schlag den Knochen. Schreiend taumelte der Mann zurück, und ehe der andere aufstehen konnte, trat Quinn noch einmal zu.

»Einfach nicht dein Tag heute, was?«

Eine Limousine bremste am Bürgersteig, der Fahrer sprang heraus und zog eine Browning aus einem Schulterhalfter. Er war sehr groß und sehr schwarz, und Quinn kannte ihn gut: Clancy Smith, ein ehemaliger Marine, der jetzt zum Secret Service gehörte und der bevorzugte Leibwächter des Präsidenten war. Seinen Beifahrer, ein großer gut aussehender Mann mit schwarzem Haar, der nach ihm aus dem Wagen sprang, kannte er ebenfalls. Blake Johnson war etwa in seinem Alter und der Direktor des »General Affairs Department« im Weißen Haus, das allerdings jeder, der darüber Bescheid wusste – was nur sehr wenige waren –, bloß »den Keller« nannte.

»Daniel, alles in Ordnung?«, fragte Blake.

»Sicher, bestens. Was bringt Sie hierher?«

»Wir hatten beschlossen, Sie abzuholen, obwohl ich mir ja hätte denken können, dass Sie zu Fuß gehen würden, selbst an solch einem Tag. Im Hotel hat man uns gesagt, dass wir Sie gerade verpasst haben.« Er musterte die beiden Männer. »Es scheint, als hätten Sie sich ein wenig Bewegung verschafft.«

Die beiden hatten sich inzwischen wieder aufgerappelt

und standen wie zwei elende Jammergestalten unter den Bäumen. »Ich ruf die Polizei«, sagte Clancy.

»Wozu denn«, winkte Quinn ab. »Ich denke, die haben genug und geben Ruhe. Fahren wir.«

Er und Blake stiegen auf den Rücksitz, Clancy setzte sich hinter das Steuer und startete den Motor.

Bis auf das Wimmern des Glatzkopfes herrschte Stille. »Verdammt, halt die Klappe«, zischte der Langhaarige.

»Er hat mir die Nase gebrochen.«

»Na und? Meinst du, das ruiniert dein hübsches Gesicht? Gib mir eine Zigarette.«

Einen halben Block weiter stand im Schutz einiger Bäume eine andere Limousine. Ein gut aussehender blonder Mann um die dreißig saß hinter dem Lenkrad. Er war mittelgroß, trug ein weißes Hemd, eine dunkle Krawatte und einen Ledermantel von Gucci. Seine Beifahrerin war im gleichen Alter, eine ausgesprochen schöne Frau mit tiefschwarzem Haar und stolzen, ein wenig arabisch wirkenden Gesichtszügen.

»Das war eine armselige Vorstellung, Rupert. Ich fürchte, du hast ziemlich mittelmäßige Angestellte.«

»Ja, sehr enttäuschend, Kate. Aber Quinn war beeindruckend.« Rupert Dauncey streifte ein paar dünne schwarze Lederhandschuhe über.

»Wir fahren besser«, meinte Lady Kate Rashid. »Wir müssen eben etwas anderes probieren.«

»Zum Beispiel?«

»Wie ich höre, ist der Präsident heute im Hay-Adams zum Abendessen. Vielleicht hätte er gern etwas Gesellschaft.«

»Mein Gott, Cousine, du bist ja direkt vergnügungssüchtig«, entgegnete er mit seiner sonoren Stimme und einem unverkennbaren Bostoner Akzent. »Entschuldige mich kurz. Ich bin gleich wieder da.«

»Was hast du vor?«

»Ich will mein Geld zurück, Darling.«

»Aber du hast doch Geld genug, Rupert.«

»Es geht mir ums Prinzip.«

Er stieg aus und zündete sich eine Zigarette an, während er die Straße überquerte und auf die beiden Männer unter den Bäumen zuging.

»Das war wirklich höchst unterhaltsam.«

»Sie haben gesagt, es sei ein Klacks«, murrte der Glatzkopf.

»Ja, das Leben kann manchmal recht gemein sein. Aber ihr beiden habt die Sache gründlich vermurkst, nicht wahr? Deshalb möchte ich mein Geld zurück.«

»Fahr zur Hölle.« Glatzkopf wandte sich zu seinem Freund um. »Wehe, du gibst es ihm.«

»Schade, mein Lieber.«

Rupert nahm einen 25er Colt, auf den ein Schalldämpfer geschraubt war, aus seiner Manteltasche, hielt ihn dem Glatzkopf gegen den linken Schenkel und drückte ab. Der Mann schrie auf und sank zu Boden. Wortlos streckte Rupert die Hand aus, und der andere zog hastig die Scheine aus der Tasche.

»Ich habe bemerkt, dass ihr ein Handy habt, als wir uns vorhin getroffen haben«, sagte Rupert. »An eurer Stelle würde ich die Polizei rufen.«

»Und was soll ich den Bullen sagen?«

»Dass euch drei sehr große Farbige überfallen haben. Man wird es euch schon glauben, immerhin sind wir hier in Washington. Schrecklich, die Kriminalität in dieser Stadt, nicht wahr?«

Er kehrte zurück zum Auto und setzte sich hinter das Steuer. »Können wir jetzt fahren?«, fragte Kate Rashid.

»Dein Wunsch ist mir Befehl.«

3

Blake schaltete sein Handy aus, als sie am Weißen Haus vorfuhren. »Ich habe noch nie erlebt, dass Cazalet die Worte gefehlt haben, aber jetzt war er sprachlos und richtig schockiert.«

»Was glauben Sie, wie es mir geht«, entgegnete Quinn. »Blake, ich bin zweiundfünfzig. Vietnam war vor sehr langer Zeit.«

»Es war für uns alle vor sehr langer Zeit, Daniel.«

»Ich kann wirklich nicht fassen, was ich vorhin getan habe. Was zum Teufel ist da über mich gekommen?«

»Man hat uns einmal beigebracht, wie man in solchen Situationen reagiert, Senator«, sagte Clancy Smith. »Und das bleibt eben für den Rest des Lebens.«

»Geht es Ihnen auch so? Haben Ihre Erlebnisse im Golfkrieg Sie genauso geprägt?«

»Ach, verdammt, ich denke darüber gar nicht erst nach. Wir haben alle bei Gelegenheit die eine oder andere Kehle durchgeschnitten, Senator. Sie haben es einfach nur mit Stil gemacht. Das ist der Grund, warum Sie eine Legende sind.«

»Bo Din?« Quinn seufzte. »Es ist wie ein Fluch.«

»Nein, Senator, ein Vorbild.«

Im Oval Office brannte nur eine Lampe auf dem Schreibtisch, der überhäuft war mit Papieren. Bei ihrem Eintritt sprang Präsident Jake Cazalet auf und kam ihnen entgegen. Er war ebenfalls Anfang fünfzig, und sein rötliches Haar war grau meliert.

»Daniel, so eine verteufelte Geschichte. Was genau ist passiert?«

»Blake wird es Ihnen erzählen. Könnte ich vielleicht einen irischen Whiskey haben?«

»Natürlich. Clancy, kümmern Sie sich darum?«

»Gern, Mr. President.«

Daniel folgte ihm hinaus in den Vorraum, während Blake den Präsidenten ins Bild setzte. Als sie zurückkehrten, wandte sich Cazalet um.

»Wirklich eine ungeheuerliche Sache.«

»Ja, vor allem, wenn man entdeckt, dass man dreißig Jahre nach dem Krieg immer noch ein Killer ist.«

Cazalet nahm seine Hand. »Nein, Daniel, es ist vielmehr so, dass Sie noch immer über die nötigen Fähigkeiten verfügen, um ein Held zu sein. Diese beiden Kerle werden sich in Zukunft zweimal überlegen, jemanden zu überfallen.«

»Danke, Mr. President. Ich hoffe, Sie haben Recht. Also – was kann ich für Sie tun? Warum wollten Sie mich sprechen?«

»Setzen wir uns.«

Sie nahmen am Couchtisch Platz, nur Clancy lehnte sich gegen die Wand, schweigend und aufmerksam wie immer.

»Daniel, ich bin jetzt seit fünf Jahren im Amt und weiß, dass Sie gute Arbeit geleistet haben, besonders in Bosnien und im Kosovo. Ich könnte mir keinen besseren Mann wünschen. Mir ist bekannt, dass Sie gerade eine weitere Reise in den Kosovo planen, aber – könnten Sie sich vorstellen, danach für eine Weile in London Wurzeln zu schlagen? Sie wären vollkommen unabhängig von der Londoner Botschaft, es ginge nur um ein paar … Nachforschungen, die für uns ganz nützlich wären.«

»Welche Art von Nachforschungen?«

»Europa hat sich verändert, Daniel«, sagte Blake Johnson, »das wissen Sie ja selbst. Überall schließen sich Terroristen zusammen, und neben den arabischen Fundamentalisten sind anarchistische Gruppen mit Namen wie die Marxist League, die Army of National Liberation oder eine neue Gruppierung namens Act of Class Warfare ein zunehmendes Problem.«

»Und?«, fragte Quinn.

»Ehe wir in die Details gehen, muss ich darauf hinweisen, dass diese Angelegenheit die allerhöchste Geheimhaltungsstufe hat.« Cazalet schob ihm ein Dokument zu. »Das ist eine Vollmacht des Präsidenten, Daniel. Sie besagt, dass Sie in meinem Namen handeln und durch keines unserer Gesetze mehr gebunden sind. Sie haben nicht einmal mehr das Recht, Nein zu sagen.«

Quinn studierte das Papier. »Ich habe immer gedacht, diese Dinger seien ein Mythos.«

»Dem ist nicht so, wie Sie sehen. Allerdings, Sie sind ein alter Freund, und ich will Sie zu nichts zwingen. Falls Sie jetzt ablehnen, zerreißen wir es.«

Quinn atmete tief durch. »Wenn Sie mich brauchen, Mr. President, stehe ich Ihnen zur Verfügung.«

»Hervorragend. Und – wie viel wissen Sie über das, was Blake im ›Keller‹ macht?«

»Nicht besonders viel, muss ich gestehen. Es ist irgendeine Art privater Ermittlungstruppe, aber das Weiße Haus hat es die ganzen Jahre über ziemlich gut verstanden, nichts darüber nach außen dringen zu lassen.«

»Das freut mich zu hören. Ja, Sie haben Recht. Vor vielen Jahren hat der damalige Präsident – ich werde Ihnen nicht einmal sagen, wer es war – angesichts der Möglichkeit einer kommunistischen Infiltration auf sämtlichen Regierungsebenen den so genannten Keller erfunden – eine kleine Truppe, die nur ihm allein unterstellt ist und weder mit der CIA, dem FBI noch dem Secret Service etwas zu tun hat. Alle nachfolgenden Präsidenten haben diese Einrichtung von ihrem Vorgänger übernommen, und für mich ist sie wahrlich unbezahlbar gewesen.«

»In London gibt es eine ähnliche Truppe«, warf Blake ein, »mit der wir sehr eng zusammenarbeiten. Geleitet wird sie von General Charles Ferguson. Er hat sein Büro im Verteidigungsministerium und ist nur dem jeweiligen Premierminister gegenüber verantwortlich.« Er grinste. »Man nennt seine Mannschaft auch die Privatarmee des Premierministers.«

»Kann ich verstehen, dass Ihnen das gefällt«, sagte Quinn.

»Seine rechte Hand ist eine Hannah Bernstein, Detective Superintendent von der Special Branch bei Scotland Yard. Eine tolle Frau. Blitzgescheit, umwerfend hübsch, aber sie hat auch schon etliche Männer getötet und ist selbst mehrmals angeschossen worden.«

»Guter Gott.«

»Das Beste kommt erst noch.« Cazalet reichte Quinn einen Ordner. »Das ist Sean Dillon, jahrelang der gefürchtetste Kämpfer der IRA.«

Quinn öffnete den Ordner. Die Fotos zeigten einen kleinen Mann, nicht mehr als einen Meter fünfundsechzig groß, mit weißblondem Haar. Er trug dunkle Cordhosen und eine alte schwarze Fliegerjacke, in seinem Mundwinkel hing eine Zigarette, und sein Lächeln schien anzudeuten, dass er das Leben nicht allzu ernst nahm.

»Er sieht aus, als sei mit ihm nicht zu spaßen«, meinte Quinn.

»Das können Sie laut sagen. Vor einigen Jahren hat Ferguson ihn vor einem serbischen Erschießungskommando gerettet und ihn damit gezwungen, für ihn zu arbeiten. Jetzt ist er sein bester Mann.« Cazalet machte eine Pause. »Er und Blake haben vor ein paar Jahren meine Tochter aus der Hand von Terroristen befreit.«

Quinn schaute von einem zum anderen. »Ihre Tochter wurde von Terroristen entführt? Ich ... davon hatte ich keine ...«

»Niemand wusste es, Daniel«, entgegnete Cazalet. »Wir wollten nicht, dass die Sache an die Öffentlichkeit dringt. Mir hat er übrigens ebenfalls das Leben gerettet.« Er winkte ab, als Quinn erneut etwas sagen wollte. »Damit kommen wir zu unserem eigentlichen Thema. Blake?«

»Erinnern Sie sich an letztes Weihnachen«, fragte Blake, »als Sie einen Zwischenstopp in London machten?«

»Natürlich. Es war für mich eine gute Gelegenheit, Helen in Oxford zu besuchen.«

»Genau, und der Präsident hatte Sie gebeten, einen oder zwei Empfänge in der Botschaft zu geben, zu denen auch Lady Kate Rashid, die Countess of Loch Dhu, geladen war.«

»Ja, ich weiß noch, dass ich mich etwas darüber gewundert habe. Mir wurde nicht direkt gesagt, was ich herausfinden sollte, nur dass ich sie kennen lernen sollte. Ich habe also die Lady kurz getroffen, einige diskrete Erkundigungen eingezogen und von meinen Computerfachleuten die Firma Rashid durchleuchten lassen.«

»Dann wissen Sie ja, wie viel sie wert ist«, sagte Blake.

»Allerdings. Einschließlich ihrer Erdölanlagen in Hazar wohl ungefähr zehn Milliarden Dollar.«

»Und der Präsident des Unternehmens?«

»Die Countess of Loch Dhu.«

Blake reichte ihm einen Ordner. »Das ist unsere Akte über die Rashids. Eine sehr interessante Lektüre. Zum Beispiel finden Sie darin eine Liste ihrer Spenden, wozu große Summen an mehrere Hilfsorganisationen gehören, einschließlich eines Bildungswerks von Act of Class Warfare und der Kindernothilfe in Beirut.«

»Daran erinnere ich mich. Aber mir erschien das alles sauber. Spenden an solche Einrichtungen sind üblich bei den wirklich Reichen – als wolle man durch Almosen an die Armen sein Schuldgefühl beschwichtigen, dass man so viel besitzt. Ich kenne das selbst auch.«

»Und wenn ich Ihnen nun sage, dass dieses angebliche Kinderhilfswerk in Beirut eine Tarnorganisation der Hisbollah ist?«, erwiderte Blake.

Daniel Quinn war bestürzt. »Wollen Sie damit andeuten, dass sie Kontakte zu irgendwelchen Terroristen unterhält? Warum sollte sie so etwas tun?«

»Sie erinnern sich, dass ich gesagt habe, Dillon habe mir das Leben gerettet?«, fragte Cazalet. »Nun, bei diesem Ereignis hat auch die Countess eine gewisse Rolle gespielt.«

»Wie Sie wissen, war Kate Rashids Vater Araber«, fuhr Blake fort, »und ihre Mutter Engländerin aus der Familie der Dauncey. Von ihr stammt auch der Titel. Sie hatte drei Brüder, Paul, George und Michael.«

»Hatte?«

»Ja. Ihre Mutter starb letztes Jahr bei einem Autounfall, den ein betrunkener russischer Diplomat verschuldet hatte. Da ein ausländischer Diplomat nicht vor Gericht gestellt werden kann, sorgten die Brüder selbst für die Strafe, die er nicht überlebte. Als sie erfuhren, dass dieser Mann zudem ein Ölgeschäft in Hazar für uns und die Russen vermittelt hatte, gerieten sie noch mehr in Wut. Hazar war ihr Hoheitsgebiet. Ihrer Auffassung nach zeigte sich darin nicht nur wieder einmal die Arroganz der beiden Großmächte, die ihre geschäftlichen Rechte missachteten, sie begriffen es auch als Affront des Westens gegen die Araber im Allgemeinen. Deshalb beschlossen sie, uns eine Lektion zu erteilen.«

»Paul Rashid versuchte, mich auf Nantucket ermorden zu lassen«, sagte Cazalet. »Clancy hat dabei eine Kugel in den Rücken bekommen, als er mich schützen wollte, und Blake hat persönlich einen der Mörder erschossen.«

»Mr. President, das ist ... ich bin sprachlos«, sagte Quinn.

»Allerdings war die Sache damit leider noch nicht vorbei«, erklärte Blake. »Sie können alles in der Akte nachlesen. Es genügt zu sagen, dass die Brüder Rashid letztendlich den Preis für ihren Fanatismus zahlten, und somit ist ihre Schwester Kate die einzige Überlebende der Familie – die reichste Frau der Welt vielleicht, eine Frau, die alles besitzt und alles verloren hat. Sie will Rache für ihre drei geliebten Brüder, da bin ich mir sicher.«

»Sie meinen, das letzte Mal konnte sie den Präsidenten nicht erwischen, also wird sie es möglicherweise noch einmal versuchen?«

»Wir glauben, dass sie zu allem fähig ist. Und dabei müssen wir noch etwas berücksichtigen. Die Dounceys hatten eine Nebenlinie, wie man das in Adelskreisen nennt, einige Verwandte, die im achtzehnten Jahrhundert nach Amerika ausgewandert sind und sich in Boston niedergelassen haben.«

»Viele davon sind Anwälte und Richter«, sagte Cazalet. »Sehr angesehen. Ich kenne die Familie.«

»Aha, aber worauf wollen Sie konkret hinaus?«, fragte Quinn.

Blake reichte ihm einen zweiten Aktenordner. »Rupert Dauncey – West Point, Parris Island.«

»Ach, ebenfalls ein Marine?«

»Ja, und ein guter Soldat«, erwiderte Blake. »Er hat einen Silver Star im Golfkrieg erhalten und dann in Serbien und Bosnien gedient. Es wurde gemunkelt, dass er einige Serben – na, sagen wir mal, etwas unschön getötet habe, aber der Sache wurde nicht weiter nachgegangen. Er erhielt sogar die Kriegsverdienstmedaille, weil er einen sehr hässlichen Hinterhalt der Muslims vereitelt hatte, wurde ziemlich schnell zum Captain befördert ...«

»Was zu einer Versetzung zur Wachmannschaft der Londoner Botschaft führte«, ergänzte der Präsident.

»Ja, ich kann mir denken, was als Nächstes passierte«, sagte Quinn. »Sobald er in London war, machte er sich mit der guten Countess bekannt, nicht wahr?«

»Sie verstanden sich auf Anhieb und sind seither ständig zusammen«, nickte Blake. »Er sieht sehr gut aus, besonders in seiner Paradeuniform mit all diesen Orden. Juristisch gesehen ist er, glaube ich, Kate Rashids Cousin dritten Grades.«

»Damit wäre es noch legal.«

»Nun, um es einmal so auszudrücken, gehört Rupert Dauncey allerdings zu einer anderen Glaubensrichtung.«

»Sie meinen, er ist schwul?«

»Ich bin nicht sicher. Er macht sich nichts aus Frauen, das wissen wir. Andererseits frequentiert er weder einschlägige Bars, noch gibt es Anzeichen für einen Freund. Aber lassen wir das vorerst beiseite. Wir haben jedenfalls das ungute Gefühl, dass die beiden irgendwas aushecken. Lady Kate hegt noch immer einen Groll gegen den Präsidenten, gegen mich und Sean Dillons Truppe, da wir alle in den Tod ihrer Brüder verwickelt waren.«

»Deshalb möchte ich, dass Sie nach London reisen«, erklärte Jake Cazalet. »Wir arrangieren für Sie ein Treffen mit General Ferguson, Dillon und Superintendent Bernstein. Ich spreche mit dem Premierminister, der mit der Situation gut vertraut ist.«

»Und dann?«

»Hören Sie sich um, nutzen Sie Ihre Kontakte, sehen Sie, was Sie herausfinden können. Vielleicht irren wir uns. Vielleicht hat sie sich ja geändert. Wer weiß?«

»Ich«, sagte Blake. »Sie hat sich nicht geändert, und sie wird sich auch nicht ändern.«

»Gut. Ich beuge mich Ihrem Urteil; davon verstehen Sie mehr als ich.«

»Ich reise nach London, sobald ich aus dem Kosovo zurückkomme«, erklärte Quinn. »Quinn Industries hat ein Stadthaus in London, wo ich wohnen kann. Wenn ich mich recht erinnere, liegt es sogar ganz in der Nähe des Hauses der Rashids.«

»Bestens.« Der Präsident lächelte. »Das wäre dann geklärt. Ich gehe übrigens heute zum Abendessen ins Hay-Adams. Hätten Sie nicht Lust mitzukommen?«

»Es wäre mir ein Vergnügen.«

»Bestimmt, denn wenn Blake Recht hat, und das hat er bei solchen Sachen immer zu hundertfünfzig Prozent, haben dort nämlich auch die Countess of Loch Dhu und ihr Cousin Rupert Dauncey einen Tisch reserviert.«

»*Was?*«

»Sie kennen mich, Daniel, ich sehe nicht gern einfach tatenlos zu. Es ist an der Zeit, die Sache ein wenig in Gang zu bringen.« Er wandte sich an Clancy. »Sie haben doch alles unter Kontrolle?«

»Sicher, Mr. President.«

»Gut. Wir treffen uns um halb neun. Sorgen Sie bitte dafür, dass Senator Quinn zum Hotel zurückgebracht wird.«

»Wie Sie wünschen, Mr. President.«

»Und, Clancy – falls Dauncey in der Nähe ist, machen Sie keinen Blödsinn. Ich weiß, dass Sie einer der jüngsten Sergeant Majors der Truppe waren und einem Marine Major wie ihm nur zu gern eins auswischen würden.«

»Befürchten Sie wirklich, er würde ihn sich vorknöpfen?«, fragte Quinn.

Jake Cazalet lachte. »Würden Sie das tun, Clancy?«

»Aber nicht doch, Mr. President. Ich würde ihn höchstens auf einen Siebenmeilenlauf schicken mit fünfundsiebzig Pfund Gepäck auf dem Rücken.«

»Das gefällt mir«, grinste Quinn. »Also, dann treffen wir uns im Hotel.« Er verließ gemeinsam mit Clancy das Oval Office.

»Sprechen Sie mit Ferguson?«, fragte Cazalet.

Johnson nickte. »Gleich als Erstes morgen früh.«

General Charles Fergusons Büro lag im dritten Stock des Verteidigungsministeriums mit Blick auf die Horse Guards Avenue. Ferguson war ein großer, etwas unordentlich wirkender Mann mit grauem Haar, einem rehbraunen Anzug und einer Guards-Krawatte seines Regiments. Nachdem er Blakes Anruf erhalten hatte, drückte er einen Knopf der Sprechanlage. Eine Frau antwortete.

»General?«

»Ist Dillon da?«

»Ja, Sir.«

»Dann kommen Sie bitte beide zu mir.«

Detective Superintendent Hannah Bernstein war mit Anfang dreißig noch sehr jung für ihren Rang. Sie hatte kurz geschnittenes rotes Haar, trug eine Hornbrille und einen eleganten schwarzen Hosenanzug, den sich die meisten Beamten wohl kaum von ihrem Polizeigehalt leisten könnten.

Ihr folgte ein kleiner hellblonder Mann in einer abgetragenen schwarzen Fliegerjacke, der sich automatisch mit einem alten Zippo-Feuerzeug eine Zigarette anzündete, sobald er den Raum betrat.

»Nur keine Hemmungen, Dillon«, brummte General Ferguson.

»Hab ich auch nicht, General, da ich ja weiß, was für ein umgänglicher Mensch Sie sind.«

»Halten Sie die Klappe, Sean«, sagte Hannah Bernstein. »Sie wollten uns sprechen, Sir?«

»Ja. Ich habe von Blake Johnson interessante Neuigkeiten über die Countess von Loch Dhu erfahren.«

»Was hat Kate denn jetzt wieder ausgeheckt?«

»Es geht eher darum, was sie möglicherweise aushecken könnte. Blake lässt uns einige Dokumente übermitteln. Hannah, würden Sie mal nachsehen, ob sie schon angekommen sind?«

Während sie den Raum verließ, schenkte Dillon sich einen Bushmills ein. »Sie hat also wieder was vor, General?«

»Immerhin hat sie angekündigt, uns alle für den Tod ihrer Brüder büßen zu lassen, Sean.«

»Soll sie es ruhig versuchen, die liebe Kate.« Dillon leerte sein Glas, schenkte sich ein zweites ein und hob es wie zu einem Trinkspruch. »Gott segne dich, Kate, aber was du Hannah Bernstein antun wolltest, vergesse ich dir nicht. Wenn du so was noch einmal versuchst, erschieße ich dich höchstpersönlich.«

Hannah kehrte mit einigen Faxblättern und Computerausdrucken zurück.

»Ich erzähle Ihnen erst einmal, was Blake mir berichtet hat«, sagte Ferguson, »dann können Sie die Unterlagen lesen.«

Kurz darauf waren sie auf dem Laufenden.

»Sie hat sich also einen Mann geangelt«, sagte Hannah.

Dillon betrachtete das ausgedruckte Foto von Rupert Dauncey.

»Mehr oder weniger jedenfalls«, grinste er.

»Mich beunruhigt besonders, was Daniel Quinns Leute über diese Stiftungen Act of Class Warfare und die Kindernothilfe in Beirut herausgefunden haben«, meinte Ferguson.

»Nun, sie ist Halbaraberin und die Anführerin der Beduinen in Hazar«, erklärte Dillon. »Von daher ist zu erwarten, dass sie arabische Anliegen unterstützt. Aber ich stimme Ihnen zu. Dahinter steckt mehr, als auf den ersten Blick ersichtlich ist.«

Ferguson nickte. »Und was sollen wir tun?«

»Um rauszukriegen, was sie im Schild führt?« Dillon warf Hannah einen Blick zu. »Roper?«

Sie lächelte. »Major Roper, Sir?«

Ferguson nickte. »Genau der Richtige.«

4

Daniel Quinn wartete bereits im Eingang des Hay-Adams, als die Limousinen vorfuhren. In der ersten saß Clancy Smith mit drei weiteren Männern des Secret Service. Er nickte Quinn zu und ging ins Hotel, um sich kurz umzuschauen, während Blake aus einem Begleitfahrzeug stieg und gemeinsam mit dem Präsidenten die Stufen heraufkam. Cazalet schüttelte Quinn die Hand.

»Daniel.«

Etliche Blitzlichter flammten auf, da vor dem Hotel einige Fotografen lungerten, die gehört hatten, dass der Präsident heute im Hay-Adams sein würde. Clancy erschien im Eingang. Flankiert von den Männern des Secret Service gingen der Präsident, Quinn und Blake hinein.

Der Geschäftsführer des Restaurants begleitete sie persönlich an einen runden Tisch in einer Ecke, den Clancy aus Sicherheitsgründen ausgesucht hatte. Ringsum tuschelten die Gäste aufgeregt miteinander. Clancy gab seinen Männern Anweisungen, die sich in der Nähe postierten, während er wie ein dunkler Schatten am Tisch stehen blieb.

»Etwas zu trinken, meine Herrn?«, fragte Cazalet. »Wie wäre es mit einem guten französischen Wein?« Er wandte sich an den Kellner. »Ich denke, wir nehmen einen Sancerre.«

»Gern, Mr. President«, nickte der Kellner, sichtlich stolz, diesen Gast bedienen zu dürfen.

»Ich kann wahrhaftig etwas zu trinken gebrauchen«, seufzte Cazalet. »Die ganze Zeit über schlage ich mich mit unseren Energieproblemen herum. Die Preise schießen in Schwindel erregende Höhen, der Ölbedarf steigt permanent, und diese dauernden Ausfälle in den Stromlieferungen – manchmal kommt es mir so vor, als steuerten wir über kurz oder lang auf eine Katastrophe zu. Und die Leute fangen an, es zu bemerken. Haben Sie die Umfrageergebnisse letzte Woche gesehen? ›Warum tut die Regierung nichts dagegen?‹ Nun, ich versuche es ja, verdammt. Manche wittern bereits Blut im Wasser – Sie wissen, wen ich meine. Wenn ich keinen Ausweg finde, sieht die Halbzeitbilanz meiner Amtszeit nächstes Jahr verheerend aus, und dann kann ich jede Hoffnung vergessen, auch nur einen Teil meiner Programme durchzukriegen. Ich könnte genauso gut zurücktreten, da ich nichts mehr bewirken könnte.«

Quinn wollte etwas erwidern, doch Cazalet winkte ab. »Ach, kümmern Sie sich gar nicht um mich. Ich musste nur mal etwas Dampf ablassen, aber deshalb haben wir uns ja nicht hier getroffen. Wir wollen uns vielmehr ein wenig unterhalten. Es ist, als warte man auf den Beginn eines Broadwaystücks.« Er blickte zur Tür. »Und ich glaube, der Vorhang öffnet sich gerade.«

In der Tür stand die Countess of Loch Dhu. An ihrem Hals funkelten Diamanten, und ein Hosenanzug aus schwarzer Seide umschmeichelte ihren Körper. Ihr Begleiter Rupert Dauncey trug zu einem weißen Hemd mit dunkler Krawatte einen eleganten Blazer von Brioni, und sein blondes Haar war akkurat gescheitelt.

Der Geschäftsführer eilte zu ihnen, um sie an ihren Tisch zu begleiten. »Sprechen Sie sie an, Blake«, sagte der Präsident. »Sie kennen sie schließlich.«

Blake stand auf, als sie näher kamen. »Kate, was für ein angenehmer Zufall.«

Sie blieb stehen, lächelte und küsste seine Wange. »Blake,

wie nett. Haben Sie schon meinen Cousin Rupert Dauncey kennen gelernt? Nein, ich glaube nicht. Sie haben vieles gemeinsam, wissen Sie?«

»Sein Ruf eilt ihm voraus.«

»Wie bei Ihnen, Mr. Johnson«, erwiderte Rupert Dauncey. »Und bei Senator Quinn.«

»Danke«, sagte Quinn. »Nett, Sie wieder zu sehen, Countess.«

Sie nickte. »Gleichfalls.«

»Mr. President«, sagte Blake, »darf ich Ihnen Lady Kate Rashid, die Countess of Loch Dhu, vorstellen?«

Cazalet stand auf und nahm ihre Hand. »Wir sind uns noch nie begegnet, Countess. Würden Sie und Mr. Dauncey uns bei einem Drink Gesellschaft leisten? Ein Glas Champagner vielleicht?«

»Wie könnte ich da Nein sagen?«

Blake winkte dem Kellner und wechselte einige Worte mit ihm. Rupert wartete, bis sie sich gesetzt hatte, und rückte ihr den Stuhl zurecht, ehe er sich an Clancy Smith wandte.

»Als ich Sie das letzte Mal gesehen habe, Sergeant Major, steckten wir ziemlich in der Scheiße hinter den irakischen Linien.«

»Allerdings, Major. Ich habe Sie übrigens in Bosnien vermisst.«

»In solchen Gegenden wird schnell jemand vermisst.« Dauncey lächelte. »Aber wir halten hier den Betrieb auf.«

Der Kellner schenkte Dom Perignon ein. Cazalet hob sein Glas. »Auf Sie, Lady Kate. Rashid Investments macht derzeit außergewöhnlich hohe Gewinne, wie ich höre. Besonders beeindruckend sind die Zahlen aus Hazar.«

»Alle Welt braucht Öl, Mr. President, das wissen Sie ja selbst.«

»Ja, aber gerade die Zahlen aus Hazar sind wirklich bemerkenswert.«

»Das ist doch kein Wunder. Immerhin ist Amerika genauso auf mich angewiesen wie Russland, und mir unterstehen die Rashid-Beduinen sowohl in Hazar wie im Leeren Viertel. Es ist die grausamste Wüste der Welt, fragen Sie nur Blake. Er war dort, als mein Bruder George umgebracht wurde.«

»Ja, das war ich – auch in der Nacht zuvor, als Cornet Bronsby getötet wurde.« Blake wandte sich an den Präsidenten und berichtete ihm, was Cazalet längst wusste. »Es gibt dort unten keine echte Armee, nur ein Regiment Hazar-Scouts. Die Rashid-Beduinen haben Bronsby mit ihren Messern langsam zu Tode gefoltert.« Er lächelte Kate grimmig zu. »Aber bei Anbruch der Morgendämmerung hat Sean Dillon ihn gerächt. Wenn ich mich recht erinnere, hat er vier von ihnen auf fünfhundert Meter erschossen, nicht wahr? Ja, Sean ist wirklich ein ausgesprochen guter Schütze.«

»Ein ausgesprochener Teufel«, erwiderte Kate Rashid.

»Weil einer von ihnen Ihr Bruder George war? Wer andere ermordet, muss schließlich mit solchen Konsequenzen rechnen, oder?«

Die Atmosphäre war spürbar angespannt, doch dann lächelte die Countess. »Nun, über Mord wissen Sie ja Bescheid, nicht wahr, Mr. Johnson? Und auch über den Preis, den man dafür zahlen muss. Manchmal ist es ein sehr hoher Preis.« Sie beugte sich dichter zu ihm. »Bitte, machen Sie das auch Ihren Freunden eindringlich klar.«

»Tun Sie es nicht, Kate.« Blake umfasste ihr Handgelenk. »Was immer Sie planen, tun Sie es nicht.«

»Blake, ich kann tun und lassen, was ich will. Rupert?«

Er zog ihren Stuhl zurück, und sie stand auf. »Mr. President, es war mir eine Ehre.« Sie wandte sich um und ging davon. Dauncey nickte den Männern kurz zu und folgte ihr.

Für eine Weile herrschte Schweigen, bis Quinn schließlich fragte: »Was hatte das alles zu bedeuten?«

»Lesen Sie die Akte, Daniel«, sagte Cazalet. »Und fliegen Sie nach London, sobald Sie können. Irgendwie habe ich das Gefühl, dass uns möglicherweise weniger Zeit bleibt, als wir gedacht haben.«

Kate Rashid und ihr Cousin saßen an ihrem Tisch in einer anderen Ecke des Restaurants. »Zigarette, Rupert.«

Er gab ihr eine Marlboro und knipste ein Messingfeuerzeug an, das aus einer Kalaschnikowkugel gefertigt worden war.

»Bitte sehr, Schatz.«

»Woher hast du das eigentlich, Rupert? Ich wollte dich schon immer mal danach fragen.«

»Ach, das ist ein Souvenir aus dem Golfkrieg. Ich war in einen Hinterhalt geraten, in eine ziemlich scheußliche Situation, und fand zufällig ein irakisches Gewehr. Damit konnte ich mich meiner Haut wehren, bis Hilfe kam, komischerweise in Gestalt von Sergeant Major Clancy Smith. Und als ich später nachschaute, entdeckte ich, dass noch eine einzige Kugel im Magazin übrig war.«

»Das war knapp.«

»Allerdings. Ich habe sie eingesteckt und später von einem Juwelier in der Bond Street zu einem Feuerzeug umarbeiten lassen. Du kennst doch den Ausdruck *Memento mori*?«

»Natürlich, Rupert. Gedenke des Todes.«

»Genau.« Er warf das Feuerzeug in die Luft und fing es

wieder auf. »Eigentlich müsste ich längst tot sein, Kate, mindestens drei- oder viermal war es mehr als knapp, aber ich lebe immer noch. Warum? Ich weiß es nicht, aber dieses Ding erinnert mich daran.«

»Gehst du noch zur Messe, Darling, und zur Beichte?«

»Nein. Aber Gott weiß alles und versteht alles, sagt man nicht so? Und seine Fähigkeit, uns zu verzeihen, ist unendlich groß.« Er lächelte. »Wenn das jemand braucht, dann ich. Aber das ist dir ja sicher bekannt. Wahrscheinlich weißt du sowieso alles über mich. Ich vermute mal, es hat nicht mehr als eine halbe Stunde gedauert, nachdem ich mich dir bei diesem Empfang in London vorgestellt hatte, bis deine Sicherheitsleute mich durchleuchtet hatten.«

»Zwanzig Minuten, Darling. Du warst zu gut, um wahr zu sein. Der reinste Segen Allahs. Ich hatte meine Mutter und meine Brüder verloren, und plötzlich erschienst du – ein Dauncey, von dessen Existenz ich gar keine Ahnung hatte. Dafür bin ich Allah wirklich dankbar.«

Rupert Dauncey griff bewegt nach ihrer Hand. »Du weißt, ich würde für dich töten, Kate.«

»Ich weiß, Darling. Und du musst es vielleicht sogar.«

Er lächelte nur. »Ich liebe dich wahnsinnig.«

»Aber Rupert, du machst dir doch gar nichts aus Frauen.«

»Ja, wirklich ein Jammer. Trotzdem liebe ich dich.« Er lehnte sich zurück. »Also, was wolltest du mir erzählen?«

»Es ist interessant, wie dick Senator Daniel Quinn mit Cazalet befreundet zu sein scheint. Ich weiß, dass er mir hinterhergeschnüffelt hat, und wollte ihn eigentlich umbringen lassen, ehe seine Leute zu viel über meine Aktivitäten entdecken. Jetzt frage ich mich allerdings, ob dahinter nicht noch mehr steckt.«

»Was zum Beispiel?«

»Keine Ahnung. Aber es wäre interessant, das herauszufinden … Weißt du, dass er eine Tochter hat, Rupert? Sie heißt Helen und studiert mit einem Rhodes-Stipendium in Oxford.«

»Ja und?«

»Ich möchte, dass du dich um sie kümmerst.«

»Wie meinst du das?«

»Nun, du kennst doch meine kleinen karitativen Einrichtungen, nicht wahr? Mir liegt daran, unterdrückte Minderheiten und politisch engagierte Gruppen zu unterstützen wie Act of Class Warfare, die United Anarchist Front, die Army of National Liberation in Beirut. Sie sind ein wenig wild, aber … sie meinen es gut.«

»Sie meinen es gut? Das ist wirklich ein guter Witz.«

»Rupert, du bist unfreundlich. Nun, jedenfalls bietet Act of Class Warfare in meinem Schloss Loch Dhu im westlichen Schottland etliche Kurse an. Es ist ein ziemlich heruntergekommener alter Kasten, aber schön abgelegen. Dort können junge Leute Abenteuerurlaub machen, wodurch sie Selbsterfahrung sammeln können … und einige der älteren lernen noch ein wenig mehr.«

»Wie in Hazar?«

»Genau. Ja, das Kinderhilfswerk der Army of Arab Liberation ist schon ein anderes Kaliber – komplettes paramilitärisches Training unter Anleitung von Söldnern. Manche sind übrigens Iren. Davon gibt es jede Menge, seit der ganze Friedensprozess begann.«

»Und was willst du von mir?«

»Du sollst die Leitung in Loch Dhu übernehmen, ein wachsames Auge auf alles haben und dafür sorgen, dass niemand herumschnüffelt. Und ich will, dass du engen Kontakt hältst mit Act of Class Warfare.«

»Warum?«

»Weil ich so das Gefühl habe, dass wir Senator Quinn wieder sehen werden, und zwar eher, als wir denken. Wusstest du, Rupert, dass es an den meisten großen Universitäten inzwischen Gruppen von Act of Class Warfare gibt? Und die Mitglieder dieser Gruppen, die den Kapitalismus zerschlagen wollen«, lachte Kate, »sind die Kinder der Reichen.«

»Und was hat das mit Quinn zu tun?«

»Nun, mein lieber Rupert ... zur Oxforder Gruppe gehört auch Helen Quinn.«

Bei Sean Dillon erschien am folgenden Morgen Major Roper, ein seltsamer junger Mann in einem hochmodernen elektrischen Rollstuhl. Er trug einen Seemannsmantel, hatte schulterlanges Haar, und sein Gesicht war eine starre Maske aus Narbengewebe, wie es sich nach einer Brandverletzung bildet. Er war ein hervorragender, mit dem Georgskreuz ausgezeichneter Sprengstoffexperte bei den Royal Engineers, der Pioniertruppe der britischen Armee, gewesen, bis er in Belfast versucht hatte, eine – wie er immer sagte – »lächerliche kleine Bombe der IRA« zu entschärfen.

Er hatte überlebt und begonnen, sich mit Computern zu beschäftigen. Inzwischen war er ein ausgefuchster Experte. Wann immer es darum ging, irgendwelche Informationen ausfindig zu machen, und seien sie noch so abwegig, wandte man sich an Roper.

»Sean, du Mistkerl«, grüßte er fröhlich.

Dillon half ihm über die Treppenstufen. »Du siehst gut aus.«

»Hannah hat mir nicht viel verraten, bloß eine Akte geschickt. Ziehen wir wieder in den Krieg?«

»Durchaus möglich.«

Er folgte Roper durch den Korridor. Ferguson hatte gerade telefoniert und legte den Hörer auf. »Major, wie geht es?«

»Gut, General. Sie haben Arbeit für mich?«

»Und ob.«

Nachdem sie ihn über alles informiert hatten, sagte Dillon: »Und als Erstes hätten wir gern, dass du diese Gruppen überprüfst, denen sie Geld gibt. Falls sie eine Achillesferse hat, dann vielleicht dort. Wonach wir konkret suchen, weiß ich zwar nicht genau, aber wir werden es schon merken, wenn wir darüber stolpern.«

»Eins muss Ihnen klar sein«, entgegnete Roper. »Kate Rashid hat sicher gemerkt, dass Quinns Leute sie vor ein paar Monaten durchleuchtet haben. Sie werden zwangsläufig Spuren hinterlassen haben. Das bedeutet, sie hat Zeit gehabt, entsprechende Unterlagen zu vernichten, sofern es etwas zu verbergen gibt.«

»Heißt das, Sie glauben nicht, dass Sie noch irgendwas finden werden?«, fragte Ferguson.

Ropers Narbengewebe verzog sich zu so etwas wie einem Lächeln. »Das habe ich nicht gesagt. Denn selbst wenn sie es probiert hat – Daten verschwinden nicht einfach im Nichts.«

London

Oxford

Hazar

5

Ropers Apartment am Regency Square lag im Erdgeschoss, hatte einen eigenen Eingang mit einer Rampe für seinen Rollstuhl und war komplett für einen behinderten Menschen eingerichtet. Da Roper allerdings entschlossen war, nicht nur allein zurechtzukommen, sondern auch beruflich auf eigenen Füßen zu stehen, war das ursprüngliche Wohnzimmer in ein Computerlabor umgewandelt worden. Die gesamte Ausstattung war auf dem neuesten Stand der Technik. Manche Geräte hatte er als ehemaliger Major sogar vom Geheimdienst bekommen, vor allem auch deshalb, weil Ferguson häufig seine Hilfe in Anspruch nahm.

Drei Tage nach Quinns Treffen mit dem Präsidenten läutete es um zehn Uhr morgens an der Tür. Roper drückte einen Knopf, und einen Moment später kamen Ferguson, Dillon und Hannah Bernstein herein.

»Also, was haben Sie?«, fragte Ferguson.

»Nun, wie Ihnen ja schon bekannt ist, spendet der Rashid Educational Trust an eine unglaubliche Vielzahl von Organisationen Geld. Die Liste ist wirklich ellenlang. Die meisten von ihnen scheinen sauber zu sein, aber hinter diesem Kinderhilfswerk in Beirut steckt zum Beispiel eindeutig die Hisbollah. Und es gibt ähnliche Stiftungen in Syrien, dem Irak, Kuwait, Oman. Ich arbeite immer noch daran, doch ich wette, dass manche ebenfalls Tarnorganisationen von Terroristen sind.«

»Was um alles in der Welt treibt sie nur?«, meinte Ferguson.

»Sie festigt ihre Macht«, entgegnete Dillon. »Stellt Verbindungen her zu allen wichtigen arabischen Führern, um entweder friedlich oder mit Gewalt Einfluss zu gewinnen, je nachdem, wie es zu ihren speziellen Zielen gerade passt.«

Roper nickte. »Und vergessen Sie nicht ihre Ölanlagen im Mittleren Osten. Ein Drittel der gesamten Menge, die dort gefördert wird, stammt von der Firma Rashid. Sie könnte das komplette Kartenhaus zum Einsturz bringen, wenn sie wollte.«

»Herrgott«, stöhnte Ferguson. »Ein Drittel der Ölproduktion im Mittleren Osten.«

»Wie sieht es hier bei uns aus?«, fragte Dillon. »Sie hat keine Spenden an die IRA, die Ulster Freedom Fighters oder solche Gruppen gegeben?«

»Nein, aber an zahlreiche andere extremistische Organisationen wie die People's Army, die Socialist Marxist League, die Nationalist Liberation Group, die United Anarchists und so weiter – und stets als Spenden für Bildung und Erziehung deklariert.«

»Da fragt man sich nur noch, welche dieser Gruppen wohl das nächste Mal dafür verantwortlich ist, wenn es in London wieder Unruhen gibt«, meinte Hannah.

Roper zuckte mit den Schultern. »Sie ist sehr klug. Das alles ist völlig legal und korrekt. Viele würden diesem Engagement sogar Beifall zollen.«

»Oberflächlich gesehen mag es legal und korrekt sein«, schnaubte Ferguson. »Was ist mit Act of Class Warfare?«

»Trotz des Namens scheinen sie ziemlich harmlos zu

sein. Ihr wichtigstes Anliegen ist es, Kindern von zwölf bis achtzehn kostenlose Ferien auf dem Land zu ermöglichen mit Bootsfahrten, Wandern, Bergsteigen und so weiter.«

»Möchte nur wissen, was sie den älteren Schülern anbieten«, meinte Dillon.

»Ihr Hauptquartier liegt im Nordwesten Schottlands, in einer Stadt namens Moidart bei Schloss Loch Dhu. Ja, es gehört der Countess.«

Ferguson war verblüfft. »Das kenne ich. Wir sind dort schon mal gewesen.«

»Wie das?«, fragte Roper.

»Vor ein paar Jahren hatten wir es mit einem ziemlich üblen Gesellen namens Carl Morgan zu tun, der dieses Schloss für einige Wochen gemietet hatte«, erklärte Dillon. »Der General, Hannah und ich hatten uns damals in Ardmurchan Lodge auf der anderen Seite des Sees einquartiert.«

»Aber es gehörte doch Lady Katherine«, meinte Hannah.

»Ja, aber die Sache ist ein wenig komplizierter«, entgegnete Roper. »Schon damals, als Sir Paul Dauncey von James dem Ersten den Titel eines Earl of Loch Dhu erhielt, war es ein altes Schloss. So um 1850 begann einer der späteren Earls, es im viktorianischen Stil zu renovieren, doch die Familie hat es kaum je benutzt – sie wohnten lieber in Dauncey Place. Dann haben sie es auf fünfzig Jahre der Familie Campbell vermietet. Beim Tod von Lady Katherine Rose vor fünf Jahren fiel der Pachtvertrag wieder an die Daunceys zurück.«

»Beziehungsweise durch die Heirat von Kates Mutter an die Rashids«, ergänzte Dillon.

»C. G. Jung hat einmal von einer so genannten Synchronizität gesprochen«, sagte Hannah, »wenn ein Ereignis mehr zu sein scheint als bloßer Zufall, dass man förmlich glauben muss, es stecke eine tiefere Bedeutung dahinter.«

»Ja, unheimlich, nicht wahr?«, nickte Dillon. »Als hätte Kate Rashid die ganze Zeit darauf gewartet, dass wir wieder auftauchen.«

»Reden Sie keinen Unsinn«, warf Ferguson ein. »Aber ich glaube, es ist an der Zeit, dass wir sozusagen Laut geben.«

»Was meinen Sie, Sir?«

»Nun, sie sollte ruhig schon mal merken, dass wir Bescheid wissen.«

»Und was würde das bezwecken?«, fragte Dillon.

»Na gut«, seufzte Ferguson. »Was ich Ihnen jetzt sage, ist streng geheim und nur für Ihre Ohren bestimmt. In Whitehall würde man mir wahrscheinlich bei lebendigem Leib die Haut abziehen, wenn man wüsste, dass ich es Ihnen erzähle – aber die letzten Jahre über hat Kate Rashid ... gelegentlich für die Regierung gearbeitet, genauer gesagt als geheime Botschafterin für das Außenministerium und den Premierminister.«

»*Was!*«, rief Hannah. »O nein, das glaube ich einfach nicht!«

»Verraten Sie uns auch, wem sie Botschaften übermittelt hat?«, fragte Dillon.

»Saddam Hussein.«

»Großer Gott«, stöhnte Hannah.

»Sie kennt ihn gut; er ist ein großer Bewunderer von ihr.«

»So ist das also«, bemerkte Roper. »Sie hat einflussreiche Beschützer, und wir hätten Schwierigkeiten, gewisse Leute in den höchsten Regierungskreisen davon zu überzeugen, dass die Dame keineswegs harmlos ist.«

»Ja. Aber ich weiß, was ich von ihr zu halten habe«, sagte Ferguson.

»Und Kate Rashid soll also merken, dass Sie sie im Auge behalten?«

»Genau«, nickte Ferguson. »Superintendent, Sie und Dillon fliegen nach Loch Dhu Castle, und dann sehen wir mal, was sich tut.«

»Wann, Sir?«

»Sofort. Rufen Sie Farley Field an. Lacey und Parry sollen die Gulfstream bereithalten. Wenn ich mich recht erinnere, gibt es in der Nähe des Lochs eine alte Rollbahn der RAF. Es sind nur vierhundertfünfzig Meilen, also müssten Sie in anderthalb Stunden dort sein.«

»Wir bräuchten aber noch ein Fahrzeug, Sir.«

»Dann fordern Sie vom Stützpunkt in Oban einen unauffälligen Wagen an. Tun Sie es gleich. Vorwärts, Superintendent, Sie können über Ihr Handy von unterwegs aus anrufen.«

Er schob sie fast aus dem Raum, und Dillon grinste Roper zu. »Jetzt weißt du, wie wir den Krieg gewonnen haben.«

»Welchen Krieg?«, fragte Roper.

Farley Field war ein kleiner Flugplatz der Royal Air Force, der für geheime Operationen genutzt wurde. Major Lacey und Hauptmann Parry erwarteten sie bereits. Beide trugen unauffällige blaue Fliegeroveralls ohne Rangabzeichen. Sie hatten in Fergusons Auftrag schon oft an riskanten Operationen in verschiedenen Teilen der Welt teilgenommen und waren dafür mit dem Luftwaffenkreuz ausgezeichnet worden.

»Nett, Sie zu sehen«, grüßte Lacey. »Wird's mal wieder übel?«

»Wahrscheinlich nicht«, entgegnete Dillon, »aber man weiß ja nie, oder?«

»Wir nehmen den Lear, da er keine Hoheitszeichen hat, Superintendent. Sie haben doch gesagt, es solle alles möglichst unauffällig vor sich gehen.«

»Ganz recht. Dann los.«

Hannah stieg die Gangway hinauf, Dillon und die Piloten folgten. Lacey ging ins Cockpit, und Parry schloss die Tür. Eine Minute später rasten sie über die Rollbahn, hoben ab und stiegen rasch auf neuntausend Meter.

»Warum legen Sie so viel wert auf Anonymität? Ferguson will doch, dass Kate davon erfährt«, meinte Dillon.

»Wir sind eine geheime Organisation, und das wollen wir auch bleiben. Ein Flugzeug mit RAF-Hoheitsabzeichen und zwei Offizieren in Uniform würde der Countess Grund genug für eine formelle Beschwerde geben.«

»Ach, das würde Kate nie tun. Selbst in unserem Geschäft gibt es Regeln.«

»Sie haben doch noch nie im Leben irgendeine Regel beachtet.«

Dillon zündete sich eine Zigarette an. »Wenn mir eine passte, dann schon. Wie geht es Ihnen eigentlich, Hannah?«

Während der Fehde mit den Rashids im vergangenen Jahr war sie von einem Araber dreimal angeschossen worden.

»Kein Grund zur Sorge, Dillon. Ich bin wieder im Dienst, oder?«

»Was sind Sie doch für eine harte Frau.«

»Ach, halten Sie die Klappe.«

Parry hatte einige Zeitungen auf dem Sitz liegen lassen. Hannah griff nach der *Times* und begann zu lesen.

Zur gleichen Zeit erreichte Daniel Quinn im Kosovo das Dorf Leci in einem Landrover des British Household Cavalry Regiment. Ein Soldat stand hinter einem aufmontierten Maschinengewehr, ein anderer war am Steuer, während Quinn auf dem Rücksitz neben einem Corporal of Horse namens Varley saß, dessen Rang dem eines Sergeants in anderen Einheiten entsprach.

Es begann zu regnen. In der Luft lag der beißende Geruch nach Rauch, der aus immer noch brennenden Häusern stieg. Nirgends waren Menschen zu sehen.

»Es scheint, als wäre hier ebenfalls diese fliegende Kolonne der Albaner gewesen«, sagte Varley.

»Könnten wir Probleme bekommen?«

»Solange wir unter unserer Flagge fahren, wahrscheinlich nicht.« Varley deutete auf den Union Jack, der am Jeep befestigt war.

»Mir ist schon aufgefallen, dass Sie nicht die UN-Flagge gehisst haben oder die blauen Baretts tragen.«

»Wir halten es lieber so; das funktioniert besser, weil wir dann nicht als parteiisch gelten.«

»Verstehe.«

Quinn hörte das Dröhnen eines Hubschraubers, der jedoch im Nebel nicht zu sehen war, und fühlte sich plötzlich an Vietnam erinnert. Hunderte von Erinnerungen, die er jahrelang vergessen hatte, überfluteten ihn. Er roch sogar wieder den unverkennbaren Geruch von verbranntem Fleisch, den man nie wieder vergaß, wenn man ihn einmal in der Nase gehabt hatte.

Der Fahrer bremste und schaltete den Motor ab. Das Dröhnen des Hubschraubers verschwand in der Ferne, und auf einmal war es sehr still.

»Leichen, Corporal.«

Varley und Quinn standen auf. Ein Mann, eine Frau und drei Kinder lagen mitten im Weg; einige Meter entfernt sahen sie weitere Tote mit dem Gesicht nach unten liegen.

»Scheint eine Familie zu sein, die man niedergeschossen hat.« Varley schüttelte den Kopf. »Dreckskerle. Ich habe in meinem Leben wirklich schon Schlimmes gesehen, aber dieses verfluchte Land schlägt alles. Geben Sie uns Deckung, während wir sie wegschaffen«, befahl er dem Soldaten am Maschinengewehr. »Wir können ja schlecht über sie drüberfahren.«

»Ich helfe Ihnen«, sagte Quinn.

Sie stiegen aus, und Quinn war wirklich zumute, als sei er wieder nach Vietnam zurückversetzt worden. Er hob eines der Kinder auf, einen Jungen, schätzungsweise acht Jahre alt, brachte ihn an den Straßenrand und legte ihn an eine Mauer. Varley und der Soldat brachten zwei weitere Kinder.

Quinn fühlte sich entsetzlich. Ein kalter Schauder überlief ihn, und eine tiefe Beklommenheit stieg in ihm auf. Varley und der Soldat hoben gemeinsam den Mann auf, trugen ihn zur Mauer und gingen die Frau holen.

Quinn atmete tief durch, ehe er ihnen folgte. Einer der Toten, der bekleidet war mit Stiefeln, weiten Hosen, einer alten Kampfjacke und einem wollenen Hut, war offensichtlich in den Rücken geschossen worden. Er drehte die Leiche um und zuckte entsetzt zurück, als er in das schlammbespritzte Gesicht einer jungen Frau mit weit geöffneten starren Augen blickte. Sie war vielleicht Anfang zwanzig, etwa genauso alt wie seine eigene Tochter.

»Brauchen Sie Hilfe, Senator?«, rief Varley.

»Nein, geht schon.«

Quinn hob das Mädchen auf, brachte es zur Mauer und

lehnte es dagegen. Dann nahm er ein Taschentuch und wischte behutsam den Schlamm von ihrem Gesicht, schloss ihr die Augen, ging einige Schritte zur Seite und übergab sich heftig.

»Verdammte Politiker«, schnaubte der Soldat. »Tut ihnen vielleicht ganz gut, zur Abwechslung mal zu sehen, was das tatsächlich für eine Scheiße ist.«

Varley packte ihn grob am Arm. »Vor dreißig Jahren hat dieser ›verdammte Politiker‹ bei den Special Forces in Vietnam gedient und ist mit der Congressional Medal of Honor ausgezeichnet worden. Also halten Sie besser die Klappe und bringen uns hier weg, klar?«

Der Soldat schlüpfte hinter das Lenkrad, und Varley nahm wieder neben Quinn auf dem Rücksitz Platz. »Sie wissen, was wir von der Household Cavalry in London tun, nicht wahr, Senator?«, fragte er. »Wir reiten herum mit Säbeln, Brustharnischen und Helmen mit Federbüscheln, und die Touristen lieben uns. Genauso die britische Öffentlichkeit, die meint, wir seien lediglich Operettensoldaten. Bloß – warum habe ich dann mit neunzehn im Falklandkrieg gedient, im Golfkrieg, in Bosnien und jetzt in diesem Scheißland?«

»Man ist also allgemein falsch informiert.«

Varley zog einen Flachmann aus seiner Tasche. »Möchten Sie etwas Brandy, Senator? Es ist zwar strikt gegen die Vorschriften, aber manchmal eine gute Medizin. Auch wenn es bloß Fusel ist.«

Die Flüssigkeit brannte in seiner Kehle, und Quinn reichte hustend die Flasche zurück. »Tut mir Leid, was vorhin geschehen ist. Sicher sind Sie von mir enttäuscht.«

»Das passiert uns allen mal, Sir. Machen Sie sich deswegen keine Gedanken.«

»Wissen Sie, ich habe eine Tochter, Helen. Diese junge Frau war genau in ihrem Alter.«

»Dann würde ich sagen, dass Sie noch einen Extraschluck gebrauchen können.« Varley reichte ihm erneut die Flasche. Quinn trank einen weiteren Schluck und dachte an seine Tochter.

Helen saß in diesem Moment mit einem langhaarigen Studenten namens Alan Grant im Lion, einem Oxforder Pub, der bei allen Studenten beliebt war und in der gleichen Straße lag wie ein altes Schulgebäude, wo Act of Class Warfare sein Hauptquartier hatte. Sie trank trockenen Weißwein und lachte über Grants Späße. Sein Bruder war Sicherheitsexperte und hatte ihm ein neues Spielzeug geschickt – einen Kugelschreiber mit eingebautem Kassettenrecorder. Grant nahm immer wieder Gesprächsfetzen auf und spielte sie anschließend mit bissigen Kommentaren ab, was Helen zum Brüllen komisch fand.

In einer Nische auf der anderen Seite des Lokals saß Rupert Dauncey mit einem unbedeutenden Professor namens Henry Percy, einem Wirrkopf, der sich für fast jedes nur mögliche politische Anliegen begeisterte.

»Vielen Dank für den Scheck, Mr. Dauncey. Wir von Act of Class Warfare sind für die ständige Unterstützung des Rashid Educational Trust wirklich sehr dankbar.«

Rupert Dauncey hatte längst gemerkt, dass dieser Mann ein heuchlerischer Schleimer war, und fragte sich, wie viel von dem Geld wohl an seinen Fingern kleben blieb, aber er beschloss, mitzuspielen.

»Wir freuen uns, helfen zu können. Was ist das übrigens für eine Demonstration am Samstag in London? Ich hörte, Sie nehmen auch daran teil?«

»Allerdings. Es geht um Freiheit in Europa! Die United Anarchist Front hat es organisiert.«

»Wirklich? Ich dachte, es gäbe bereits Freiheit in Europa. Na ja, egal. Ihre Studenten machen also dabei mit?«

»Natürlich.«

»Sie wissen, dass die Polizei keine Demonstrationen in Whitehall mag. Es können so leicht Unruhen entstehen.«

»Die Polizei kann uns nicht aufhalten. Die Stimme des Volkes wird gehört werden!«

»Ja, natürlich«, erwiderte Rupert trocken. »Sind Sie einer der Anführer, oder marschieren Sie nur mit?«

»Ich … ich habe …«, stotterte Percy unbehaglich. »Am Samstag kann ich leider nicht … ich habe eine dringende Verpflichtung.«

Wundert mich nicht, dachte Rupert Dauncey, aber er lächelte nur. »Würden Sie mir einen Gefallen tun? Kennen Sie dieses nette Mädchen dort drüben? Ich habe sie im Vorbeigehen reden gehört. Sie scheint Amerikanerin zu sein. Ist sie eines Ihrer Mitglieder?«

»Ja, das ist Helen Quinn, eine Rhodes-Stipendiatin. Wirklich ein bezauberndes Mädchen. Ihr Vater war früher mal Senator.«

Rupert wusste natürlich, wer sie war, und kannte sogar den Namen des Jungen. »Stellen Sie mich ihr vor, wenn wir gehen? Ich treffe gar zu gern amerikanische Landsleute.«

»Natürlich.« Percy stand auf und ging voraus. »Hallo, ihr beiden. Helen, ich möchte Sie mit Rupert Dauncey bekannt machen, einem Landsmann von Ihnen.«

Sie lächelte. »Hi, woher kommst du?«

»Aus Boston.«

»Mensch, ich auch! Das ist Alan Grant.«

Grant ärgerte sich offensichtlich über die Störung und

musterte Dauncey nur mürrisch, was Rupert jedoch nicht weiter störte. »Studierst du hier?«

»St. Hughes.«

»Ah, ein ausgezeichnetes College, wie ich höre. Professor Percy hat mir erzählt, ihr geht am Samstag zu dieser Demonstration.«

»Natürlich«, nickte sie begeistert.

»Na, dann pass gut auf dich auf, ja? Es täte mir Leid, wenn du in Handgreiflichkeiten gerietest. Auf Wiedersehen – hoffentlich.«

»Meine Fresse«, brummte Grant, nachdem Rupert und Percy gegangen waren, »was glaubt der Kerl, wer er ist?«

»Ich fand ihn nett.«

»Typisch Frau.« Er drückte einen Knopf in seiner Tasche, und Ruperts Stimme erklang: *»Es täte mir Leid, wenn du in Handgreiflichkeiten gerietest.«*

»Ich weiß genau, was dieser Kerl gern möchte – mal selbst bei dir handgreiflich werden«, grollte er. »Am liebsten hätte ich ihm eins auf die Nase gegeben.«

»Ach, jetzt hör schon auf!« Manchmal geht Alan wirklich zu weit, dachte Helen.

Hannah Bernstein und Dillon überflogen den English Lake District, den Firth of Forth, die Grampian Mountains, bald kamen die Inseln Eigg und Rhum in Sicht und im Norden die Isle of Skyke. Sie landeten auf einer alten Rollbahn aus dem Zweiten Weltkrieg, wo es außer einem Kontrollturm nur noch ein paar verfallene Hangars gab. Ein Kombi parkte vor dem Tower, daneben stand ein Mann in einem Tweedanzug. Lacey ließ den Lear ausrollen und schaltete das Triebwerk ab. Parry öffnete die Tür, und Lacey stieg als Erster die Gangway herunter. Der Mann kam auf sie zu.

»Major Lacey?«

»Das bin ich.«

»Sergeant Fogarty. Man hat mich aus Oban hergeschickt.«

»Sehr gut. Diese Dame ist Detective Superintendent Bernstein von Scotland Yard. Sie und Mr. Dillon haben etwas im Schloss Loch Dhu zu erledigen. Sie bringen sie dorthin und halten sich genau an das, was Superintendent Bernstein Ihnen sagt. Nachher bringen Sie sie wieder hierher zurück.«

»Selbstverständlich, Sir.«

Nach zwanzig Minuten Fahrt erreichten sie das Schloss, das immer noch so imposant war, wie sie es in Erinnerung hatten. Es lag ein gutes Stück von der Straße entfernt hinter drei Meter hohen Mauern. Aus dem Schornstein des Pförtnerhauses stieg Rauch auf, doch die Tore waren geschlossen und ließen sich auch nicht aufschieben.

»Elektronisch gesichert – eine Verbesserung gegenüber früher«, meinte Dillon.

Aus dem Pförtnerhaus erschien ein Mann mit einem harten, grobknochigen Gesicht, der eine abgesägte Flinte unter dem linken Arm trug.

»Guten Tag«, grüßte Hannah.

»Was wollen Sie?«, fragte er mit schottischem Akzent.

»Na, na!«, sagte Dillon. »Sie sehen doch, dass Sie es mit einer Dame zu tun haben, also gewöhnen Sie sich einen anderen Ton an. Wer sind Sie überhaupt?«

Der Mann beäugte ihn misstrauisch, als ahne er, dass es Schwierigkeiten geben könnte. »Mein Name ist Brown. Ich bin der Verwalter. Was wollen Sie?«

»Mr. Dillon und ich waren vor ein paar Jahren zum Jagen hier«, erklärte Hannah. »Wir hatten damals Ardmurchan Lodge gemietet.«

»Wir wissen, dass Sie heutzutage im Schloss Abenteuerkurse für junge Leute anbieten«, fuhr Dillon fort, »aber wir wollten uns erkundigen, ob Ardmurchan Lodge vielleicht nach wie vor vermietet wird. Mein Chef, General Ferguson, würde gern mal wieder hier auf die Jagd gehen.«

»Nein, es ist nicht zu mieten, und außerdem ist die Jagdsaison vorbei.«

»Nicht für die Jagd, an der wir interessiert sind«, entgegnete Dillon freundlich.

Brown zog seine Flinte unter dem Arm hervor. »Ich glaube, Sie gehen besser wieder.«

»Ich wäre vorsichtig damit – ich bin Polizistin«, sagte Hannah.

»Polizistin, ach nee! Verschwinden Sie.« Er spannte den Hahn.

Dillon hob eine Hand. »Schon recht, wir wollen keinen Ärger. Offensichtlich ist das Jagdhaus nicht zu mieten. Kommen Sie, Hannah.«

Sie kehrten zum Wagen zurück. »Fahren Sie so weit, dass wir außer Sicht sind«, sagte Dillon zu Fogarty.

»Was dort eben passiert ist, unterliegt der Geheimhaltung, Sergeant, ist das klar?«, fragte Hannah.

»Natürlich, Superintendent.«

»Gut«, nickte Dillon, »dann halten Sie jetzt. Ich klettere über die Mauer, und Sie können mir einen Schubs geben.«

Fogarty verschränkte seine Hände, und Dillon stellte seinen linken Fuß hinein. Der Sergeant stemmte ihn hoch, Dillon zog sich über die Mauer, landete auf der anderen Seite zwischen den Bäumen und schlich auf das Pförtnerhaus zu.

Der Verwalter stand in der Küche am Telefon. Er hatte die Flinte auf den Tisch gelegt und wählte gerade eine Nummer, als er ein leises Quietschen hörte und einen Luftzug spürte. Hastig ließ er den Hörer fallen und wollte nach der Flinte greifen, doch dann sah er die Walther in Dillons rechter Hand.

»Das ist aber ungezogen. Ich hätte dich jetzt schon erschießen können.«

»Was wollen Sie?«, fragte Brown heiser.

»Du hast die Countess of Loch Dhu angerufen, hab ich Recht?«

»Ich weiß nicht, wovon Sie reden.«

Dillon schlug ihn mit der Walther ins Gesicht. »Habe ich Recht?«, wiederholte er.

Brown taumelte zurück. »Ja, verflucht. Was wollen Sie?«

»Informationen – über Act of Class Warfare zum Beispiel. Urlaub für Kinder, die eine schöne Zeit auf dem Land verbringen, klettern, auf dem See Boot fahren, wandern – so was bietet ihr doch hier an?«

»Das stimmt.« Brown zog ein Taschentuch heraus und wischte sich das Blut aus dem Gesicht.

»Und was ist mit den anderen Kursen für die Älteren?«

»Ich weiß nicht, was Sie meinen.«

»Die Jungs und Mädchen, die gern mit vermummten Gesichtern an gewalttätigen Demonstrationen teilnehmen. Lass mich mal raten. Ihr bringt ihnen so interessante Sachen bei wie die Herstellung von Molotowcocktails und wie man berittene Polizisten attackiert.«

»Sie sind verrückt.«

Dillon versetzte ihm einen erneuten Schlag.

»Ich kann Ihnen nicht helfen«, rief Brown. »Das würde mich mein Leben kosten.«

»Wirklich?« Dillon packte ihn bei der Kehle, drückte ihn auf den Tisch und hielt die Mündung der Walther an sein rechtes Knie. »Ich mach's billiger und begnüge mich mit deinem Knie. Du hast zehn Sekunden, um dich zu entscheiden.«

»Nein, bitte! Ja, es stimmt. Es gibt hier solche Ausbildungskurse, genau wie Sie gesagt haben. Sie kommen aus dem ganzen Land hierher, manche sogar aus dem Ausland. Aber ich kümmere mich bloß um das Haus und das Grundstück, das ist alles, und mehr weiß ich nicht, ich schwör's!«

»Na, das bezweifle ich sehr. Aber belassen wir es dabei, ich wollte nur eine Bestätigung von dir. Das war doch gar nicht so schlimm, oder? Und wenn du mir jetzt das Tor aufmachst, bin ich auch schon wieder weg.« Er griff nach der Flinte und warf sie durch die offene Tür in ein Gebüsch. »Anschließend rufst du die gute Countess an, würde ich vorschlagen. Ich bin sicher, dass mein Besuch sie sehr interessieren wird.«

Brown schlurfte zur Tür, drückte einen Knopf in einem schwarzen Kästchen, und draußen glitten die Tore auseinander.

»Sag ihr, Dillon war hier und lässt ihr herzliche Grüße ausrichten.«

Er eilte zurück zum Wagen. »Zum Flugzeug.«

Fogarty startete den Motor. »Es hat doch hoffentlich keine Toten gegeben?«, fragte Hannah.

»So etwas trauen Sie mir zu? Es stellte sich heraus, dass er ein recht vernünftiger Mann ist, unser Verwalter. Ich erzähle Ihnen alles im Flugzeug.«

Brown befolgte natürlich Dillons Rat und rief Kate Rashid in London an, erfuhr jedoch nur, dass sie ausgegangen sei, was seine Panik noch vergrößerte. Sein Gesicht schmerzte inzwischen teuflisch. Verzweifelt versuchte er es mit der Handynummer, die sie ihm für Notfälle gegeben hatte. Kate und Rupert waren zum Essen im Ivy. Schweigend hörte sie sich Browns Bericht an.

»Wie schwer sind Sie verletzt?«, fragte sie ruhig.

»Ich muss genäht werden. Der Dreckskerl hat mir mit seiner Walther das Gesicht aufgerissen.«

»Nun, das war ja zu erwarten, nicht wahr? Wiederholen Sie doch noch mal, was er gesagt hat.«

»Irgendwas, dass ich ausrichten soll, Dillon sei da gewesen und ließe Sie herzlich grüßen.«

»Ganz mein Dillon. Fahren Sie zum Arzt, Brown. Wir reden später weiter.«

Der Kellner hatte respektvoll in einiger Entfernung gewartet, bis Rupert ihm ein Zeichen gab. Er schenkte Cristal-Champagner in ihre Gläser und zog sich wieder zurück.

»Auf deine hübschen Augen, Cousine. Wie kommt es nur, dass ich Probleme wittere nach den wenigen Worten, die ich gehört habe?«

»Was du tatsächlich witterst, ist Sean Dillon.« Kate trank einen Schluck Champagner und erzählte, was sie von Brown erfahren hatte.

»Offensichtlich waren sie im Auftrag von Charles Ferguson dort. Sie haben es nicht mal zu verheimlichen versucht. Der einzige Grund für ihren Besuch war es, dir zu zeigen, dass sie Bescheid wissen.«

»Was für ein kluger Junge du bist. Sonst noch etwas?«

»Ja. In gewisser Weise fordert er dich heraus.«

»Da hast du vermutlich Recht. Sicher, General Ferguson hat die Leitung, aber letztlich läuft es immer auf Dillon hinaus. Er war jahrelang bei der IRA, und weder die Armee noch die Polizei von Ulster haben ihn auch nur ein einziges Mal zu fassen bekommen, diesen Teufel.«

»Ein sehr gerissener Teufel. Also, was nun?«

»Wir werden ihn heute Abend treffen. Es ist Zeit, dass ihr beiden euch kennen lernt.«

»Und wie machen wir das?«

»Nun ja, wie du gesagt hast, er fordert mich heraus. Es ist eine Einladung, und ich weiß genau, wo ich ihn finde.«

6

Am Nachmittag saß General Ferguson in seiner Wohnung am Kamin und hörte sich Hannah Bernsteins Bericht an. »Hervorragend«, sagte er. »Sie scheinen ja wieder mal Ihre üblichen Methoden angewandt zu haben, Sean.«

»Ach, dieser Kerl brauchte das.«

»Und wie geht es jetzt weiter?«

»Sie wird diese Provokation nicht so einfach hinnehmen. Das ist wie in einem dieser alten Western. Der Schurke kommt aus dem Saloon, um sich mit dem Helden zu einer Schießerei auf der Straße zu treffen.«

»Ein interessanter Vergleich.«

»Sie kann einer Begegnung bestimmt nicht widerstehen.«

»Und wo wird dieses Ereignis stattfinden?«

»Wo wir uns schon so oft getroffen haben – in der Piano-Bar im Dorchester.«

»Wann?«

»Heute Abend. Kate wird mich dort sicher erwarten.«

Ferguson nickte. »Sie könnten Recht haben. Ich komme besser mit Ihnen.«

»Was ist mit mir, Sir?«, fragte Hannah.

»Diesmal nicht, Superintendent. Sie haben einen anstrengenden Tag hinter sich und können einen freien Abend gebrauchen.«

»Ich habe eine gründliche medizinische Untersuchung über mich ergehen lassen, bevor man mir erlaubte, den Dienst wieder aufzunehmen«, erklärte Hannah. »Mir geht es gut, wirklich.«

»Trotzdem möchte ich lieber, dass Sie den Abend freinehmen.«

»Wie Sie meinen, Sir«, sagte sie widerstrebend. »Dann fahre ich jetzt zurück ins Büro, wenn Sie mich nicht mehr brauchen, um ein paar Dinge aufzuarbeiten. Kommen Sie mit, Sean?«

»Ja, Sie können mich daheim absetzen.«

»Ist sieben Uhr in Ordnung, Sean?«, fragte Ferguson.

»Sehr gut.«

Hannah ließ ihn vor seinem Haus aussteigen, und Dillon wartete, bis der Daimler um die Ecke gebogen war. Dann öffnete er das Garagentor und fuhr mit dem alten Mini Cooper, den er als Stadtwagen nutzte, zu Harry Salter.

Salter war ein Gangster, allerdings einer vom alten Schlag und inzwischen recht respektabel – zumindest einigermaßen. Er und sein Neffe Billy waren ebenfalls in die Fehde verwickelt gewesen, die zum Tod von Kate Rashids Brüdern geführt hatte.

Der Verkehr war so schlimm wie immer in London, aber Dillon erreichte schließlich die Wapping High Street, bog in eine schmale Gasse zwischen ehemaligen Lagerhäusern ein und kam an einem Kai an der Themse heraus. Er parkte vor dem Dark Man, Salters Kneipe, auf dessen

Schild eine finstere Gestalt in einem dunklen Umhang dargestellt war.

Der Schankraum wirkte sehr viktorianisch mit den goldgerahmten Spiegeln hinter der Mahagonitheke und den Zapfhähnen aus Porzellan. In den Flaschen, die vor der Spiegelwand aufgereiht standen, schien sich so ziemlich alles zu finden, was nur irgendwie trinkbar war. Doris, die Barfrau, saß auf einem Hocker und las den Londoner *Evening Standard*.

Zu dieser Zeit am Nachmittag waren noch keine Gäste in der Kneipe. Nur in einer Ecknische spielten vier Männer Poker – Harry Salter, sein Neffe Billy und seine beiden Gorillas Joe Baxter und Sam Hall.

Harry warf mürrisch seine Karten auf den Tisch. »Hab heute einfach kein Glück.« Als er aufschaute, sah er Dillon und lächelte.

»Du kleiner irischer Teufel. Was bringt dich hierher?«

Billy wandte sich um. »Mensch, Dillon, toll, dich zu sehen.« Doch dann verschwand sein Grinsen. »Probleme?«

»Wie hast du das erraten?«

»So was sehe ich dir inzwischen an der Nasenspitze an. Immerhin haben wir beide schon so einiges zusammen erlebt. Was ist los?«, fragte er gespannt.

»Ich habe dich anscheinend völlig verdorben, Billy. Früher warst du nicht so erpicht darauf, dich in Gefahr zu bringen. Erinnerst du dich, wie ich mal einen Ausspruch deines Lieblingsphilosophen zitiert habe: ›Ein Leben ohne Prüfungen ist es nicht wert, gelebt zu werden‹?«

»Und ich habe gesagt, für mich bedeutet es, dass ein Leben, in dem man sich nicht selbst erprobt, es nicht wert ist, gelebt zu werden. Also, was ist?«

»Kate Rashid.«

Alle Gesichter wurden mit einem Schlag ernst. »Ich würde sagen, das verlangt nach einem Drink«, meinte Harry. »Bushmills, Doris.«

»Nun erzähl schon«, drängte Billy.

Dillon zündete sich eine Zigarette an. »Erinnerst du dich an Paul Rashids Beerdigung?«

»Und ob. Keine Trauergäste, hatte sie gesagt, aber du musstest ja trotzdem hin.«

»Und du hast gefragt: War es das jetzt? Ich habe entgegnet, dass ich das nicht glaube. Und als wir ihr im Dorchester über den Weg gelaufen sind, hat sie gedroht, uns alle umzubringen.«

»Kann sie ja mal versuchen«, brummte Harry. »Wie ich ihr damals schon erklärt habe, probieren so manche seit vierzig Jahren, mich umzulegen, und ich bin immer noch putzmunter.«

»Und was ist nun passiert, Dillon?«, fragte Billy. »Rede endlich.«

Dillon kippte seinen Bushmills und begann zu erzählen. Sie hatten schon früher mit ihm und Blake Johnson zusammengearbeitet und wussten über den »Keller« Bescheid, daher gab es keinen Grund, etwas zu verheimlichen. Er schloss mit seinem Abstecher nach Loch Dhu und was er vorhatte.

»Also denkst du, sie kommt heute Abend dorthin?«, fragte Harry Salter.

»Da bin ich mir sicher.«

»Dann sind Billy und ich ebenfalls dabei. Trinken wir noch einen darauf.«

Einige Zeit später klingelte Dillon bei Roper. »Wer ist da?«, tönte es aus der Sprechanlage.

»Sean, du taube Nuss.«

Der Summer brummte, und Dillon schob die Tür auf. Roper saß in seinem Rollstuhl vor dem Computer.

»Ich habe eben mit Ferguson gesprochen. Er hat mir von Loch Dhu erzählt, aber ich möchte es gern auch von dir hören.«

Dillon zündete sich eine Zigarette an und berichtete ihm alles. »Du siehst, es ist so ziemlich, wie wir gedacht haben.«

»Scheint so.«

»Hast du irgendwas Neues rausbekommen?«

»Nun, ich habe mal nachgeschaut, ob ich zurückverfolgen kann, welche Reisen Kate Rashid unternommen hat. Sie benutzt eine Gulfstream der Firma, also kann ich die Zeiten ziemlich leicht rauskriegen, weil Starttermine angemeldet werden müssen, und durch eine Abfrage bei der Passkontrolle und Special Branch kann ich feststellen, wann sie an Bord gewesen ist.«

»Irgendwelche Auffälligkeiten?«

»Eigentlich nicht. Sie ist nur einmal kürzlich oben in Loch Dhu gewesen. Hat die gleiche alte Landebahn benutzt wie ihr. Aber etwas anderes dürfte dich vielleicht interessieren: Letzten Monat ist sie nach Belfast geflogen.«

»Ach, das ist ja interessant. Irgendeine Ahnung, wo sie dort war?«

»Ja. Sie landete am späten Nachmittag und hatte den Rückflug nach Heathrow für den folgenden Nachmittag angemeldet, also musste sie wohl in irgendeinem Hotel übernachtet haben. Ich habe mal mit dem Europa angefangen und mich in deren Register eingeklinkt. Volltreffer!«

»Und warum war sie dort?«

Roper schüttelte den Kopf.

»Das weiß ich nicht. Aber wenn sie noch mal hinfliegt, sage ich dir Bescheid, damit du ihr folgen kannst. Es könnte natürlich auch vollkommen harmlos sein. Die Firma Rashid hat in Ulster viel investiert seit Beginn des Friedensprozesses.«

»Frieden?«, schnaubte Dillon. »Wenn du das glaubst, dann glaubst du wirklich alles.«

»Da stimme ich dir zu. Immerhin war ich derjenige, der einhundertzwei Bomben entschärft hat. Ein Jammer, dass es nicht einhundertdrei waren«, meinte er mit Blick auf seinen Rollstuhl.

»Weißt du, in Anbetracht der Tatsache, dass ich auf der anderen Seite stand, wundere ich mich manchmal, warum du dich überhaupt mit mir abgibst.«

Roper zuckte mit den Schultern. »Du warst nie ein Bombenleger, Sean. Und ich mag dich. Übrigens, wenn du was trinken willst, im Kühlschrank ist eine Flasche Weißwein. Das ist das Einzige, was mir erlaubt ist.«

Dillon stöhnte. »Gott steh mir bei, aber wenn es nichts Besseres gibt.« Er holte die Flasche. »Verdammt, Roper, die hat ja einen Schraubverschluss, das ist billigstes Zeug.«

»Was willst du – ich bin ein pensionierter Reserveoffizier. Schenk lieber ein, statt zu jammern.«

Dillon brachte Roper ein Glas, der auf der Tastatur tippte, und trank einen Schluck. »Mann, was für ein Gesöff.« Er verzog das Gesicht. »Wonach suchst du?«

»Rupert Dauncey. Ein interessanter Typ, über den wir bislang noch gar nichts wissen. Mir scheint, das ist ein eiskalter Kerl, bei dem es ganz bestimmt irgendwelche dunklen Punkte gibt.«

»Ach, die gibt es doch bei uns allen. Kannst du feststellen, ob er Kate nach Irland begleitet hat?«

»Ja, er war nicht an Bord. Vergiss nicht, er ist verhältnismäßig neu in ihrem Gefolge.«

»Das stimmt.«

Roper trank einen Schluck Wein. »Wie auch immer, morgen früh begleitet er die Countess allerdings. Möchtest du gern wissen, wohin sie fliegen?«

»Wohin?«

»Hazar.«

»Hazar … das ist der Flughafen Hamam. Du weißt, die Royal Air Force hat ihn in den alten Zeiten gebaut. Es gibt nur eine Rollbahn, aber so ziemlich jede Maschine kann dort landen, selbst eine Hercules. Überprüf doch mal etwas für mich. Als ich das letzte Mal dort war, haben wir Flugzeuge von Carver Air Taxis genommen. Schau mal, ob es den Laden immer noch gibt.«

Roper tippte auf der Tastatur. »Ja, gibt es. Ben Carver. Ein ehemaliger Major der britischen Luftwaffe?«

»Genau«, sagte Dillon. »Was Kate wohl vorhat?«

»Das hat mich Ferguson auch gefragt, als ich es ihm erzählt habe. Natürlich könnte es rein geschäftliche Gründe haben, warum sie dorthin fliegt, aber Ferguson wollte sich mit Tony Villiers in Verbindung setzen und ihn bitten, ein Auge auf sie zu haben.« Colonel Tony Villiers war der Kommandeur der Hazar Scouts.

»Das ist eine gute Idee. Villiers ist nicht besonders auf die Rashids zu sprechen, seit sie seinem stellvertretenden Kommandeur Bronsby die Haut abgezogen haben.«

»Ja, sie haben so ihre kleinen Eigenheiten. Und jetzt verschwinde, Dillon, ich hab zu arbeiten.«

Tony Villiers lagerte mit einem Dutzend seiner Scouts an der Grenze zwischen Hazar und dem Leeren Viertel, der großen zentralarabischen Wüste.

Seine Männer waren durchweg Beduinen vom Stamm

der Rashid, und alle akzeptierten Kate Rashid als Anführerin. Das Gebiet ihres Stammes erstreckte sich bis über die Grenze, aber es gab auch andere Männer drüben im Leeren Viertel, Banditen, die sich auf eigene Gefahr nach Hazar wagten, da die Scouts Villiers' einen blutigen Eid geschworen hatten – und jeder würde notfalls eher seinen eigenen Bruder töten, als seinen Eid zu brechen, denn nichts war wichtiger als die Ehre.

Neben den drei Landrovern brannte ein kleines Feuer aus getrocknetem Kameldung, um das sich die Männer versammelt hatten. Alle trugen verschmutzte weiße Dschellabas und über Kreuz gehängte Patronengurte, manche rauchten und tranken Kaffee, andere aßen Datteln und getrocknetes Fleisch. Dicht neben ihnen lagen ihre Waffen.

Tony Villiers trug zu seiner zerknitterten khakifarbenen Uniform eine Kuffia, die traditionelle arabische Kopfbedeckung, und hatte eine Browning-Pistole in seinem Halfter. Er hatte sich nie an Datteln gewöhnen können und nur eine große Dose gebackener Bohnen kalt gegessen. Einer der Männer brachte ihm eine winzige Tasse.

»Tee, *Sahb*?«

»Danke«, erwiderte Villiers auf Arabisch.

Er lehnte sich gegen einen Felsen, trank den bitteren schwarzen Tee, rauchte eine Zigarette und schaute hinaus ins Leere Viertel. Diese riesige Wüste war umstrittenes Gebiet, wo es weder Recht noch Gesetz gab. Irgendjemand hatte einmal gesagt, dort könne man den Papst ermorden und niemand wäre in der Lage, irgendetwas zu tun. Deshalb hielt er sich möglichst nur auf seiner Seite der Grenze.

Villiers, der inzwischen auf die fünfzig zuging, hatte im Falklandkrieg gedient, am Golfkrieg teilgenommen und an sämtlichen kleineren Scharmützeln dazwischen, bis man ihn vorübergehend hierher versetzt hatte, wo es genau wie zu Kolonialzeiten zuging – ein britischer Offizier, der eingeborene Soldaten kommandierte. Allmählich begann es, langweilig zu werden.

»Wird langsam Zeit zu gehen, alter Knabe«, sagte er leise und zündete sich eine weitere Zigarette an, als das Handy in seiner linken Brusttasche klingelte.

Das Codex Four, das er von Ferguson bekommen hatte, war nicht auf dem freien Markt erhältlich, sondern speziell für den Geheimdienst entwickelt worden, um absolute Sicherheit zu gewährleisten.

»Sind Sie das, Tony? Hier ist Ferguson.«

»Charles, wie stehen die Dinge im Verteidigungsministerium?«

»Schalten Sie die Verschlüsselung ein.«

Villiers drückte einen roten Knopf. »Erledigt.«

»Wo sind Sie?«

»Das würde Ihnen nichts sagen, Charles. Marama Rocks, direkt an der Grenze zum Leeren Viertel. Ich bin hier auf Patrouille mit einigen meiner Männer.«

»Sie haben einen neuen stellvertretenden Kommandeur, wie ich höre?«

»Ja, Bobby Hawk, wieder ein Fähnrich, diesmal von den Lifeguards. Er ist gerade mit seiner Patrouille in die andere Richtung unterwegs. Welchem Umstand verdanke ich das Vergnügen Ihres Anrufs?«

»Ich habe gerade erfahren, dass Kate Rashid morgen nach Hazar fliegt.«

»Nun, das ist nicht ungewöhnlich. Sie kommt dauernd hierher.«

»Ich weiß, aber mir sind ein paar merkwürdige Dinge zu

Ohren gekommen. Ich habe einfach so ein komisches Gefühl im Magen, das ist alles. Wohin können sie wollen?«

»Wahrscheinlich fliegt sie nach der Landung mit einem Hubschrauber zur Oase Shabwa im Leeren Viertel. Die kennen Sie ja; Sie waren doch selbst schon dort.«

»Geht da irgendwas vor sich, Tony?«

»Keine Ahnung. Es ist mir neuerdings durch Erlass des Sultans verboten, über die Grenze zu gehen.«

»Finden Sie das nicht merkwürdig?«

»Nicht besonders. Na gut, ich weiß, dass Kate Rashid den Sultan in der Hand hat, also nehme ich an, dass sie dahinter steckt. Aber sie ist die Anführerin der Rashid-Beduinen, und das ist ihr Territorium. Ende der Geschichte.«

»Könnte da draußen irgendwas ausgeheckt werden?«

»Sie meinen, eine Vorbereitung für eine Revolution? Kommen Sie, Charles, wozu braucht sie eine Revolution? Sie hat alles, was sie will.«

»Mag sein, halten Sie trotzdem mal die Augen auf und hören sich etwas um.«

»Wenn ich das tue, wird Kate Rashid es innerhalb von fünf Minuten erfahren. Aber gut, ich sehe zu, was ich machen kann. Morgen geht es sowieso wieder zurück nach Hazar.«

»Bestens, Tony. Wir bleiben in Verbindung.«

Villiers dachte einige Zeit über dieses Gespräch nach und rief Selim zu sich. »Ein großes Gebiet, das Leere Viertel«, meinte er.

»Furchteinflößend, *Sahb*«, nickte sein Sergeant.

»Dort draußen könnte sich jemand für alle Zeit verstecken.«

»Das ist wahr, *Sahb*.«

»Auch ein ganzer Trupp Männer?«

Selim wirkte ein wenig verunsichert. »Das ist möglich, *Sahb.*«

»Shabwa ist nicht die einzige Oase, die euren Leuten gehört, es gibt daneben noch andere.«

»Alle gehören den Rashids, *Sahb.*«

»Wenn sich also jemand dort aufhielte, zum Beispiel Männer eines anderen Stammes, würdet ihr davon wissen.«

»Wir würden sie töten, *Sahb.* Die Oasen und Quellen gehören alle uns.«

»Aber wenn solche Leute die Erlaubnis hätten, sagen wir mal, von der Countess?«

Selim wurde sichtlich nervös, und sein Gesicht war bleich. »Das wäre etwas anderes.«

»Ja, das dachte ich mir.« Villiers klopfte ihm auf die Schulter. »Wir brechen in zehn Minuten auf.«

Villiers wandte sich um und schaute hinaus in die Wüste. Fergusons Ahnung war richtig gewesen. Irgendwas stimmte da nicht, das war Selim anzusehen gewesen. Aber was konnte es sein? Er hatte keine Möglichkeit, es herauszufinden. Wenn er die Grenze überquerte, würde er keinen halben Tag überleben. Die Beduinen wussten genau, wo er sich aufhielt, und würden es sofort erfahren. Seufzend griff er nach dem Codex Four und wählte Charles Fergusons Nummer.

Dillon erschien kurz vor sieben im Dorchester. Er trug einen schwarzen Anzug von Brioni, ein weißes Hemd und eine schwarze Krawatte – seine Beerdigungskluft, wie er es nannte, wozu allerdings die Walther in einer speziellen Tasche unter dem linken Arm nicht gerade passte. Giuliano, der Geschäftsführer, begrüßte ihn herzlich.

»Einen Bushmills«, bestellte Dillon. »General Ferguson

wird noch zu mir stoßen, und dann hätten wir gern eine Flasche Cristal.«

»Ich kümmere mich persönlich darum.«

Da es noch früh war und zudem ein Montagabend, gab es nicht allzu viele Gäste. Dillon trank seinen Whiskey, und kurz darauf kam Ferguson herein.

»Noch nichts zu sehen von der Opposition?«

»Bislang nicht. Champagner?«

»Gern.«

Dillon nickte Giuliano zu, der einem Kellner winkte und eine Flasche Cristal in einem Sektkübel bringen ließ. Giuliano öffnete sie; Ferguson probierte und nickte zustimmend.

»Ich habe übrigens zwei Telefonate mit Tony Villiers geführt.« Er berichtete ihm von den beiden Gesprächen.

»Also wittert Tony auch irgendwas«, meinte Dillon. »Dann können wir wohl davon ausgehen, dass wir Recht haben.«

Ferguson schaute sich um. »Immer noch keine Spur von ihr. Vielleicht haben Sie sich geirrt, Sean.«

»Das soll schon vorgekommen sein. Aber nicht heute Abend.« Er lächelte. »Ich weiß, was sie herlocken wird.«

Er ging hinüber zum Flügel, dem Stolz der Bar, einem verspiegelten Instrument, das einst Liberace gehört hatte, und setzte sich. Giuliano kam mit einem Glas Cristal zu ihm.

»Ist es gestattet?«, fragte Dillon und öffnete den Deckel.

»Natürlich. Es ist immer ein Vergnügen, Sie spielen zu hören. Der Pianist kommt erst um acht.«

Dillon begann mit einer Melodie von Gershwin, gerade als Harry und Billy Salter erschienen. Harry wirkte wie ein Bankpräsident in seinem maßgeschneiderten dunkelblauen, dezent gestreiften Anzug. Billy trug schwarze Hosen und eine schwarze Bomberjacke, der man ansah, dass sie einiges gekostet hatte. »Guter Gott«, sagte Ferguson, »was machen Sie denn hier?«

»Meine Idee«, rief Dillon.

»Und meine, General.« Harry setzte sich. »Dillon hat uns alles erzählt.«

»Verdammt, Sean, das ist aber absolut gegen die Vorschriften.«

»Kommen Sie, General, hier geht es um die Countess of Loch Dhu, und in dieser Sache stecken wir alle gemeinsam drin, einer wie der andere.«

»Allerdings«, sagte Harry. »Also trinken wir ein Glas Champagner und warten, was geschieht.«

»Erzählen Sie ihnen von Tony Villiers, General.«

»Na gut«, seufzte Ferguson.

Inzwischen waren weitere Gäste eingetroffen und hatten an den verschiedenen Tischen Platz genommen. Billy schlenderte zum Flügel. Dillon spielte gerade »A Foggy Day in London Town«.

»Das gefällt mir.«

Dillon lächelte. »Du siehst gut aus, Billy.«

»Kannst dir deine Komplimente sparen. Was meinst du, was diese Hexe vorhat?«

»Keine Ahnung. Warum fragst du sie nicht selbst? Da kommt sie nämlich gerade.«

Billy wandte sich um und sah Kate Rashid mit Rupert Dauncey an der Treppe stehen. Sie trug einen schwarzen Hosenanzug; ihr Haar war zurückgekämmt, und zwei beachtlich große Diamanten schmückten ihre Ohren. Rupert trug einen einreihigen dunkelblauen Blazer, graue Hosen und ein Halstuch.

»Wenn ich die beiden sehe, fällt mir was ein, was ich dich immer schon mal fragen wollte, Dillon. Du hast nie geheiratet. Bist du andersrum oder so?«

Dillon war für einen Moment sprachlos und begann dann zu lachen. »Ach, Bill, ich habe ganz einfach immer wieder eine Schwäche für die falschen Frauen.«

»Du meinst, für solche Luder?«

»Und die Hannah Bernsteins dieser Welt würden mich bei meiner Vergangenheit nicht mit der Beißzange anrühren. Aber jetzt verschieben wir erst mal diese Diskussion über meine sexuellen Neigungen.«

Billy kehrte zurück zu seinem Onkel, während Kate auf den Flügel zuging. Rupert zündete sich eine Zigarette an.

»Sehr hübsch, Dillon«, sagte sie.

»Ich habe dir schon einmal gesagt, Kate – es geht nichts über anständige Klaviermusik in einer Bar. Ich vermute, das ist der berühmte Rupert Dauncey?«

»Natürlich. Rupert, der berühmte Sean Dillon.«

Dillon zog eine Zigarette aus seiner Marlboroschachtel und schob sie sich zwischen die Lippen. Dauncey gab ihm Feuer, und er begann ein neues Stück zu spielen. »Erkennst du es wieder, Kate?«

»Natürlich. ›Our Love Is Here To Stay.‹«

»Eben. Ich möchte nämlich, dass du dich ganz wie zu Hause fühlst. Warum begrüßt du nicht die anderen?«

»Ja, warum nicht.« Sie wandte sich zum Tisch um. »General Ferguson, was für eine angenehme Überraschung. Ich glaube nicht, dass Sie meinen Cousin Rupert Dauncey bereits kennen gelernt haben, oder?«

»Nein, aber sein Ruf eilt ihm voraus.« Er schüttelte Dauncey die Hand.

»Angenehm, General.«

»Leisten Sie uns bei einem Glas Champagner Gesellschaft?«

»Danke«, sagte Kate Rashid, und Dauncey schob einen Stuhl für sie zurecht. »Du wirst fasziniert sein von den Freunden des Generals, Rupert. Mr. Salter hier ist ein Gangster, allerdings kein gewöhnlicher. Jahrelang war er eine der ganz großen Nummern im Londoner East End. Ist es nicht so, Mr. Salter? Billy ist sein Neffe und ebenfalls ein Gangster.«

Billy schaute sie nur wortlos und mit bleichem Gesicht an.

»Wenn Sie es sagen, Countess.« Harry musterte ihren Begleiter. »Wir wissen alles über Sie, mein Junge; Sie ziehen eine ganz gute Show ab.«

»Aus Ihrem Mund nehme ich das als Kompliment, Mr. Salter.«

Dillon kam zu ihnen. »Also, was willst du, Kate?«

»Aber, Sean – nichts, überhaupt nichts. Ich dachte, du seist derjenige, der mich sehen wollte. Immerhin hast du doch sozusagen deine Visitenkarte hinterlassen, und ich wollte dich ja schließlich nicht enttäuschen.« Sie griff nach ihrem Glas und leerte es in einem Zug. »Aber ich bin hungrig, und ich möchte nicht hier essen. Wohin wollen wir gehen, Rupert?«

»Frag mich nicht, Schatz, in London bist du zu Hause.«

»Irgendein Lokal, das ich noch nicht kenne, wäre nett. Mr. Salter, habe ich nicht in einer Klatschkolumne gelesen, dass Sie ein neues Restaurant eröffnet haben? Harry's Place? Am Hangman's Wharf, nicht wahr?«

»Läuft wie verrückt«, nickte er. »Auf Wochen hinaus ausgebucht.«

»Schade, ich hätte so gern Ihre Küche ausprobiert.«

»Wir können einen Tisch für Sie frei machen. Ruf mal im Restaurant an, Billy.«

Billys Gesicht war inzwischen fast kreideweiß. Er schaute zu Dillon, der nur wortlos nickte. Billy nahm sein Handy und wählte. »In Ordnung«, sagte er wenig später, »geht klar.«

»Wie nett«, lächelte Kate Rashid. »Dann wollen wir uns auf den Weg machen, Rupert.« Er zog ihren Stuhl zurück, und sie stand auf. »Wir sehen uns dort, meine Herrn.«

»Darauf kannst du dich verlassen«, erwiderte Dillon.

Sie küsste seine Wange. »Bis gleich, Dillon.«

»Meine Herrn.« Rupert nickte und folgte ihr.

»Irgendwas stört mich an diesem Kerl«, knurrte Billy. »Und zwar ganz gewaltig.«

»Das liegt daran, dass du einen guten Geschmack hast«, entgegnete Dillon. Er leerte sein Glas. »Gehen wir.«

Kate Rashid schloss die Trennscheibe, als der Bentley losfuhr.

»Zeit für deinen Anruf.«

Rupert griff nach seinem Handy und wählte eine Nummer. »Es ist so weit.« Er runzelte die Stirn. »Woher zum Teufel soll ich wissen, um welche Zeit? Wartet einfach, okay?« Er schaltete ab und schüttelte den Kopf. »Ich kann nur immer wieder sagen, gute Hilfskräfte sind heutzutage wirklich schwer zu finden.«

»Armer Rupert.« Sie griff nach einer Zigarette und ließ sich von ihm Feuer geben.

Harry's Place war eines von vielen ehemaligen Lagerhäusern am Hangman's Wharf, das Salter aufgekauft hatte. Der alte Hof war zu einem Parkplatz umgestaltet worden, das

Gebäude hatte neue Fensterrahmen aus Mahagoni erhalten, war frisch verputzt, und einige neue Treppenstufen sorgten dafür, dass der Vordereingang eindrucksvoller wirkte. Es lag direkt an der Themse, sodass man den Schiffsverkehr beobachten konnte, und in der beginnenden Dunkelheit sah man die Lichter auf der anderen Seite des Flusses.

An der Tür hatte sich eine Schlange gebildet, hauptsächlich aus jungen Leuten, die hofften, dass durch eine Absage ein Tisch im Restaurant frei geworden war oder dass sie wenigstens in die Bar eingelassen wurden. Oben an der Treppe standen Joe Baxter und Sam Hall. Beide trugen Smokings und schwarze Krawatten.

Rupert stieg aus dem Bentley und öffnete Kate die Tür.

»Da ist sie«, sagte Baxter und ging ihr entgegen. »Es ist mir ein Vergnügen, Sie wieder zu sehen, Countess.«

»Das sind Mr. Baxter und Mr. Hall, Rupert. Ich habe sehr nette Bilder von ihnen in meinem Computer.«

Am Anfang der Schlange standen zwei junge Männer in Bomberjacken aus schwarzer Seide mit einem aufgestickten roten Drachen und chinesischen Schriftzügen. Beide hatten langes schwarzes Haar und trugen goldene Ohrringe.

»Hör mal«, protestierte einer von ihnen, »wieso kommen die rein, und wir dürfen nicht mal in die Bar?«

»Weißt du, was du darfst?«, fuhr Joe Baxter ihn an. »Zurück ans Ende der Schlange, wenn du nicht die Klappe hältst.«

Der Mann schimpfte leise vor sich hin, während Hall die Tür für Kate und Rupert offen hielt. Er begleitete sie zum Oberkellner, einem energischen Portugiesen in einem weißen Smoking.

»Fernando, das sind Mr. Salters Gäste.«

Fernando lächelte. »Sehr erfreut.« Er führte sie ins Restaurant, das ganz im Art-déco-Stil gehalten war. Rings um eine kleine Tanzfläche standen vereinzelte Tische, dazu gab es einige Nischen und eine Cocktailbar wie aus den Dreißigerjahren. Ein Trio spielte Tanzmusik, und alle Kellner trugen kurze weiße Westen.

Fernando winkte zwei heran, die rasch einen Tisch in einer großen Nische vorbereiteten.

»Was darf ich Ihnen zu trinken anbieten?«

»Für mich Jack Daniels mit Wasser«, erwiderte Rupert. »Ein Champagnercocktail für die Dame. Wann erwarten Sie Mr. Salter?«

»Er ist bereits unterwegs.«

»Dann bestellen wir erst nachher«, sagte Kate. »Vorläufig nur die Getränke.«

Rupert zündete zwei Zigaretten an und reichte ihr eine. »Genau wie in alten Filmen.«

Sie lachte. »Was immer du sonst bist, Liebling, Paul Henreid bist du nicht.«

»Nun, Bette Davis hat jedenfalls eine Reihe von Damen verkörpert, an die du mich erinnerst.«

»Was für ein schönes Kompliment, Rupert.«

Ihre Getränke wurden serviert. »Die Sache macht dir Spaß, was?«

»Und ob. Auf dein Wohl, Darling.«

Kurz darauf erschienen Harry Salter und die anderen. »Kümmert man sich gut um Sie?«

»Bestens«, erwiderte Kate Rashid.

»Schön. Dann leisten wir Ihnen Gesellschaft.«

Joe Baxter war ihm gefolgt und stand mit verschränkten Armen an der Wand, neben ihm lehnte Billy, während Dillon am Ende des Tischs saß. Ihm gegenüber hatten Ferguson und Harry Platz genommen.

»Da die Runde auf mich geht, bestelle ich für uns alle«, sagte Harry und winkte Fernando. »Cristal, stilles Wasser, Rühreier, Räucherlachs, gehackte Zwiebeln und gemischten Salat.«

»Sie sind offenbar ein Mann, der weiß, was er will«, lächelte Kate.

»Das ist der Grund, warum es mich noch gibt und sehr viele andere längst hinüber sind.«

»Also, was soll das alles, meine Liebe?«, fragte Ferguson.

»Siehst du, Rupert, als echter englischer Gentleman kommt der General direkt zur Sache. Nun, General, vor allem will ich, dass Sie mich in Frieden lassen. Ich weiß, dass Sie – und auch Daniel Quinn – mein Unternehmen überprüft haben. Sie würden nicht hier mit mir sitzen, wenn Sie irgendwas Greifbares gefunden hätten. Wir hatten neulich abends übrigens ein interessantes Treffen in Washington, bei dem das eine oder andere Wort gewechselt wurde. Sicher hat Blake Ihnen längst davon berichtet.«

»Natürlich«, sagte Dillon. »Das war an demselben Abend, als ein paar Burschen versucht haben, Quinn auf seinem Weg ins Weiße Haus zu überfallen.«

»Wirklich? Wie bedauerlich. Ich nehme an, er hat sich seiner Haut zu wehren gewusst. Apropos Überfall – was sollte diese Stippvisite auf Loch Dhu?«

»Ach, das war nur ein kleiner Ausflug. Wir haben vor ein paar Jahren mal in Ardmurchan Lodge gewohnt und hätten uns gern noch mal dort einquartiert. War ganz schön. Ferguson und ich sind auf die Jagd gegangen.«

»Ja, das kann ich mir denken.«

»Auf Rotwild«, lächelte Dillon. »Nur auf Rotwild.«

»Brown musste im Gesicht genäht werden. Ich dulde es nicht, dass man meine Angestellten mit Pistolen schlägt.

Wenn du das noch einmal machst, wirst du es bereuen, Dillon«, erklärte sie mit mühsam unterdrücktem Zorn. »Und was war der Zweck der ganzen Übung? Nur um mich wissen zu lassen, dass du da warst? Du hättest mich doch anrufen können.«

»Und die offizielle Version über Act of Class Warfare zu hören bekommen?«, fragte Ferguson. »Diesen ganzen Unsinn über Urlaub auf dem Land für Schulkinder? Sie veranstalten dort oben keine harmlosen Indianerspiele.«

»Wir haben nichts zu verbergen, General, und Sie können uns absolut nichts beweisen.«

»Was ist mit diesen ganzen Organisationen, die Sie im Nahen und Mittleren Osten unterstützen?«

»Ich bin eine sehr wohlhabende Araberin, und es macht mir Freude, meinen Leuten zu helfen. Manche dieser Organisationen verfolgen politische Ziele, aber uns geht es in erster Linie um soziale Programme und Ausbildungsförderung. Wir bezahlen Lehrer und bauen in ganz Arabien, vom Irak bis nach Hazar, Schulen und kleine Krankenhäuser.«

»Und in Beirut«, warf Dillon ein.

»Natürlich auch in Beirut.«

»Das Kinderhilfswerk ist eine Tarnung der Hisbollah«, sagte Ferguson.

Kate seufzte ungeduldig. »Können Sie das beweisen, General? Nein, das können Sie nicht. Alles, was wir tun, ist völlig legal.«

»Und was steckt hinter Ihrer morgigen Reise nach Hazar?«

»Wie Sie sehr gut wissen, General, bringen die Ölfelder im südlichen Arabien, dem Leeren Viertel und Hazar mir Milliarden ein. Ich fliege ständig dorthin. Rupert, ich habe plötzlich gar keinen Appetit mehr. Lass uns gehen.« Sie stand auf. »Danke für die Gastfreundschaft, meine Herren. Aber ich warne Sie, halten Sie sich aus meinen Angelegenheiten heraus, sonst werden Sie es bereuen.«

»Nur zu«, entgegnete Billy mit funkelnden Augen. »Nur zu, wir sind bereit.«

»Ruhig, Billy«, mahnte sein Onkel.

»Gute Nacht.« Gefolgt von Rupert verließ Kate Rashid das Lokal.

In diesem Moment erschien Fernando mit einer Kellnerschar, die Rühreier und Räucherlachs servierten.

»Na, das sieht aber gut aus«, sagte Harry. »Kommt, lasst uns essen. Ich habe vorläufig erst mal genug von diesem verdammten Weib.«

Draußen hatte sich die Warteschlange inzwischen aufgelöst. Rupert und Kate Rashid stiegen in ihren Wagen, doch am Ende des Kais ließ er den Chauffeur halten.

»Was hast du vor?«, fragte Kate.

»Ich denke, ich bleibe noch ein bisschen, um mir den Spaß anzuschauen. Ich komme dann später zu dir.«

»Pass auf dich auf, Darling.«

Nach dem Essen bestellte Harry Salter für alle Brandy und musterte seinen Neffen. »Jetzt mach mal wieder ein anderes Gesicht, Billy. Keine Sorge, wir behalten sie im Auge.«

»Sie ist eine Irre.« Billy tippte sich an die Stirn. »Wer weiß, was sie als Nächstes anstellt? Ich wette, nicht mal sie selbst weiß es.«

»Da gebe ich dir Recht«, entgegnete Dillon. »Aber irgendwas hat sie vor, und das betrifft auch uns.«

»Wir werden's ihr schon zeigen«, erklärte Harry Salter. »Vertrau mir.«

»Na, dann kannst du ja beruhigt sein, Billy«, grinste Dillon. »Genau das hat er auch gesagt, bevor ihr beiden es letztes Jahr den Franconi-Zwillingen gezeigt habt. Angeblich stecken sie jetzt im Zement der North Circular Road, wie man munkelt.«

»So ist das nun mal in unserem Gewerbe«, entgegnete Salter. »Du weißt, was damals passiert ist, nicht wahr? Sie hatten irgendeinen Sprengstoffexperten der IRA dazu gekriegt, eine Bombe unter meinem Jaguar zu deponieren. Es war reines Glück, dass er den Zeitzünder falsch eingestellt hatte und das verdammte Auto in die Luft ging, kurz bevor Billy und ich einsteigen wollten.« Die Brandys wurden gebracht, und er schüttelte den Kopf. »Wir leben wirklich in schrecklichen Zeiten, General. Aber jetzt trinken wir auf uns und dass wir immer noch unseren Spaß haben.« Er kippte seinen Hennessy in einem einzigen Zug. »Komm, Billy, begleiten wir die Herren hinaus.«

Als sie auf Fergusons Wagen zugingen, hinter dessen Steuer sein Chauffeur wartete, ertönte plötzlich ein schriller Schrei, und fünf Chinesen sprangen zwischen den geparkten Autos hervor, angeführt von den beiden jungen Männern, die zuvor in der Warteschlange gestanden hatten. Alle trugen Baseballschläger und schwarze Bomberjacken mit aufgestickten roten Drachen.

Der erste stürmte auf Billy zu, der ihm mit einem Fußtritt in den Unterleib empfing. Dillon wich ebenfalls einem Schlag aus, packte das Handgelenk seines Angreifers und rammte dessen Kopf gegen einen Volvo. Die anderen zogen sich zurück und umzingelten sie.

»Jetzt haben wir euch«, rief der zweite Anführer. »Hier kommt ihr nicht mehr weg.«

Harry Salter musterte sie abfällig, ohne die geringste

Angst. »Rote Drachen? Was soll das sein – ein Faschingsabend in Hongkong?«

Billy hob den Baseballschläger auf, den sein Angreifer fallen gelassen hatte. »Kommt doch, wenn ihr euch traut.«

»Der gehört mir«, rief der Anführer und stürmte auf ihn los. Billy wehrte seinen Schlag ab, trat ihm die Beine weg und stemmte einen Fuß auf seine Brust. Langsam rückten die anderen heran. Dillon zog seine Walther und feuerte in die Luft.

»Mir wird die Sache ein bisschen zu langweilig. Verpisst euch und lasst die Schläger liegen.« Unsicher zögerten die Chinesen, machten jedoch keine Anstalten zu verschwinden, deshalb zielte er auf den zweiten Mann, der in der Schlange gestanden hatte, und schoss ihm das linke Ohrläppchen weg. Er schrie auf und ließ seinen Schläger fallen. Die anderen folgten seinem Beispiel.

»Jetzt verzieht euch«, befahl Salter, und sie rannten davon. »Der nicht«, sagte er zu Billy, der seinen Gegner immer noch am Boden festhielt. »Ich will mit ihm reden. General, vielleicht möchten Sie das lieber nicht so gern sehen.«

»Ich erstatte Ihnen später Bericht«, sagte Dillon.

»Gut, ich verlasse mich darauf.«

Während Ferguson in den Daimler stieg und davonfuhr, kamen Joe Baxter und Sam Hall herangelaufen. »Waren das eben Schüsse?«, rief Joe.

»Allerdings«, erwiderte Harry. »Dieser kleine Bruce Lee und seine fröhlichen Kumpane wollten uns ein bisschen verprügeln.« Er versetzte dem Chinesen einen Tritt. »Hoch mit ihm, Jungs.«

Baxter und Hall packten den Mann bei den Armen und zogen ihn auf die Füße. Er schien keine Angst zu haben, sondern funkelte Harry nur wütend an.

»Elender Feigling! Wie mutig bist du, wenn du allein bist?« Er spuckte Salter ins Gesicht.

»Was für Manieren.« Harry zog ein Taschentuch heraus und wischte sich den Speichel ab. »Er muss wohl noch ein bisschen Anstand lernen. Billy?«

Billy verpaste dem Chinesen einen Boxhieb in den Magen, dass er sich vornüberkrümmte, und rammte ihm das Knie ins Gesicht. Salter packte ihn am Haar und riss seinen Kopf hoch.

»Nun sei ein braver Junge und erzähl mir, wer euch dazu angestiftet hat.«

Der Chinese schüttelte störrisch den Kopf. »Nein, kann ich nicht.«

»Wie schade. Na gut, Billy, auf den Rücken mit ihm und dann kräftig aufs Schienbein treten. Danach wird er für die nächsten sechs Monate an Krücken gehen.«

»Nein! Ich sag's ja ... es war ein Mann namens Dauncey. Das ist alles, was ich weiß. Hat mir einen Riesen dafür gegeben.«

»Wo ist das Geld?«

»In der Innentasche.«

Billy fand ein Bündel mit Zehnpfundnoten, um das ein Gummiband gewickelt war. Er reichte es Salter, der es einsteckte.

»Na bitte, war doch gar nicht so schwer, oder? Aber weil du mich wirklich verärgert hast, reicht das leider nicht.« Er hob einen Baseballschläger auf. »Rechter Arm, Billy.«

Der Mann versuchte sich zu wehren, aber Baxter und Hall hielten ihn fest. Billy hieb mit dem Baseballschläger auf den gestreckten Arm. Knackend zerbrach der Knochen, und der Chinese sank mit einem Aufschrei in die Knie.

Salter ging neben ihm in die Hocke. »Eine Meile die

Straße hoch ist ein Krankenhaus mit einer Notaufnahme, mein Junge. Bis dahin schaffst du es schon. Komm aber lieber nicht wieder hierher. Sonst töte ich dich.« Er stand auf. »Ich denke, jetzt könnte ich noch einen Brandy vertragen.«

Er ging mit den anderen zurück ins Restaurant, während Dillon nach seinem Handy griff, um Ferguson anzurufen.

»Es wird Sie kaum überraschen – sie wurden von Rupert Dauncey angeheuert.«

»Nun, dann wissen wir jetzt wenigstens, woran wir sind. Was ist mit dem chinesischen Herrn passiert? Treibt doch nicht im Fluss, hoffe ich?«

»Ist nur ein bisschen lädiert. Bis morgen dann.« Dillon schaltete ab und folgte den anderen.

Stöhnend rappelte der verletzte Mann sich auf die Knie hoch. Rupert Dauncey kam aus der Dunkelheit auf ihn zu. »Bist du in Ordnung?«

»Er hat mir den Arm gebrochen.«

»Ich würde sagen, du hast Glück gehabt, dass er dir nicht den Hals gebrochen hat.« Er zündete sich eine Zigarette an. »Tatsächlich kannst du von Glück reden, dass ich dir nicht den Hals breche, du Idiot.« Er stieß ihm einen Schwall Rauch ins Gesicht. »Aber wenn du auch nur einmal deinen Mund aufmachst, bist du tot. Verstanden?«

»Ja«, stöhnte der Mann.

»Dann ist's ja gut.«

Rupert Dauncey schlenderte davon, und der Chinese taumelte die Straße hinauf.

Hazar

7

Northolt, am Rand von London gelegen, war ein Stützpunkt der Royal Air Force, der häufig von der königlichen Familie, dem Premierminister und wichtigen Politikern benutzt wurde. Aus diesem Grund war er auch bei Besitzern von Privatflugzeugen oder Firmenjets immer beliebter geworden, was sich zu einem lukrativen Nebengeschäft für die Luftwaffe entwickelt hatte.

Um zehn Uhr am folgenden Morgen passierten Kate Rashid und Rupert Dauncey die Sicherheitskontrolle und fuhren zum Standplatz der Gulfstream, deren Motoren bereits liefen. Wenige Minuten später waren sie gestartet.

Nachdem sie die Flughöhe von fünfzehntausend Metern erreicht hatten, kam eine junge Frau in einer dunkelblauen Uniform zu ihnen. »Tee, wie immer, Countess?«

»Danke, Molly.«

»Kaffee, Mr. Dauncey? Wir haben uns darauf eingerichtet, dass jetzt ein Amerikaner zur Familie gehört.« Molly ging zur Bordküche. »Gib mir eine Zigarette«, sagte Kate, »und erzähl es mir noch mal, Rupert.« Er beschrieb den Vorabend und schüttelte den Kopf. »Ich verstehe das gar nicht. Die Roten Drachen hatten beste Empfehlungen.«

»Das hatten auch diese beiden Wichte in Washington.«

»Ja, ich muss mir offensichtlich bessere Informanten zulegen. Und, was steht für heute auf dem Plan?«

»Wir landen auf dem Flughafen Hamam, dann geht es per Hubschrauber zur Oase Shabwa im Leeren Viertel und anschließend noch tiefer in die Wüste zur Oase Fuad. Ich habe dort ein Lager und möchte es dir gern zeigen.«

»Was geht dort vor sich?«

»Das wirst du dann schon sehen.«

»Oho, so geheimnisvoll? Kommen wir auch nach Hazar?«

»Sicher, ich möchte, dass du Tony Villiers kennen lernst.«

»Willst du ihn umlegen lassen?«

»Eher nicht. Ich mag Tony. Er ist ein hervorragender Kommandant, und da der Sultan ihm verboten hat, ins Leere Viertel zu gehen, ist er keine große Gefahr.« Sie zuckte mit den Schultern. »Wir werden sehen. Ich habe gewisse Schritte unternommen, die ihm etwas zu denken geben sollten.«

»Wie zum Beispiel?«

»Oh, lassen wir das vorläufig ein weiteres kleines Geheimnis bleiben, Rupert. Gib mir mal die *Times*.« Sie blätterte zur Finanzseite und begann zu lesen.

Villiers hatte den Großteil der Scouts unter Bobby Hawks Führung zurückgelassen und war mit zwei Landrovern über die Wüstenstraße unterwegs nach Hazar. Das Gelände war hügelig, voller steiniger Hohlwege und hoher ockerfarbener Felswände. Weit und breit war kein anderes menschliches Wesen zu sehen, nicht einmal ein Ziegenhirte.

Er hatte sieben Männer dabei, und in jedem Fahrzeug war ein leichtes Maschinengewehr montiert. Es war unglaublich heiß und staubig, und Villiers freute sich schon auf sein Zimmer im Hotel Excelsior, ein Bad und eine frische Uniform.

In der Nähe eines Orts namens Hama hielten sie an einem Teich. Er lag am Fuß einiger Felsen, und das Wasser war tief und kühl. Während einer der Männer an einem Maschinengewehr Wache hielt, streiften die anderen ihre Schultergürtel und Sandalen ab, ehe sie in den Teich wateten. Villiers zündete sich eine Zigarette an und schaute amüsiert zu, wie sie sich gegenseitig übermütig bespritzten, aber sein Lächeln verschwand, als ein Steinhagel die Felswand herunterprasselte. Er schaute auf, und seine Männer liefen aus dem Wasser zu ihren Waffen. Plötzlich krachte ein Schuss. Ein Scout fiel mit einer Kugel im Kopf zu Boden.

Der Schütze am Maschinengewehr bedeckte die Felswand mit einer Salve, und die anderen feuerten ebenfalls, doch es kam keine Reaktion. Villiers beendete die Schießerei. Es herrschte eine unheimliche Stille.

Selim kroch zu ihm neben den Landrover. Villiers wartete noch eine Weile, dann stand er auf.

»Nein, *Sahb*«, sagte der Sergeant.

»Schon gut. Wer immer es war, ist längst weg. Ich weiß nicht, warum, aber er hat nur den einen Schuss abgegeben und ist geflüchtet.«

»Vielleicht Banditen aus dem Jemen, *Sahb*. Oder womöglich hat Omar jemanden beleidigt?« Sein Blick ging zu der Leiche im Teich.

»Nein, es hätte jeden von euch treffen können. Holt ihn aus dem Wasser.«

Drei der Männer zogen den Toten heraus und verstauten ihn in einem Leichensack.

»Legt ihn auf die Motorhaube des zweiten Landrovers«, befahl Villiers, »und bindet ihn gut fest. Die nächsten Meilen werden ziemlich holprig.«

Irgendjemand holte ein Seil, und sie banden Omar auf dem Fahrzeug fest. Die anderen Scouts schauten schweigend zu.

»Gut, dann fahren wir jetzt weiter«, sagte Villiers.

Selim saß neben ihm. »*Sahb*, eines verwirrt mich. Wenn der Mann, der das getan hat, einfach irgendeinen von uns töten wollte, warum nicht den *Sahb*, warum nicht den Wichtigsten?«

»Weil man mir eine Botschaft zukommen lassen wollte«, entgegnete Villiers.

Selim schaute ihn verständnislos an. »Aber wer denn, *Sahb*?«

»Jemand aus dem Leeren Viertel. Einer dieser Leute, die dort wahrscheinlich nicht hingehören, Selim. Wir werden es bald genug herausfinden.« Er lächelte. »So Allah will.«

Villiers zündete sich eine Zigarette an und lehnte sich zurück.

Hazar war ein kleiner Ort mit weißen Häusern, schmalen Gassen, zwei Basaren und einem Hafen, in dem rege Betriebsamkeit herrschte. Zahlreiche schäbige Küstenschiffe lagen dort neben arabischen Dhaus und Fischerbooten vor Anker.

Die beiden Landrover hielten vor der größten Moschee, wo Villiers die Leiche Omars an den Iman übergab. Danach fuhr er mit seinen Scouts weiter zum Hotel Excelsior. Er händigte jedem zwanzig Dollar aus, wie es einer alten Gewohnheit entsprach, und gab ihnen für die nächsten Tage frei. Amerikanische Dollar waren in Hazar hoch geschätzt und die Männer entsprechend begeistert.

Das Excelsior stammte aus der Kolonialzeit und hatte nach wie vor das damalige Flair. Die Bar war mit Möbeln aus Peddigrohr ausgestattet, an der Decke drehten sich Ventilatoren, die Theke war aus Marmor, und Abdul, der Barkeeper, trug ein weißes Affenjäckchen wie in seinen Zeiten als Kellner auf einem Kreuzfahrtschiff.

»Lager«, bestellte Villiers, »und so kalt wie irgend möglich.«

Er ging hinaus auf die Veranda und setzte sich unter die Markise, die im Wind flatterte. Abdul brachte sein Bier. Villiers strich mit einem Finger über die kalten Tropfen am Glas und leerte es dann langsam und ohne abzusetzen, um den Sand, die Hitze und den Schmutz des Grenzgebiets wegzuspülen.

Abdul hatte wie immer gewartet. »Noch eins, *Sahb*?«

»Ja, danke, Abdul.«

Villiers zündete sich eine Zigarette an und schaute bedrückt in die Ferne zum Horizont, ohne recht zu wissen, was schuld an seiner trübsinnigen Stimmung war. Vielleicht Omars Tod? Oder die Frage, warum man ihn selbst verschont hatte? Möglicherweise war er aber auch nur schon zu lange in Hazar. Vor Ewigkeiten, wie es ihm schien, war er einmal verheiratet gewesen – Gabrielle mit dem blonden Haar und den grünen Augen, die große Liebe seines Lebens. Aber er war zu oft von zu Hause weg gewesen, sie hatten sich voneinander entfremdet und sich schließlich kurz vor dem Falklandkrieg scheiden lassen. Besonders bitter hatte ihn getroffen, dass sie einen Feind geheiratet hatte, einen argentinischen Kampfpiloten, der später General wurde.

Keine hatte sie je ersetzen können. Es hatte natürlich Frauen gegeben, aber nie eine, die ihm so viel bedeutet hatte, dass er noch einmal ans Heiraten gedacht hätte. Sein Leben bestand aus Einsätzen in der Fremde, sein einziger

Ankerplatz war das alte Haus der Familie in West Sussex und die Farm, die von seinem Neffen geleitet wurde. Er und seine beiden Kinder baten ihn immer wieder, das Soldatenleben aufzugeben, solange er noch heil und gesund war, und doch heimzukommen …

Abdul brachte das zweite Bier. »Ich nehme auch eins«, ertönte eine Stimme, und Villiers wandte sich um. Ben Carver war auf die Veranda getreten. Er trug einen Fliegeroverall und ließ sich in den Sessel fallen.

»Mann, ist das heiß.« Mit seinem Panamahut fächelte er sich Luft zu.

»Wie läuft's mit Ihren Lufttaxis?«

»Bestens bei all diesen Ölfeldern da draußen im Grenzland. Ich habe übrigens die Kiste ersetzt, mit der Ihr Freund Dillon letztes Jahr eine Bruchlandung hingelegt hat.«

»Es war keine Bruchlandung, er wurde von Beduinen abgeschossen, wie Sie sehr gut wissen.«

»Meinetwegen, er wurde also abgeschossen. Ich habe immer noch die Golden Eagle, und ein paar südafrikanische Burschen fliegen mir eine neue Beechcraft rüber. Na ja, sie ist nicht wirklich neu, aber noch sehr gut in Schuss.«

»Und die Jungs bleiben?«

»Erst mal für sechs Monate. Ich brauche einfach noch Leute. Es gibt eine Menge für die Rashids zu tun.«

»Ich höre, sie kommt heute her.«

»Die Countess? Ja, zusammen mit einem Kerl namens Dauncey. Bleibt aber nicht lange. Hat für übermorgen einen Flug nach London angemeldet.«

»Dauncey ist ihr Cousin. Sagen Sie mal, Ben, wenn Sie zu den Ölfeldern da draußen im Leeren Viertel fliegen, sehen Sie doch sicher einiges. Was geht da so vor sich?«

»Was meinen Sie damit?«

»Nun, seit der Sultan mir untersagt hat, mit den Scouts die Grenze zu überqueren, weiß ich einfach nicht mehr wie früher über alles Bescheid. Wen sehen Sie so da draußen?«

Carvers Lächeln war verschwunden. Er trank sein Bier aus und stand auf. »Ein paar Karawanen, mehr sehe ich nicht, Tony.«

»Aha, und dafür werden Sie wahrscheinlich gut bezahlt.«

»Ich werde dafür bezahlt, zu Plätzen in der Wüste zu fliegen, an denen Probebohrungen vorgenommen werden, und anschließend wieder zurück. Und ich werde dafür bezahlt, mich um meine eigenen Angelegenheiten zu kümmern. Das sollten Sie besser auch.«

»Demnach fliegen Sie also nicht dieses neue Spielzeug der Countess, den Scorpion? Ich habe gesehen, wie dieser Helikopter dutzende Male die Grenze überquert hat, wenn wir auf Patrouille waren.«

Carver stapfte mit einem wütenden Blick davon, und Villiers stand auf. Er bemerkte, dass Abdul eifrig die Glasplatte des Tischs dicht an der Verandatür reinigte und offenbar jedes Wort gehört hatte.

»Noch ein Bier, Colonel?«

»Nein danke.« Villiers lächelte. »Ich komme später zum Abendessen zurück.«

Er nahm eine lange heiße Dusche, um wirklich sauber zu werden, dann entspannte er sich eine halbe Stunde lang in einem lauwarmen Bad und ließ seine Gedanken schweifen. Vor allem dachte er an seine Begegnung mit Ben Carver. Ben war kein übler Kerl. Er war im Golfkrieg mit einem Fliegerkreuz ausgezeichnet worden, hatte allerdings auch stets sein Bankkonto im Blick und würde lieber zweimal wegschauen, als Probleme mit den Rashids zu riskieren. Aber auch wenn Ben Carver ihm keine Auskünfte gegeben hatte, wusste Villiers, dass Kate Rashid wie stets in der Villa Rashid, einem maurischen Palast im alten Viertel, wohnen und irgendwann mit dem Hubschrauber zur Oase Shabwa fliegen würde. Und sie würde heute Abend im Restaurant des Excelsior essen, da sie das nämlich immer machte.

Allmählich ging die Sonne unter, und die Dämmerung zog herauf. Er rubbelte sich das Haar trocken und dachte an seine Jahre beim SAS, wo man nie sicher gewesen war, was als Nächstes passieren würde, ob man plötzlich eine zivile Identität annehmen oder einen wildfremden Menschen töten musste. Diese Zeit in Irland hatte ihre unauslöschlichen Spuren hinterlassen.

Als er vor dem Spiegel stand und sich kämmte, beschloss er aus einem spontanen Impuls heraus, an diesem Abend sozusagen Flagge zu zeigen – also kein schlichter Leinenanzug, sondern volle Montur. Er nahm seine Tropenuniform aus dem Kleiderschrank, zu der khakifarbene Hosen und ein Safarihemd gehörten. Jawohl, das war genau das Richtige. Mit seinen Ordensbändern würde er einen prächtigen Anblick bieten.

Rupert betrachtete schweigend die gewölbte Decke in der großen Eingangshalle der Villa Rashid, den Marmorboden, die kostbaren Teppiche, die unzähligen arabischen Antiquitäten und die Fresken an den Wänden.

»Das ist wirklich beeindruckend.«

»Danke, Darling. Hinten im Haus gibt es Büros, Computer und alles, was man so braucht. Das ist das Hauptquartier von Rashid Investments in Hazar und dem ganzen südlichen Arabien.«

»Abdul aus dem Excelsior möchte gern mit Ihnen sprechen, Countess«, meldete der Hausboy, der sie an der großen Kupfertür empfangen hatte.

»Wo ist er?«

»Bei Abu.«

Abu war ihr persönlicher Leibwächter, ein wilder Beduinenkrieger aus der Oase Shabwa. Er war stets zur Stelle, um sie zu begrüßen, wenn sie nach Hazar kam, und blieb während des gesamten Aufenthalts in ihrer Nähe.

»Wir trinken Tee und Kaffee auf der Terrasse. Bring ihn zu mir.«

Sie ging die Marmorstufen hinauf, und Rupert folgte ihr durch einen luftigen Korridor auf eine breite Terrasse, die hoch über den Dächern der Stadt lag und einen großartigen Ausblick bot.

»Herrlich.« Rupert setzte sich und bot ihr eine Zigarette an.

»Es wird bald dunkel sein. Die Dämmerung dauert hier nicht lange.«

Abu, ein großer bärtiger Mann mit einem scharf geschnittenen Gesicht, der einen weißen Burnus trug, führte Abdul herein.

»Abu, es ist schön, dich zu sehen«, sagte Kate auf Arabisch.

Er lächelte, was er nur sehr selten tat, und entbot ihr den traditionellen Gruß mit einer tiefen Verbeugung, bei der er seine Hand an die Stirn führte. »Es ist immer ein Segen für mich, Sie zu sehen, Countess. Diese Kreatur wünscht, Sie zu sprechen.«

»Dann soll er reden. Abdul ist der Barkeeper im Excelsior«, erklärte sie Rupert.

»Countess, ich habe Neuigkeiten«, sagte Abdul.

»Auf Englisch, bitte. Mein Cousin spricht kein Arabisch.«

»Colonel Villiers kam heute Nachmittag mit seinen Scouts von der Grenze zurück. Sie sind am Teich von Hama in einen Hinterhalt geraten. Omar, einer seiner Männer, ist dabei erschossen worden.«

Der Hausboy servierte unaufdringlich Tee und Kaffee und zog sich wieder zurück.

»Woher weißt du das?«, fragte Kate Rashid.

Abdul zuckte mit den Schultern. »Die Scouts sind im Basar, und sie reden.«

»Ist Villiers heute zum Abendessen im Hotel?«

»Ja, Countess, aber ich habe noch mehr zu berichten. Der Colonel trank Bier auf der Terrasse, und da kam Mr. Carver zu ihm. Es ist mir gelungen, ihr Gespräch mit anzuhören.«

Sie wandte sich an Rupert. »Ben Carver ist ein alter RAF-Pilot, der hier ein Lufttaxiunternehmen betreibt. Er arbeitet hauptsächlich für uns.« Sie nickte Abdul zu. »Weiter.«

Abdul erzählte ihr alles, voller Stolz auf sein ausgezeichnetes Gedächtnis. Kate öffnete ihre Börse und nahm einen Fünfdollarschein heraus.

»Das hast du gut gemacht.«

Er wich einen Schritt zurück und hob abwehrend die Hand. »Nein, Countess, das ist mein Geschenk für Sie.«

»Dafür danke ich dir, aber beschäme mich nicht, indem du meins zurückweist.« Abdul verbeugte sich lächelnd, nahm hastig den Geldschein und verschwand.

»Villiers fragt also andere nach Informationen aus«, meinte Rupert.

»In Fergusons Auftrag, wie wir annehmen können.«

»Wer hat ihm aufgelauert?«

»Was meinst du wohl?« Sie wandte sich an Abu. »Gut gemacht. Wer war dieser Omar, den du erschossen hast?« Da die Scouts alle Rashid-Beduinen waren, gab es natürlich familiäre Bindungen mit den Beduinen im Leeren Viertel.

»Mein Cousin zweiten Grades.«

»Ich will deswegen keine Blutrache.«

»Dazu wird es nicht kommen, Countess.«

»Und Villiers wird nicht angerührt, bis ich es sage.«

»Wie Sie befehlen, Countess. Ich würde ihn auch nur von Angesicht zu Angesicht töten. Er ist ein großer Krieger.«

»Gut. Mein Cousin hier ist ebenfalls ein großer Krieger. Er hat mit den amerikanischen Marines in vielen Schlachten gekämpft und ist wertvoll für mich. Schütze ihn mit deinem Leben.«

»Wie Sie befehlen, Countess.« Damit ging er davon.

Sie berichtete Rupert, was Abu ihr erzählt hatte, und plötzlich senkte sich die Dunkelheit herab. Der Hausboy schaltete die Lichter ein, um die sofort die Motten flatterten.

»Und was jetzt, Cousine?«

»Zunächst einmal ein Glas Champagner.« Sie gab dem Hausboy einen Wink. Einen Moment später erschien Abu.

»Ich bedaure sehr, Sie zu stören, Countess, aber Selim bittet, Sie sprechen zu dürfen.«

»Selim? Wie interessant. Bring ihn her. Es ist noch jemand gekommen, der mit mir reden will«, sagte sie zu Rupert, »diesmal ein Sergeant der Scouts.«

»Der natürlich ebenfalls ein Rashid ist. Es verwirrt mich immer noch, wie das alles funktioniert, wenn auf beiden Seiten die gleichen Leuten stehen.«

»Das liegt daran, dass du ein Yankee bist und die arabische Mentalität nicht begreifst.«

Der Hausboy erschien mit zwei Gläsern und einer Flasche Bollinger in einem Eiskübel. Er entkorkte sie geschickt und schenkte ein.

»Ich dachte, Alkohol sei in arabischen Ländern verboten«, meinte Rupert.

»Das ist unterschiedlich. In Hazar war man immer ziemlich liberal.«

»Und du hältst es ebenfalls so? Immerhin bist du eine Muslima.«

»Aber ich trage ja auch keinen Schador. Ich bin eine halbe Engländerin, Rupert, und in beiden Kulturen zu Hause.«

Abu führte Selim herein. Der Sergeant wirkte ziemlich nervös.

»Du sprichst gut Englisch, Selim, also sprechen wir jetzt diese Sprache. Weiß Villiers, dass du hier bist?«

»Nein, Countess.« Selim war bestürzt. »Ich bin gekommen, weil ich das Gefühl hatte, Ihnen etwas berichten zu müssen.«

»Was?«

»Wir sind mit dem Colonel im Grenzland gewesen, aber die Grenze selbst überqueren wir nicht mehr.«

»Das weiß ich.«

»Villiers *Sahb* hat mir viele Fragen gestellt. Er wollte wissen, ob irgendetwas im Leeren Viertel vor sich ginge.«

»Und was hast du ihm erzählt?«

»Dass ich nichts weiß. Aber mir war nicht ganz wohl. Ich denke, er hat mir nicht geglaubt.«

»Ein Zeichen für seine Intelligenz, denn du hast ihn angelogen, nicht wahr?«

»Countess, bitte.«

»Zünde mir eine Zigarette an, Rupert. Aber mich darfst du nicht anlügen, Selim. Also sag mir, was du gehört hast.«

»Dass es in der Oase Fuad ein Lager gibt, Countess. Ausländer kommen und gehen, und manchmal wird viel geschossen. Das haben die Adoo-Banditen, die durch die Wüste ziehen, berichtet.«

»Viele erzählen von geheimnisvollen Dingen, denen die Zunge locker sitzt. Aber manchen wird sie auch herausgeschnitten, Selim. Warum bist du zu mir gekommen? Du bist ein Mann des Colonels.«

Selim war bestürzt. »Aber ich bin auch ein Rashid. Meine Loyalität gehört in erster Linie Ihnen, Countess. Sie sind unsere Anführerin, da sind sich alle einig.«

»Auch die Hazar-Scouts?«

»Es … es gibt einige, die altmodisch denken und zum Colonel stehen.«

»Männer, die ihren Eid halten, meinst du, im Gegensatz zu dir. Du hast ebenfalls den Eid geschworen, du hast Salz und Brot mit Colonel Villiers gegessen. Hier geht es um Ehre und Treue. Du sagst, du bist mir treu, aber kann ich mich bei einem Mann, der keine Ehre hat, darauf verlassen?«

»Countess – bitte!«

»Geh mir aus den Augen und komm nie wieder.«

Abu packte Selim am Arm und drängte ihn von der Terrasse. »Was war das jetzt?«, fragte Rupert.

»Ehre ist alles für meine Männer, dafür sterben sie sogar – und Selim wird sterben, weil er keine hat.«

Abu kehrte zurück und sagte zu Ruperts Verblüffung in hervorragendem Englisch: »Der Mann ist ein Hund, Countess. Was soll ich mit ihm machen?«

»Das, was erforderlich ist.«

»Wie Sie befehlen.«

Abu verschwand, und sie lächelte Rupert zu. »Abus Onkel, ein reicher Kaufmann, hat ihn mit achtzehn nach London zur Universität geschickt. Er hat einen Abschluss in Wirtschaftswissenschaften gemacht – aber bei seiner Rückkehr entdeckt, dass er viel lieber ein Krieger sein wollte, und er ist ein sehr guter.«

»Dann kann Selim nur noch auf Allahs Hilfe hoffen.«

Kate trank ihren Champagner aus und stand auf. »Zeit für eine Dusche und fürs Umziehen. Ich zeige dir deine Suite.«

Selim eilte durch die schmalen Gassen in Richtung des alten Viertels, aber eigentlich wusste er nicht, wohin er sollte. Er hatte geglaubt, das Wohlwollen der Countess zu gewinnen. Stattdessen hatte er sein Todesurteil erhalten. Er blieb in einem Toreingang stehen und überdachte seine Lage.

Es gab nirgends einen Platz, um sich zu verstecken, nicht in Hazar, nicht im Hochland, nicht im Leeren Viertel. Bald würde jedermann Bescheid wissen, und alle würden gegen ihn sein. Seine Gedanken rasten. Die einzig mögliche Lösung war ein Schiff. Einige legten in jedem Hafen des südlichen Arabiens an. Vielleicht konnte er es nach Aden oder sogar Mombasa an der Ostküste Afrikas schaffen. Dort gab es eine größere arabische Bevölkerungsgruppe, und es war weit weg vom Gebiet der Rashid.

Er eilte weiter, schlug eine andere Richtung ein und kam am Hafen heraus. Inzwischen war es dunkel, aber auf den vertäuten Schiffen brannten Lichter. Wenn er an Bord eines der uralten Küstendampfer huschen könnte, wäre alles gut.

Er lief zu einem Kai, wo mehrere Boote vertäut waren.

Alles war still, nur aus der Ferne klang Lachen herüber, doch plötzlich hörte er hinter sich ein Geräusch. Hastig drehte er sich um und erblickte Abu. Er wollte davonrennen, doch Abu war schneller. Er packte ihn, riss seinen Kopf zurück und zog ihm ein Messer über die Kehle. Lautlos sackte Selim zusammen. Abu wischte die Klinge an Selims Burnus ab, stieß ihn ins Wasser und eilte davon.

Nachdem er verschwunden war, kam ein anderer Araber aus der Dunkelheit, der die überkreuzten Patronengurte der Scouts trug und ein AK über der linken Schulter hatte. Er spähte ins Wasser und sah Selims Leiche mit dem Gesicht nach unten am Heck eines Küstendampfers treiben.

Villiers machte eine blendende Figur in seiner Tropenuniform, als er die Bar des Excelsior betrat, in der nur ein halbes Dutzend Gäste waren, anscheinend lauter europäische Geschäftsleute. Der eine oder andere schaute ihn neugierig an. Von Kate Rashid oder Rupert Dauncey war noch nichts zu sehen. Villiers ging zur Bar, wo Abdul Gläser polierte.

»Ich hatte gedacht, die Countess wäre heute Abend hier. Ich weiß, dass sie in der Stadt ist.«

»Später, *Sahb*, sie kommt später.«

»Hat sie dir das gesagt?«

Abdul wirkte etwas nervös. »Hätten Sie gern ein Lager, Colonel?«

»Nicht jetzt.«

Er schlenderte nach draußen und zündete sich an der Treppe, die hinunter in den Garten führte, eine Zigarette an. Dabei entdeckte er einen seiner Männer, der auf einer Stufe kauerte und sein AK über den Knien liegen hatte.

»Ich grüße dich, Achmed«, sagte Villiers auf Arabisch.

»Und ich grüße Sie, Colonel *Sahb.*«

»Warum bist du hier?«

»Selim ist tot. Er treibt im Hafen.«

»Erzähle.« Villiers bot ihm eine Zigarette und Feuer an.

»Wir wollten zu den Frauen im Basar, Whisky trinken. *Sahb* weiß, dass wir das dort können.«

»Und?«

»Selim war nervös und gar nicht er selbst. Er sagte, er müsse einen Freund treffen. Ich fand das merkwürdig, deshalb bin ich ihm gefolgt.«

»Und wo ist er hin?«

»Zur Villa Rashid. Es war fast dunkel. Ich stand zwischen den Palmen auf der anderen Straßenseite und schaute hinauf zur Terrasse. Dort saß die Countess mit einem Mann, einem Engländer, glaube ich.«

»Nein, Amerikaner. Ich weiß, wer dieser Mann ist.«

»Dann brachte Abu Selim auf die Terrasse, und er und die Countess redeten miteinander. Ein bisschen später kam Selim heraus. Er wirkte unruhig und schaute sich um, als wisse er nicht, wohin er sollte.«

»Was meinst du damit, unruhig?«

»Er hatte den Gestank der Angst an sich, *Sahb*. Er lief die Straße hinunter, und ich wollte ihm gerade folgen, als Abu aus dem Haus kam und ihm hinterher ist.«

»Und du bist den beiden gefolgt.«

»Ja, *Sahb*, hinunter zum Hafen. Er lief zu einem der Kais und schien die Schiffe zu mustern. Dann tauchte Abu auf, schnitt ihm die Kehle durch und stieß ihn ins Wasser.«

»Warum sollte Abu so etwas tun?«

»Für die Countess, *Sahb*.«

»Aber welchen Grund hätte sie dafür?«

»Das weiß allein Allah.«

Villiers bot ihm eine weitere Zigarette an. »Ich bin dir dankbar, Achmed, dass du es mir erzählt hast, aber warum?«, fragte er, obwohl er die Antwort bereits kannte. »Du bist ebenfalls ein Rashid, und die Countess ist eure Anführerin.«

»Ich habe mit Ihnen Salz gegessen und den Eid geschworen, *Sahb,* ich bin Ihr Mann. Das würde auch die Countess so sehen. Es ist eine Sache der Ehre.«

»Und vielleicht hatte Selim keine.«

Achmed zuckte mit den Schultern. »Er war ein schwacher Mann.«

»Trotzdem ein guter Sergeant.«

»Ich wäre besser, *Sahb.*«

Villiers lächelte. »Nun, das musst du mir beweisen.« Er reichte ihm sein Päckchen Zigaretten. »Geh jetzt, aber kein Wort über diese Sache zu irgendjemandem.«

»Es wird herauskommen, *Sahb,* das tun solche Dinge immer.«

»Soll es, wenn es so weit ist.«

Achmed verschwand in der Dunkelheit, und Villiers ging wieder hinein. *Eine Sache der Ehre.* Für alle Beduinen war Ehre von übergroßer Wichtigkeit, und vielleicht sah Kate Rashid das ebenfalls so.

»Zigaretten, Abdul. Marlboros.«

Abdul reichte ihm eine Schachtel. »Und jetzt ein Bier, Colonel?«

Ehe er antworten konnte, rief eine Stimme: »Ja, Tony, wie nett.« Er wandte sich um. Kate Rashid kam mit Dauncey auf ihn zu. Sie trug ein schlichtes weißes Trägerkleid, dazu prachtvolle Ohrringe und eine Halskette aus Diamanten. Er war mit einem Leinenanzug und einem hellblauen Hemd bekleidet.

»Countess«, nickte Villiers. Kate stellte sich auf die Zehenspitzen und küsste seine Wange.

»Ich habe doch schon gesagt, Freunde nennen mich Kate. Das ist mein Cousin Major Rupert Dauncey, Marine Corps. Und das, Rupert, ist der berühmte Colonel Tony Villiers.«

Sie gaben sich die Hand. »Ist mir ein Vergnügen, Major«, sagte Villiers.

»Mir ebenfalls. Ich habe viel von Ihnen gehört.«

»Champagner auf der Terrasse, Abdul. Sie müssen uns Gesellschaft leisten, Tony, auch beim Essen.«

»Wie könnte ich da ablehnen?«

Ihre Augen funkelten aufgeregt, denn als sie und Rupert gerade die Villa verlassen hatten, war Abu erschienen.

»Alles in Ordnung?«, hatte sie gefragt.

»Er redet nicht mehr, Countess.«

»Gut. Es ist ein schöner Abend für einen Spaziergang. Du begleitest uns.«

Er war ihnen gefolgt, jederzeit bereit, die Dschambia, den arabischen Krummdolch an seinem Gürtel, zu zücken, obwohl nicht eine Menschenseele in Hazar es wagen würde, ihn anzugreifen.

»Das heißt wohl, der Hund ist tot?« Rupert schüttelte den Kopf. »Gott, du bist wirklich eine harte Frau, härter, als ich geglaubt hätte.«

»Das ist ein hartes Land, Darling, und hart zu sein ist die einzige Möglichkeit, hier zu überleben.« Sie hakte sich bei ihm unter. »Aber heute dulde ich keine trüben Gedanken. Heute Abend will ich mich amüsieren.«

8

Der Nachtwind, der von der See her wehte, war warm und duftete leicht nach Gewürzen. Kate hatte sich auf eine Schaukel gesetzt, Rupert und Villiers hatten ihr gegenüber an einem Tisch Platz genommen. Abdul servierte Champagner.

»Sie sehen wirklich fabelhaft aus, Tony. Diese ganzen Orden … Er hat alles bis auf den Viktoria-Kreuz-Orden, Rupert. Übrigens haben Sie mit meinem Cousin vieles gemeinsam, Tony. Der Golfkrieg, Serbien, Bosnien …«

»Wirklich?«, sagte Rupert. »Sehr interessant. Welche Einheit?«

»SAS. Es überrascht mich, dass Sie das nicht wissen, denn Kate weiß sicher alles über mich«, entgegnete Villiers herausfordernd.

»Ach, Tony, seien Sie doch nicht so mürrisch. Andererseits ist mir bekannt, dass Sie einen ziemlich scheußlichen Tag gehabt haben. Um Oscar Wilde etwas abgewandelt zu zitieren – einen Mann zu verlieren kann als Nachlässigkeit gelten, aber zwei zu verlieren …«

»Eines werden Sie hier rasch entdecken«, sagte Villiers zu Rupert, »nämlich dass Neuigkeiten sich schnell verbreiten. Nichts bleibt lange geheim. Ich habe tatsächlich einen Mann verloren, als wir am Teich von Hama Rast machten.«

»Wirklich Pech.«

»Ja, aber der zweite Mann, mein Sergeant Selim, wurde erst vor ganz kurzer Zeit im Hafen ermordet.« Er lächelte Kate zu. »Sie müssen bemerkenswert gute Informanten haben.«

»Das ist das Geheimnis meines Erfolgs, Tony. Aber genug davon. Wir wollen bestellen.«

Das Essen war hervorragend, da der Koch eine französische Mutter hatte und in Paris ausgebildet worden war. Rupert Dauncey und Villiers sprachen, wie üblich bei Soldaten, über ihre persönlichen Erfahrungen im Golfkrieg und dem ehemaligen Jugoslawien.

»Sie waren also mit dem SAS hinter den irakischen Linien?«, fragte Rupert. »Wie lange?«

»Ach, schon vor Ausbruch des Kriegs. Wir wussten, dass er kommen würde und was Saddam Hussein plante. Leute, die Arabisch beherrschten, wie ich oder Kates Bruder Paul, waren sehr gefragt.«

»Haben Sie ihn gekannt?«

»Wir gehörten zum gleichen Regiment, den Grenadier Guards, waren aber nicht zur gleichen Zeit dabei. Ich habe ihn später im Irak kennen gelernt. Er hat meinen stellvertretenden Kommandeur, Cornet James Bronsby, von seinen Männern töten lassen. Die Rashid-Beduinen haben eine sehr effektive Technik. Sie ziehen ihrem Opfer die Haut ab. Das dauert sehr lange. Der Verlust der Männlichkeit bildet dann den Abschluss, aber das wird Kate Ihnen sicher schon alles erzählt haben.«

»Nein, das habe ich nicht«, sagte sie.

»Warum? Aus Scham?«

»Scham – aus welchem Grund? Meine Leute sind nun einmal so; es ist eben ihre Art.« Sie zuckte mit den Schultern. »Und Sie haben Ihre Rache bekommen, Tony. Dillon hat am nächsten Morgen vier meiner Männer getötet. Und einer davon war mein Bruder George.«

»Wenn er nicht bereit war, die Konsequenzen zu tragen, hätte er sich raushalten sollen.«

Abdul erschien mit drei Gläsern Cognac auf einem Tablett. Kate nahm einen kleinen Schluck. »Ich höre, Sie haben einen neuen stellvertretenden Kommandanten, wieder von der Household Cavalry?«

»Ja, Cornet Bobby Hawk. Ein netter Junge. Sie würden ihn mögen.«

»Vielleicht hätte er besser zu Hause bleiben sollen.«

Villiers verstand die unterschwellige Drohung und war diese Spielchen auf einmal leid.

»Sparen Sie sich das, Kate. Sagen Sie mir lieber, warum Abu am Teich von Hama nicht mich erschossen hat.«

»Aber Tony, Sie sind doch viel zu wichtig, nicht nur für Hazar, sondern auch für mich. Sie sind der beste Kommandeur, den die Scouts je hatten. Und Sie befolgen die Anweisungen des Sultans.«

»Ihre Anweisungen, heißt das ja wohl.«

»Ich herrsche im Leeren Viertel, Tony, und ich brauche dort keine Scouts. Überwachen Sie das Grenzland und die übrigen Gegenden, aber bleiben Sie auf Ihrer Seite.«

»Warum? Haben Sie etwas zu verbergen?«

»Das ist meine Angelegenheit. Wenn Sie das nächste Mal mit Charles Ferguson sprechen, sagen Sie ihm, er soll daran denken.« Sie nickte Rupert zu. »Wir gehen. Morgen müssen wir früh raus.«

Er reichte ihr seine Hand. »Es war ein interessanter Abend, Colonel.«

Villiers stand auf. »Das kann man wohl sagen. Gute Nacht, Kate.« Sie lächelte nur wortlos. Villiers bestellte bei Abdul einen weiteren Cognac und kehrte nachdenklich auf die Terrasse zurück.

Gefolgt von Abu machten sich Kate Rashid und Rupert auf den Heimweg. »Ein beeindruckender Mann«, meinte Rupert. »Aber er hat Recht. Warum hast du ihn nicht umlegen lassen?«

»Vielleicht später, im Moment nicht. Wie ich gesagt habe, seine Patrouillen mit den Scouts sind nützlich für mich und gut für Hazar.«

»Aber was ist mit seiner Verbindung zu Ferguson?«

»Da er nichts weiß, kann Villiers ihm auch nichts verraten. Das ist alles, was zählt.«

»Nun, du bist die Expertin. Was steht morgen auf dem Programm?«

»Der Hubschrauber ist um sieben bereit. Wir schauen in Shabwa vorbei, das wird von mir erwartet, und anschließend fliegen wir nach Fuad.«

»Wie weit ist das?«

»Noch mal hundert Meilen tiefer in die Wüste.« Sie hatten die Treppe erreicht, die zur Tür der Villa hinaufführte, und Kate wandte sich zu Abu um. »Wo sind die Scouts derzeit?«

»Sie hatten ihr Lager bei El Hajiz. Dort gibt es gutes Wasser, aber vielleicht sind sie inzwischen woandershin.«

Sie sprachen Englisch miteinander. »Villiers wird sicher bald zu ihnen stoßen. Du bleibst und beobachtest ihn. Wenn er abfährt, folg ihm. Nimm einen unserer Landrover.«

»Wie lauten Ihre Befehle?«

»Ich denke, er braucht wohl noch eine Lektion.«

»Der neue Offizier?«

»Vielleicht genügt es, ihm einen Schrecken einzujagen. Es liegt alles in Allahs Hand. Ich überlasse es dir. Gute Nacht.«

Die Kupfertür öffnete sich wie von Zauberei, und sie gingen hinein.

»Erinnere mich daran, dass ich dir nie Grund gebe, auf mich ärgerlich zu werden«, sagte Rupert.

»Als ob du das je tun würdest.« Sie lächelte. »Du kannst vollkommen unbesorgt sein, Darling. Schließlich bist du ein Dauncey.«

Abu ging zum Basar und in ein Café, wo sich die Scouts regelmäßig aufhielten, wenn sie in Hazar waren. Es war so überfüllt, dass einige Gäste auf dem Boden hockten. Abu hatte sein Gesicht mit einem Tuch verdeckt. Unerkannt kauerte er sich mit gesenktem Kopf an die Wand und lauschte Achmed, der mit vier Kameraden an einem Tisch saß.

Achmed hatte den anderen noch nichts von Selims Tod erzählt, allerdings berichtete er gerade, Selim habe eine Botschaft erhalten und sei wegen irgendeines Problems in der Familie nach Hause.

In diesem Moment erschien Villiers, und alle sprangen auf. »Selim ist nicht da, *Sahb*«, sagte Achmed. »Er war ganz aufgeregt. Ich glaube, er hatte schlechte Neuigkeiten von zu Hause und ist heim.«

»Dann bist du jetzt der Sergeant. Wir brechen bei Tagesanbruch nach El Hajiz auf. Macht die Landrover bereit und holt mich im Hotel ab.«

»Wie der *Sahb* befiehlt.«

Villiers wandte sich um und ging. Auch Achmed und seine Kameraden verließen das Café.

Da Abu das Ziel der Scouts kannte, war er bereits vor Anbruch der Morgendämmerung in einem Landrover aufgebrochen. Kate Rashid und Rupert wurden vom Hausboy zu einem kleinen Landeplatz gefahren, den sie außerhalb von Hazar hatte bauen lassen. Dort wartete bereits Ben Carver in einem blauen Fliegeroverall neben einem Scorpion-Hubschrauber, der Platz für acht Passagiere bot.

»Guten Morgen, Ben. Das ist mein Cousin Rupert Dauncey. Wie ist das Wetter?«

»Es wird verflucht heiß werden, aber das ist ja nichts Neues. In Shabwa sieht es gut aus, aber im Gebiet von Fuad besteht die Möglichkeit, dass es einen Sandsturm gibt.«

»Wir werden es schon schaffen. Starten wir.«

Shabwa war eine riesige Oase mit Palmen, einem Teich von der Größe eines kleinen Sees und vielen, vielen Zelten, Pferden, Kamelen und Ziegenherden. Es gab sogar eine Rollbahn, neben der mehrere Landrover standen. Der Scorpion landete, und als Kate Rashid ausstieg, stürmten alle auf sie zu, die bewaffneten Krieger ebenso wie Frauen und Kinder. Freudenschüsse wurden in die Luft abgefeuert, die Kinder kreischten begeistert, alles umdrängte sie, und jeder versuchte, sie zu berühren.

Die Krieger hielten die Menge auf Abstand und bildeten zwei Reihen. Zwei kleine Jungen brachten Kate und Rupert eine Dschellaba und halfen ihnen hinein.

Sie hob eine Hand und grüßte die Krieger mit geballter Faust. »Meine Brüder.«

Jubelschreie ertönten, und erneut wurden Freudenschüsse abgegeben. Kate ging voraus zu einem Zelt, unter dessen Vordach Teppiche und Kissen ausgebreitet waren. Zwei Stammesälteste hockten sich mit überkreuzten Beinen neben sie, und es entspann sich auf Arabisch ein lebhaftes Gespräch. Rupert zündete sich eine Zigarette an und erhielt eine Tasse mit starkem süßem Kaffee und Kümmelkuchen. Die beiden alten Männer tranken ebenfalls Kaffee, und unzählige andere, die ringsum Platz genommen hatten, schauten ihnen zu.

»Unglaublich«, sagte Rupert. »So etwas habe ich noch nie gesehen.«

»Das sind meine Leute, Rupert.«

»Die eine Hälfte, könnte man sagen. Letzten Monat in Dauncey haben die Dorfbewohner sich merkwürdigerweise fast genauso verhalten. Als wir ins Dauncey Arms zu einem Drink gingen, standen sogar alle auf.«

»Ja, weil auch sie meine Leute sind, und sie sind mir ebenso lieb wie diese Menschen. Die Wurzeln der Dunceys reichen tief, Rupert, und es sind auch deine Wurzeln.«

»Ein Erbe, dem gerecht zu werden man sich bemühen muss«, sagte Rupert und merkte zu seiner eigenen Überraschung, dass er es wirklich ernst meinte.

Frauen brachten Reis, Linsen, reichlich ungesäuertes Brot und einen heißen Eintopf.

»Was zur Hölle ist das?«

»Ziege, Darling, und sag nur nicht Nein, sonst beleidigst du sie.«

»Guter Gott«, seufzte Rupert.

»Messer und Gabel gibt es nicht. Wir essen hier mit der Hand. Achte übrigens darauf, dass du deine rechte Hand benutzt.« Sie lächelte. »Nun iss schön wie ein braver Junge, dann geht es weiter nach Fuad.«

Anderthalb Stunden später brachen sie auf. »Was werde ich in Fuad vorfinden?«, fragte Rupert.

»Im Grunde ein militärisches Ausbildungslager. Wir bringen dort jungen Leuten aus allen wichtigen arabischen Staaten den Umgang mit Waffen, Maschinengewehren, aber auch Raketenwerfern bei.«

»Auch den Umgang mit Bomben und Sprengstoffen?«

»Das ebenfalls, allerdings nur die einfachsten Grundlagen. Hauptsächlich, wie man Sprengstoffe mit Zeitzündern effektiv einsetzt. Unsere Möglichkeiten sind in dieser Hinsicht begrenzt; da hat beispielsweise die Provisional IRA bessere Experten. Meistens sind ungefähr fünfzig Männer in diesem Lager, aber es gibt auch ein paar Frauen. Sie bleiben acht Wochen dort und kehren dann nach Hause zurück, um ihr Wissen weiterzugeben.«

»Wer sind die Ausbilder?«

»In erster Linie Palästinenser.«

»Und die können so was?«

»Gute Kräfte sind schwer zu finden. Aber der Chefausbilder ist erstklassig, denn Colum McGee war jahrelang bei der IRA.«

»Und was ist der Zweck des Ganzen?«

»Damit es überall im Nahen und Mittleren Osten eine Vielzahl vernünftig ausgebildeter junger Revolutionäre gibt, die den Kapitalismus und die Reichen hassen und mit Freude ihre Regierungen stürzen würden.«

»Aber Kate, du bist doch selbst eine Kapitalistin und unglaublich reich. Trotzdem willst du dieses System zerstören. Das ergibt doch keinen Sinn.«

»Das tut es sehr wohl, wenn man nämlich Rache will, Darling.«

»Und wie willst du das bewerkstelligen?«

»Später, Rupert. Wenn die Zeit reif ist.« Sie blickte nach unten, wo in dicken Wolken der Sand aufstob. Also hatte Ben Carver Recht gehabt. Ein Wüstensturm braute sich zusammen.

Villiers und seine Scouts fuhren zwischen großen ockerfarbenen Felsen in Richtung zum Teich von Hama. Der Wind hatte immer mehr zugenommen und war voller feiner

Sandpartikel, sodass er und seine Männer sich Nase und Mund mit Tüchern bedecken mussten.

Als sie sich dem Teich näherten, sagte er zu Achmed: »Wir halten und füllen die Wasserschläuche auf.«

»Wie der *Sahb* befiehlt.«

Villiers blieb im Wagen sitzen und zündete sich im Schutz der hohlen Hand eine Zigarette an. Achmed und zwei Scouts füllten die Schläuche aus Ziegenleder und wollten gerade zurück zu den Landrovern, als ein Schuss ertönte. Aus dem Schlauch, den Achmed in seiner linken Hand trug, rann das Wasser. Hastig suchten die Männer Schutz hinter den Landrovern und zückten die Waffen.

»Kein Feuer erwidern«, sagte Villiers.

»Sehen Sie, *Sahb*, da sind Reifenspuren, sicher ein Landrover. Jemand ist vor uns hier vorbeigekommen. Vielleicht Abu.« Villiers wollte aufstehen, doch Achmed hielt ihn zurück. »Nein, *Sahb*, nicht.«

»Ich glaube, du hast Recht, und wenn Abu den Wasserschlauch treffen konnte, hätte er auch einen von euch treffen können. Er kann mich nicht erschießen, weil die Countess das nicht möchte. Das bedeutet, er spielt nur mit uns. Ich beweise es dir.« Er stand auf und rief auf Arabisch: »Abu, hast du keine Ehre? Fürchtest du dich, mir gegenüberzutreten? Hier bin ich! Wo bist du?«

Die Sicht war inzwischen immer schlechter geworden, da der Wind ständig mehr Sand aufwirbelte. Sie hörten das Geräusch eines startenden Motors.

»Er ist weg, *Sahb*«, sagte Achmed.

»Und wir sollten auch fahren, damit wir an einen geschützten Platz kommen. Es mag eine Weile dauern, bis dieser Sturm vorbei ist.«

Am Ende des Passes lag ein verfallendes Fort, das noch aus den alten Kolonialzeiten stammte. Sie fuhren in die Ställe, die relativ gut erhalten waren, und stiegen aus.

»Bring den Spirituskocher in Gang«, sagte Villiers zu Achmed. »Kaffee für euch und Tee für mich. Und dann sucht euch aus, was ihr essen wollt – eine Dose für jeden.«

»Wie der *Sahb* befiehlt.«

Villiers schaute nach draußen, wo der Sand hochgepeitscht wurde, und fragte sich, wie Abu in diesem Sturm zurechtkommen würde. Aber vor allem fragte er sich, was er eigentlich beabsichtigt hatte.

Der Scorpion erreichte Fuad, ehe der Sturm seine volle Kraft entwickelte. Rupert sah unter sich die Palmen der Oase und entdeckte ein grob gezimmertes Blockhaus, dahinter einen Schießstand und zahlreiche Beduinenzelte, wie sie sich seit Jahrhunderten im Leeren Viertel mit seinen Sandstürmen bewährt hatten.

Etliche Männer warteten auf sie, die ihre Gesichter zum Schutz gegen den Sand verdeckt hatten. »Der Atem Allahs, so nennen die Beduinen den Wind«, erklärte Kate.

»Dann muss er aber in recht zorniger Stimmung sein.«

Carver landete zwischen zwei Palmgruppen, und einige Männer eilten mit Seilen heran, die sie um die Kufen befestigten und an Bäumen sicherten.

»Herrgott«, seufzte Ben Carver, »das war knapp.«

»Sie haben uns sicher hergebracht«, erwiderte Kate anerkennend.

Carver stieg aus und hielt die Tür für sie auf. Kate schlang sich ihren Schal vor das Gesicht, und ein hoch gewachsener Mann in Jeans und einer ledernen Bomberjacke bot ihr eine Hand.

Sie betraten ein großes, ziemlich luxuriös eingerichtetes Zelt. Rings um einen niedrigen Tisch lagen Teppiche und Kissen auf dem Boden, und die Wände waren mit Tüchern geschmückt, die ein wenig im Wind flatterten, doch der Sturm war nur noch gedämpft zu hören, als sei er weit weg.

Der Mann in der Bomberjacke streifte sein Tuch ab, hinter dem ein wirrer schwarzer Bart mit grauen Strähnen zum Vorschein kam. »Schön, Sie zu sehen, Countess«, lächelte Colum McGee.

Sie stellte Rupert vor, und kurz darauf erschien auch Carver.

»Wie lange wird es dauern?«, fragte Kate.

»Ich habe den Wetterbericht vom Flughafen Hamam abgefragt. In zwei oder drei Stunden müsste es vorbei sein.«

Sie blickte auf ihre Uhr. »Jetzt ist es elf. Damit hätten wir Zeit für eine Inspektion und könnten bei Einbruch der Nacht immer noch zurück in Hazar sein. Am besten essen wir erst einmal etwas Ordentliches, Colum.«

»Nun, ich kann Ihnen zwar kein echtes irisches Frühstück bieten, Countess, aber die Frauen backen ziemlich gutes Brot, auch wenn es ungesäuert ist. Falls Sie Lammeintopf oder Ziege wollen, kein Problem. Ansonsten gibt es Verschiedenes aus Dosen – Cornedbeef, junge Kartoffeln, Möhren, Bohnen.«

»Ich denke, das dürfte genügen. Haben Sie die Kühlbox mitgebracht, Ben?«

»Einer der Männer hat sie in die Küche gestellt.«

»Gut, dann nehmen wir einen Drink.«

Carver ging durch einen überdachten Gang in die Küche, wo ein halbes Dutzend Frauen bei der Arbeit war. Im Eingang befand sich eine runde steinerne Feuerstelle, über der drei Kochtöpfe hingen, und auf einem niedrigen Tisch entdeckte er die blaue Plastikkühlbox.

»Ben Carver weiß lediglich, dass dieses Lager existiert, und sieht manchmal etwas von den Übungen«, sagte Kate Rashid unterdessen im Hauptzelt zu Colum. »Mehr soll er auch nicht erfahren. Deshalb besprechen wir alles erst nach dem Essen.«

»Wie Sie wünschen. Aber einem alten RAF-Mann wie Ben wird nicht viel entgehen. Entschuldigen Sie mich, ich will den Frauen Bescheid geben.«

Als er nach draußen ging, kehrte Ben mit der Kühltasche zurück, in der sich drei Flaschen Champagner und etliche Weingläser aus Plastik befanden. Er entkorkte eine Flasche und schenkte ein.

»Vier Gläser, Ben.«

»Alle Annehmlichkeiten, die man sich wünschen kann«, lächelte Rupert.

»Betrachten wir es als ein Picknick«, erwiderte Kate. Colum kehrte zurück. »Nun, wie läuft das Trainingsprogramm, Colum?«

»Eigentlich wie immer. Diese palästinensischen Jungs sind zwar mit Feuereifer bei der Sache, doch gegen israelische Truppen würden sie nicht lange standhalten.«

»Ich bin sicher, Sie tun Ihr Bestes. Aber jetzt wollen wir essen; wir können später weiterreden.«

Während Villiers mit seinen Männern im alten Fort darauf wartete, dass der Sturm nachließ, rief er Bobby Hawk an.

»Wo sind Sie?«

»Ungefähr zwanzig Meilen östlich der Oase El Hajiz. Was ist mit Ihnen?«

Villiers gab ihm seine Position durch. »Sind Sie noch unterwegs?«

»Nein, wir haben Schutz in einer Höhle gesucht.«

»Gut. Es wird in ungefähr einer Stunde vorbei sein, dann treffen wir uns in El Hajiz. Wir haben übrigens zwei Männer verloren, Omar und Selim.«

»Guter Gott, wie das?«

»Das erzähle ich Ihnen nachher.« Er schaltete sein Handy aus und ließ sich von Achmed noch einen Tee bringen, ehe er Fergusons Nummer in London wählte und ihn auf den neuesten Stand brachte.

»Ich habe schon Schlimmeres gegessen«, meinte Kate Rashid nach der Mahlzeit. »Sehr gut, Colum.«

»Wir bemühen uns, unsere Gäste zufrieden zu stellen.«

»Das freut mich zu hören. Ben, wenn Sie uns entschuldigen würden, wir haben etwas Geschäftliches zu besprechen.«

Carver sah zu, dass er schleunigst nach draußen verschwand. Das Geld, das sie ihm für seine Dienste bezahlte, war genug, um seine Gier zu befriedigen, und was in diesem Lager so genau vor sich ging, wollte er lieber gar nicht wissen.

»Es läuft also gut mit den palästinensischen Ausbildern?«, fragte Kate.

»Bin zufrieden.«

»Und wenn ich eine ernsthafte Aktion in Angriff nehmen wollte, bei der man beispielsweise Erfahrung mit Bomben bräuchte, wohin könnte ich mich wenden? Ich hatte Sie das ja schon bei unserem letzten Treffen gefragt und Sie gebeten, darüber nachzudenken.«

»Die besten Experten weltweit hat immer noch die IRA, obwohl die Protestanten allmählich aufgeholt haben. Was ist mit den Leuten, die Sie angeheuert hatten, um den Ältestenrat auszuschalten, als er unterwegs zu den Heiligen Quellen war? Das war doch Aidan Bell, zusammen mit Tony Brosnan und Jack O'Hara?«

»Alle tot. Aidan wurde von Sean Dillon umgebracht.«

»Tatsächlich? Ein echter Teufel, dieser Sean, obwohl er in den alten Tagen ein guter Kamerad war.« Er lächelte. »Verrückt, dass er jetzt für die Briten arbeitet.«

»Also, was würden Sie vorschlagen?«

»Am besten Aidans Cousin mütterlicherseits, Barry Keenan. Drumcree ist heutzutage sein Revier. Die von der Provisional IRA haben dort nichts mehr zu melden. Er findet, sie seien ein Haufen alter Weiber, deshalb hält er es jetzt mit der Real IRA, die noch den alten Kurs steuert. Es gibt ein irisches Sprichwort, das grob übersetzt bedeutet, dass diese Leute den Papst erschießen würden, wenn sie meinten, es würde ihrer Sache dienen.«

»Das ist gut. Können Sie für mich ein Treffen mit Keenan vereinbaren?«

»Nicht in England, da würde man ihn sofort verhaften.«

»In Irland?«

»Sicher, sogar im Norden. Die Polizei von Ulster wird ihn nicht anrühren, seit der Friedensprozess begonnen hat.«

»Ich treffe mich mit ihm in Drumcree. Arrangieren Sie das für mich.«

»Es wird nur etwas dauern.«

»Ich habe es nicht eilig.« Sie stand auf. »Sehen wir mal, ob der Wind so weit nachgelassen hat, dass Rupert sich das Lager anschauen kann.«

»Kennen Sie sich mit solchen Dingen aus, Mr. Dauncey?«, fragte Colum neugierig.

»Das könnte man sagen.« Rupert lächelte leise.

Sie wurden zu einem großen Zelt am Rand des Lagers geführt, in dem ein halbes Dutzend junger Araber hockte. Ihnen gegenüber stand ein Ausbilder an einem Tisch, auf dem unterschiedliche Zeitzünder, alle möglichen Zündschnüre und verschiedene Sprengstoffe lagen. Rupert sah sofort, dass sich damit lediglich sehr einfache Sprengsätze herstellen ließen, und war nicht besonders beeindruckt.

»Gehen wir weiter«, sagte er zu McGee, »ehe ich meine Begeisterung verliere.«

An einem Schießstand übten einige Rekruten das Liegendschießen auf Pappfiguren in etwa vierhundert Metern Entfernung.

»Geben Sie mir mal Ihr Fernglas, McGee«, bat Rupert und richtete es auf die Zielscheiben. »Nicht besonders gut. Ein paar Zufallstreffer, aber die meisten schießen daneben.«

»Und Sie könnten es besser? Wenn Sie mit dem AK vertraut wären, wüssten Sie, dass es auf kurze Distanz am besten ist. Vierhundert Meter ist für jeden eine ziemliche Entfernung. Aber Sie kennen das AK natürlich in- und auswendig, nehme ich an«, fügte er mit deutlichem Sarkasmus hinzu.

»Nun, ich bin von einem in die linke Schulter getroffen worden, aber glücklicherweise war das in der letzten Woche des Golfkriegs. Persönlich habe ich es immer als ausgezeichnete Waffe empfunden.«

Colum McGee nahm ein Gewehr aus einem hölzernen Gestell, lud es und reichte es ihm. »Dann wagen Sie doch mal einen Versuch.«

»Mit Vergnügen.« Rupert gab Kate das Fernglas. »Nehmen wir einfach die ersten fünf von links und die letzten fünf von rechts.«

Colum unterbrach mit einem Pfeifsignal die Schießübung. Alle sicherten ihre Waffen und traten zurück. Rupert ging einige Schritte vor, hob das AK an seine Schulter und begann zu feuern. Ein Murmeln lief durch die Menge, als er fertig war. Kate senkte das Fernglas.

»Zehn Kopfschüsse. Ich kenne nur einen Mann, der so gut ist, und das ist Sean Dillon. Er hat meinen Bruder George und drei andere aus vierhundert Metern Entfernung erschossen.«

»So was habe ich noch nie gesehen«, meinte Colum.

»Das glaube ich Ihnen gern«, lächelte Kate. »Was kommt als Nächstes?«

»Unbewaffneter Kampf. Darin sind sie ganz gut. Die meisten der Burschen kommen sowieso von der Straße.«

Das Übungsgelände lag auf der anderen Seite der Oase hinter einigen Palmenbäumen, wo der Sand weich war. Paarweise standen sich junge Männer kampfbereit gegenüber. Hamid, der Ausbilder, ein kräftig gebauter Mann mit kahlem Schädel und einem dicken Schnurrbart, sprach ganz leidlich Englisch.

»Mein Cousin möchte gern mal sehen, was Sie so machen«, sagte Kate.

Beinahe abfällig musterte er Rupert von oben bis unten. »Eine kleine Vorstellung für die Touristen?« Er winkte zwei Jugendliche heran. »Versucht, mich anzugreifen.« Den beiden war sichtlich unwohl zumute. »Ich habe gesagt, versucht, mich zu kriegen!«

Gemeinsam rannten sie auf ihn zu. Hamid wich mühelos dem Schlag des Ersten aus, packte ihn bei der Jacke, ließ sich nach hinten fallen und stemmte dabei einen Fuß gegen den Bauch des Jungen, der hoch in die Luft flog. Noch ehe er auf dem Boden aufschlug, war Hamid herumgerollt und versetzte dem anderen einen kräftigen Tritt gegen die linke Kniescheibe. Mit einem Aufschrei sank dieser zu Boden.

Hamid stemmte die Hände in die Hüften und lächelte triumphierend. »Genügt das?«

Rupert winkte ab. »Ja, ich passe lieber; Sie sind zu gut für mich.«

Hamid warf den Kopf zurück und lachte. Blitzschnell trat Rupert ihm zwischen die gespreizten Beine, sodass Hamid zu Boden ging, und stellte einen Fuß auf seinen Hals.

»Sehr sorglos, Kamerad. Ich könnte dir mit Leichtigkeit das Genick brechen, aber ich lasse es besser, weil ich mir vorstellen kann, wie schwer es ist, hier draußen Hilfskräfte zu finden.« Er schaute sich zu Kate um. »War es das? Können wir jetzt gehen?«

»Du Bastard«, lachte sie.

Carver kletterte aus dem Scorpion, als er sie herankommen sah. »Bereit zum Abflug?«

»Wir verbringen die Nacht in Hazar, und um sieben geht es zurück nach Northolt.« Sie wandte sich an McGee. »Ich verlasse mich darauf, dass Sie mit Keenan sprechen.«

Als Villiers und seine Männer El Hajiz erreichten, waren Bobby Hawk und seine Scouts bereits mit ihren drei Landrovern dort.

»Gut, Sie zu sehen.« Villiers streckte die Hand aus. »Wie war die Fahrt?«

»Besser als Ihre auf jeden Fall. Was ist passiert?«

»Ich erzähle es Ihnen später. Schlagen wir erst mal das Lager auf.«

Vor einem Steilhang bildeten sie aus den fünf Landrovern einen schützenden Halbkreis. Einige Scouts schnitten mit ihren Krummdolchen etwas Dorngestrüpp ab und machten ein Feuer. Bald kochte Wasser in zwei Töpfen, und Villiers wandte sich an die versammelten Männer.

»Denjenigen von euch, die nicht dabei waren, muss ich sagen, dass Omar am Teich von Hama von einem Heckenschützen erschossen wurde.«

Aufgeregtes Stimmengemurmel erklang.

»Beruhigt euch. Später in Hazar wurde Selim die Kehle durchgeschnitten. Ich weiß, wer hinter diesen beiden Morden steckt. Es war Abu, der Leibwächter der Countess. Vorhin hat er am Teich von Hama erneut zugeschlagen und einen Wasserschlauch getroffen – absichtlich, wie mir scheint. Genauso gut hätte er auch einen von uns töten können. Ich habe ihn aufgefordert, sich zu zeigen, und stand ohne jede Deckung da. Er hätte mich leicht erschießen können, aber er tat es nicht, weil die Countess es offenbar nicht will. Solange wir uns nicht über die Grenze wagen, droht uns keine Gefahr, also bleiben wir vorerst in Hazar. Ich wollte nur, dass ihr alle darüber Bescheid wisst.«

Er wandte sich zu Achmed um. »Drei Männer sollen sich an den Maschinengewehren postieren, die anderen können essen.«

Später brachte man Villiers und Bobby einen Eintopf aus gebackenen Bohnen und einer Hühnersuppe mit Lauch, dazu gab es reichlich ungesäuertes Brot.

»Nicht gerade die Offiziersmesse in Windsor«, sagte Villiers.

»Aber nicht schlecht«, meinte Bobby Hawk. »Trotzdem kriegt man nach all diesem Dosenzeug wieder richtig Lust auf anständige Hausmannskost.«

Er war erst zweiundzwanzig und hatte bereits einen Einsatz im Kosovo hinter sich. Obwohl er befürchtete, dass sich dadurch seine Beförderung zum Leutnant verzögern würde, hatte er der Chance, zu den Hazar-Scouts zu wechseln, nicht widerstehen können. Villiers hätte ihm allerdings sagen können, dass die Zeit bei den Scouts für seine zukünftige militärische Karriere sogar ein großes Plus bedeuten würde.

Nach dem Essen nahm einer der Männer ihr Geschirr, ein anderer brachte ihnen Becher und schenkte aus einem Kessel bitteren schwarzen Tee ein, an dem sogar Bobby allmählich Geschmack fand. Während die Dämmerung herabsank, hockten die Männer sich neben die Landrover und ließen sie allein am Feuer sitzen.

»Glauben Sie, dieser Abu ist irgendwo da draußen, Sir?«

»Da bin ich mir sicher.«

»Meinen Sie, er wird es noch mal probieren?«

»Ja, aber ich glaube nicht, dass er vorhat, jemanden zu töten. Es soll nur eine Warnung sein – zur Erinnerung, dass Kate Rashid mich im Auge hat.«

»Ich hoffe, Sie haben Recht, Sir.«

Sie redeten eine Stunde miteinander. Ein Scout warf noch einige Dornzweige ins Feuer, goss frischen Tee auf und stellte den Kessel neben sie.

Bobby griff danach, um sich einzuschenken, als ein Schuss krachte und der Kessel ihm aus der Hand flog.

»Verdammt.« Er sprang auf und riss seine Browning aus dem Halfter.

»Nein«, rief Villiers. »Das ist nur wieder Abu. Wenn er den Kessel treffen konnte, hätte er auch Sie treffen können.«

Die Scouts griffen nach ihren Waffen, und einer der Posten feuerte das Maschinengewehr ab.

»Hört mit dem Schießen auf«, befahl Villiers. »Er ist sicher längst weg.«

Es herrschte Stille. Bobby schob seine Browning wieder in das Halfter und lachte etwas unsicher. »Ich hoffe, Sie haben Recht, Sir.«

Und dann knallte ein zweiter Schuss, der ihn von den Füßen riss. Die Scouts brüllten vor Wut und feuerten blindlings in die Dunkelheit. Villiers kauerte sich neben Bobby, der mitten ins Herz getroffen war. Er zuckte noch ein paarmal krampfhaft und starb.

Villiers empfand eine Wut wie nie zuvor. »Hört sofort auf!«, rief er seinen Männern zu, die widerstrebend die Gewehre senkten. Er ging zurück zum Feuer und breitete weit die Arme aus. »Abu, ich bin hier. Wo bist du? Tötest du neuerdings nur Jungs? Los, zeig dich und sei ein Mann!« Aber die einzige Antwort war das Motorengeräusch eines davonfahrenden Landrovers.

Abu lenkte mit einer Hand und drückte ein Tuch an seine rechte Wange, wo ihn eine Maschinengewehrkugel gestreift hatte. Er war wütend über sich selbst; dass er diesen jungen Soldaten getötet hatte, wäre gar nicht nötig gewesen. Sein Schuss konnte nicht einmal als Reflexhandlung entschuldigt werden. Wie am Teich von Hama hatte er ihnen eigentlich nur zeigen wollen, dass er ohne weiteres jemanden töten könnte. Aber dann hatte ihn die Wut überwältigt. Wenigstens war er noch so weit bei Verstand gewesen, um dem Impuls nicht nachzugeben, Villiers zu erschießen. Die Countess würde es verstehen. Zumindest hoffte er es. Er bog an den Straßenrand, öffnete den Verbandskasten und klebte sich ein Pflaster über die Wunde. Dann fuhr er weiter durch die Nacht in Richtung Hazar.

Die Männer schoben Bobby Hawk in einen Leichensack. Villiers saß am Feuer, rauchte eine Zigarette und trank einige tiefe Schlucke Whiskey, der im Verbandskasten für medizinische Zwecke aufbewahrt wurde.

Er hatte Kate Rashid gefragt, warum Abu ihn nicht mit einem Kopfschuss erledigt habe, und ihre Erwiderung, er sei zu wichtig, war völlig ernst gemeint gewesen. Dadurch hatte er sich und seine Männer in falscher Sicherheit gewiegt, und Bobby Hawk hatte dafür mit seinem Leben bezahlt.

Achmed kam zu ihm. »Möchten Sie den Cornet *Sahb* noch mal sehen?«

»Ja, danke.«

Der Leichensack war noch nicht geschlossen worden. Schweigend betrachtete er Bobbys Gesicht. In der Hitze des Tages würde sehr schnell der Verwesungsprozess einsetzen, und der Gedanke daran war ihm nahezu unerträglich. Dann kam ihm plötzlich eine Idee.

»Schließ den Sack«, befahl er Achmed, »und bindet den *Sahb* auf die Motorhaube, wie wir es mit Omar getan haben. Wir brechen in zehn Minuten auf und fahren die ganze Nacht durch bis nach Hazar.«

»Wie der Colonel befehlen.«

Villiers setzte sich wieder, nahm sein Codex und versuchte, Colonel Ferguson im Verteidigungsministerium zu erreichen. Ferguson war zufällig noch mit Hannah Bernstein und Dillon in seinem Büro.

»Ich bin es, Charles. Es ist etwas Schlimmes passiert.«

Ferguson schaltete auf Lautsprecher. »Reden Sie, Tony.«

Villiers berichtete. »Ich habe mich getäuscht, und nun ist der Junge tot«, schloss er.

»Es ist nicht Ihre Schuld, Tony. Die trifft allein Kate Rashid.«

»Sie müssen mit dem kommandierenden Offizier der Lifeguards reden. Bobby hat eine verwitwete Mutter und zwei Schwestern an der Universität. Man muss es ihnen mitteilen.«

»Ich denke, darum werden die Lifeguards sich kümmern.«

»Sie wissen, wie schnell eine Leiche hier draußen verwest, Charles, deshalb würde ich Sie gern um einen Gefallen bitten.«

»Welchen?«

»Ob es möglich wäre, Lacey und Parry mit der Gulfstream herzuschicken. Wenn sie innerhalb der nächsten Stunde starten würden, könnten sie in rund zehn Stunden hier sein. Ich besorge den richtigen Sarg in Hazar, erledige den Papierkram, und dann könnten sie ihn mit zurück nach London nehmen.«

»Sie brauchen nicht darum zu bitten, Tony.« Er nickte Hannah zu. »Kümmern Sie sich gleich darum, Superintendent. Sonst noch was?«

»Ja. Ich wollte Ihnen sagen, dass Sie von jetzt an auf mich zählen können. Hier draußen geht irgendwas vor sich, und ich werde alles tun, um herauszufinden, was das ist, damit wir Kate Rashid das Handwerk legen.«

»Das ist gut zu wissen. Ich gebe Ihnen dann noch Bescheid, wann Lacey und Parry gestartet sind.«

Villiers schaltete ab. Die Männer warteten. »Fahren wir«, sagte er und stieg neben Achmed in den Landrover.

Abu erreichte die Villa Rashid um fünf Uhr morgens. Der Hausboy teilte ihm mit, die Countess nehme gerade eine

Dusche. Er brachte ihm Kaffee und ging seine Ankunft melden. Kate erschien in einem Hauskleid oben auf der Treppe, und Abu erhob sich.

Gefolgt von Rupert kam sie die Treppe hinunter. »Dein Gesicht sieht schlimm aus. Was war los?«

»Der Kuss einer Kugel, mehr nicht.«

»Wie ist das passiert?«

Er berichtete ihr alles, ohne etwas auszulassen. »Ich habe Sie in Schwierigkeiten gebracht, Countess. Der Colonel wird das nicht so einfach hinnehmen.«

»Was geschehen ist, ist geschehen.« Sie überlegte kurz. »Villiers wird mit der Leiche vermutlich direkt nach Hazar kommen. Ich will, dass du sofort von hier verschwindest. Schau bei Dr. Yolpi auf dem Weg aus der Stadt vorbei und lass dich behandeln, dann fährst du ins Leere Viertel und weiter nach Shabwa. Warte dort, bis du von mir hörst.«

Kate streckte die Hand aus, die er küsste, ehe er wortlos das Haus verließ. »Und nun?«, fragte Rupert.

»Ich ziehe mich an, du packst, und dann geht es so rasch wie möglich zum Flughafen.« Sie wandte sich an den Hausboy, der in der Nähe wartete. »Lass die Limousine vorfahren.«

»Warum die Eile?«, fragte Rupert.

»Ich habe ein ungutes Gefühl, was Tony Villiers betrifft. Im Moment möchte ich ihm lieber nicht begegnen.«

»Was? Hat eine so harte Frau wie du etwa Angst?«

»Scher dich zur Hölle, Darling.«

Eine Viertelstunde später kamen sie mit zwei Koffern die Treppe hinunter, und der Hausboy öffnete die Tür.

Das Erste, was Kate erblickte, waren die fünf Landrover der Hazar-Scouts am Straßenrand. Tony Villiers stand mit verschränkten Armen neben dem vordersten Wagen.

Sie zögerte, ehe sie, gefolgt von Rupert, die Treppe hinunterging. »Ach, Tony, was für eine Überraschung.«

Er verzog keine Miene und deutete auf den Leichensack. »Ich bin sicher, Abu war schon vor uns hier. Da drin liegt Bobby Hawk. Aber eigentlich ist es nicht Abus Tat, sondern Ihre, Kate.«

»Ach ja? Und was beabsichtigen Sie nun zu tun?«

»Ich erklären Ihnen den Dschihad, Kate Rashid, Krieg bis aufs Blut. Und ich habe vor, jederzeit, wann immer ich es will, die Grenze zum Leeren Viertel zu überqueren.«

»Ich werde dort nach Ihnen Ausschau halten.«

»Gut. Jetzt verschwinden Sie, bevor ich Sie höchstpersönlich erschieße.«

Kate Rashid zögerte kurz, dann stieg sie mit Rupert in die Limousine und fuhr davon. Villiers blickte ihr hinterher, ehe er sich neben Achmed in den ersten Landrover setzte.

»Also, mein Freund, fahren wir zum Bestatter.«

Oxford

London

[illegible]

[illegible] Was ist [illegible]

[illegible] dass es [illegible]

[illegible]

9

Nachdenklich saß Kate Rashid in der Gulfstream neben Rupert, der einen schwarzen Kaffee trank.

»Eine unglückselige Geschichte«, meinte er, »dass Abu sich derart hat hinreißen lassen.«

»Ja, eine bedauerliche Provokation. Jetzt muss ich vielleicht auf eine Art und Weise mit Villiers verfahren, wie ich es nicht geplant hatte.«

»Du meinst, falls er die Grenze ins Leere Viertel überquert?«

»Ja. Ich müsste ihn und die Scouts zu Freiwild erklären.«

»Warum gibst du nicht einfach die Anweisung, dass sie ihn alle verlassen und heimlich verschwinden sollen? Immerhin sind sie Rashid-Beduinen, und du bist der Boss.«

»Du verstehst das immer noch nicht, Rupert. Sie haben einen Eid geleistet und gehören zu Tony, notfalls bis zum Tod.«

»Nein, die arabische Mentalität werde ich wirklich nie begreifen.«

»Das hast du schon mal gesagt. Jetzt lass uns von etwas anderem reden. Ich habe über diese Demonstration in London nachgedacht.«

»Ja, am Samstag. Was ist damit?«

»Nun, ich finde, dass es im Moment, da man uns sowieso im Auge hat, nicht so besonders gut wäre, wenn man uns damit in Verbindung bringt. Wir müssen nach außen hin um jeden Preis weiterhin so tun, als lehnten wir jegliche Gewalt strikt ab. Ich will, dass man uns als die Stimme der Vernunft wahrnimmt. Deshalb möchte ich, dass du nach Oxford fährst und mit Professor Percy sprichst. Mach ihm klar, dass der Rashid Educational Trust nur an sozialen Belangen interessiert ist, dass wir strikt gegen gewalttätige Proteste jeder Art sind und von ihm erwarten, dass er das seinen Studenten sagt.«

»Du weißt doch, wie diese Studenten sind. Sie werden trotzdem hinfahren.«

»Natürlich werden sie das! Aber man wird zur Kenntnis nehmen, dass wir dagegen waren. Und für den Fall, dass er irgendwelche Probleme machen sollte, verrate ich dir, dass es eine Diskrepanz von rund fünfzigtausend Pfund in den Büchern der Oxforder Gruppe von Act of Class Warfare gibt … auf die Percy sicher nicht so gern angesprochen wird.«

»Glaubst du wirklich, dass Köpfe eingeschlagen werden?«

»Mein Lieber, ich hoffe darauf, besonders weil die dumme kleine Helen Quinn mitmarschieren wird. Mit ein bisschen Glück wird man sie verhaften, was wunderbare Schlagzeilen gäbe. Die Klatschspalten würden sich förmlich darauf stürzen – die Tochter eines Senators als Revolutionärin.«

»Du Miststück. Du arbeitest wirklich mit allen Tricks.«

»So ist es, Darling. Sorg dafür, dass du es ebenfalls tust.«

Am Samstagmorgen betrat Rupert in Oxford das Lion. Der Pub war voller Studenten, auch Percy saß bereits an einem Tisch und hatte ein Glas Bier vor sich stehen.

Rupert begrüßte ihn kurz. »Ich hole mir nur einen Drink.«

Am anderen Ende der Theke entdeckte er Helen Quinn und Grant. Er ging zu ihnen und bestellte einen großen Jack Daniels.

»Hallo. Du willst also wirklich zu dieser Kundgebung?«

Grant schaute ihn mürrisch an. »Was geht dich das an?«

»Alan, halt die Klappe.« Sie lächelte Dauncey zu. »Ja, wir fahren alle zusammen mit dem Bus.«

»Ich wünschte, du würdest hier bleiben. Es könnte ziemlich übel werden. Je mehr ich darüber gelesen habe, desto wahrscheinlicher scheint mir, dass es zu Gewalt kommt, und so etwas können wir wirklich nicht billigen.«

Einige Studenten, die in der Nähe standen, hatten seine Worte gehört, ebenso Percy, der zu ihnen kam. »Du bist also dagegen?«, fragte Grant.

»Gegen Unruhen und Schlägereien mit der Polizei schon.«

»Hast wohl Angst, was? Bist du vielleicht eine Schwuchtel? Rupert Dauncey. Was für ein Name ist das überhaupt?«

Die umstehenden Studenten lachten. »Hör auf, Alan«, sagte Helen.

Er achtete gar nicht auf sie. »Klar, ein typischer Schwuchtelname.«

Rupert lächelte freundlich. »Wenn du meinst.« Er nahm seinen Drink und kehrte mit Percy an den Tisch zurück.

»Tut mir Leid, das eben«, sagte der Professor.

»Schon okay. Er ist noch jung. Aber ich habe es ernst gemeint. Ich halte die Sache für viel zu gefährlich. Deshalb möchte ich, dass Sie in den Bus steigen und ihnen vernünftig zureden.«

»In den Bus? Aber ich habe Ihnen doch erzählt, dass ich andere Pläne habe. Ich …«

»Das können Sie vergessen. Hören Sie, die Countess und der Rashid Educational Trust haben Act of Class Warfare im guten Glauben unterstützt, weil wir Ihre Ziele und Ideale schätzen. Von gewalttätigen Auseinandersetzungen halten wir dagegen nichts.«

»Die jungen Leute lassen sich doch von mir nicht vorschreiben, wie sie sich verhalten sollen.«

»Aber Sie können ihnen Ihre Einstellung deutlich machen, wenn Sie im Bus sind.«

»Nein, ich …«

»Professor.« Dauncey beugte sich dichter zu ihm. »Wir haben Ihnen viel Vertrauen geschenkt. Und auch eine ganze Menge Geld. Wäre es nicht bedauerlich, wenn herauskommen würde, dass es eine Diskrepanz von fünfzigtausend Pfund in den Büchern des ACW gibt?«

Percy schien regelrecht zusammenzuschrumpfen. »Darüber weiß ich nichts«, flüsterte er.

»O doch, das wissen Sie sehr wohl. Stellen Sie sich vor, wie es in Wandsworth sein würde, wo jemand wie Sie die Duschen mit Mördern und Sexualstraftätern teilen müsste. Kein schönes Bild, Professor, was?«

Percy war bleich geworden. »Um Gottes willen, nein.«

»Wir möchten natürlich ebenfalls keinen Skandal, der unseren guten Ruf schädigen würde. Aber Sie würde es sehr viel härter treffen, nicht wahr?«

»Na gut«, stöhnte Percy. »Ich tue, was Sie wollen. Aber sie werden trotzdem fahren, ganz egal, was ich sage.«

»Ich werde Sie unterstützen. Sie können mich als Repräsentanten von Rashid vorstellen. Niemand kann nachher behaupten, wir hätten nicht unser Bestes getan.« Er bemerkte, dass Grant zur Herrentoilette ging, und stand auf. »Ich bin gleich wieder da.«

Grant zog gerade seinen Reißverschluss hoch, als Rupert hereinkam. Sie waren allein.

»Was willst du, Schwuchtel?«

Rupert versetzte ihm einen Tritt gegen das rechte Schienbein und gleichzeitig einen Schlag in den Magen, sodass Grant zusammenklappte. Dann packte er Grants linkes Handgelenk, streckte den Arm und hob die geballte Faust.

»Wie würde es dir gefallen, wenn ich ihn dir breche?«

Grant stöhnte vor Schmerz. »Nein … bitte!«

Rupert riss ihn herum und schlug ihm ins Gesicht. »Jetzt hör mir gut zu. Ich weiß zufälligerweise, dass du nur in Oxford bist, weil du ein Stipendium bekommen hast. Weißt du auch, wer für dich hier alles bezahlt? Weißt du das?«

Grant schüttelte stumm den Kopf.

»Wir. Der Rashid Educational Trust. Und ehe du dich versiehst, können wir dir das Stipendium auch wieder streichen. Also benimm dich mir gegenüber noch einmal daneben, und du kannst demnächst bei McDonald's Hackfleisch braten. Verstanden?«

»Ja«, Grant rieb sich mit Tränen in den Augen den Arm.

Rupert zündete sich eine Marlboro an. »Gut. Und jetzt habe ich einen kleinen Auftrag für dich.«

Alan Grant fummelte in seiner Jacke nach einem Tuch und stieß dabei auf den Kugelschreiber, den sein Bruder ihm geschickt hatte. Aus irgendeinem unguten Gefühl heraus schaltete er ihn ein.

Rupert zog eine kleine Papiertüte aus seiner Tasche.

»Da drin sind drei Schokoladenbonbons. In jedem ist

eine Ecstasypille. Eine davon gibst du während der Demonstration dem Mädchen.«

»Warum … warum denn?«

»Weil die Chancen sehr gut stehen, dass ihr von der Polizei eingelocht werdet, wenn es zu Unruhen kommt, was sicher passieren wird. Eine Anzeige wegen Drogenbesitzes wäre eine ziemliche Blamage für ihren Vater, verstehst du?«

»Und was ist, wenn es nicht klappt? Wenn sie die Pille nimmt und nicht verhaftet wird?«

»Es wird andere Gelegenheiten geben. Bring sie einfach heil und gesund wieder zurück in diesen Bus.«

»Wir kommen heute Abend nicht zurück.«

»Wieso nicht?«

»Mein Bruder arbeitet in Deutschland. Seine Einzimmerwohnung in Wapping steht leer. Dort wollten wir das Wochenende verbringen.«

»Und sie ist damit einverstanden?«

»Ja.«

Rupert schüttelte den Kopf. »Sie muss es aber wirklich nötig haben. Wie ist die Adresse?«

»Ten Canal Street. Liegt direkt am Canal Wharf an der Themse.«

»Hast du ein Handy?«

»Nein.«

Rupert nahm sein Notizbuch und einen Stift heraus. »Gib mir die Nummer.« Grant nannte sie ihm. »Gut. Ich melde mich heute Abend, um zu hören, ob du meine Anweisungen befolgt hast. Denk dran – gib ihr die Pille während der Demonstration. Und sorg dafür, dass sie keinen Alkohol dazu trinkt. Sie soll nicht krank werden, nur high. Ist das klar?«

Grant nickte.

»Und falls du ein einziges Wort zu irgendjemandem sagst, wird es dir sehr, sehr Leid tun. Ist das ebenfalls klar?«

Grant nickte erneut.

»Bestens. Jetzt verschwinde.«

Er wartete ein wenig, ehe er ihm folgte. Die meisten Studenten waren schon gegangen, doch Percy saß noch an ihrem Tisch.

»Kommen Sie«, sagte Rupert. »Machen Sie sich bereit für Ihre Rede.«

Ungefähr vierzig Leute waren bereits im Bus, der draußen vor dem alten Schulgebäude stand, und ein halbes Dutzend weiterer Studenten schwatzte noch aufgeregt auf dem Bürgersteig miteinander. Rupert und Percy stiegen ein.

»Sie kommen also mit uns, Sir?«, rief jemand.

»Ja, aber entgegen meiner besseren Einsicht. Ich glaube, diese ganze Sache könnte sehr übel werden«, sagte Percy.

»Angsthase«, rief jemand.

»Nein, im Ernst. Act of Class Warfare hat nichts mit Gewalt zu tun. Wir wollen Veränderungen, friedliche Veränderung. Ich fürchte, diese Fahrt wäre ein schrecklicher Fehler. Wir sollten besser hier bleiben.«

Rupert ergriff das Wort. »Hört zu, mein Name ist Dauncey, und ich komme vom Rashid Educational Trust. Wie manche von euch wissen, unterstützen wir Act of Class Warfare finanziell, aber Gewalt lehnen wir entschieden ab, und glaubt mir, es wird heute gewalttätig werden. Ich kann Professor Percy nur zustimmen – es ist die rechte Sache, aber die falsche Zeit und der falsche Ort.«

Die Reaktion war genau so, wie er es erwartet hatte.

»Schluss mit dem Gequatsche, fahren wir endlich!«, ertönte ein Chor aus dem Hintergrund des Busses, und Rupert zuckte mit den Schultern. »Bitte, ich wasche meine Hände in Unschuld.«

Er setzte sich neben Percy. Auf der anderen Seite des Gangs saßen Helen und Grant, der seinem Blick auswich. Das Mädchen lächelte.

»Das ist wirklich ziemlich aufregend«, sagte sie.

»Deine erste Demonstration? Es wird vermutlich noch wesentlich aufregender.«

»Ach, ich glaube das alles nicht. Es verläuft sicher ganz friedlich, bestimmt.«

»Hoffen wir, dass du Recht behältst.«

Ferguson und Dillon waren unterwegs nach Pool Bridge, einem kleinen Dorf in Kent, eine Stunde von London entfernt, wo am gleichen Morgen Bobby Hawks Beerdigung stattfand. Nach wie vor herrschte schlechtes Märzwetter, und der Frühling schien noch weit entfernt.

Dillon zündete sich eine Zigarette an und öffnete das Fenster. »Nett hier auf dem Land.«

Es begann zu nieseln. »Ich frage mich, was sie vorhat«, meinte Ferguson mehr zu sich selbst.

»Keine Ahnung. Die Ereignisse in Hazar müssen ihr aber einiges zu denken gegeben haben.«

»Irgendwas Neues von Roper?«

»Nichts. Er sagt, er habe alle verfügbaren Spuren durchforstet, in ihr Hirn könne er leider jedoch nicht schauen. Er kann nur versuchen, ein Muster ihrer Handlungen zu erstellen, was bedeutet, dass sie den nächsten Schritt machen muss.«

»Ich verstehe.«

»Aber ich treffe mich heute Nachmittag mit ihm, nur für alle Fälle.«

»Gut.« Ferguson lehnte sich zurück. »Wie es wohl Tony geht?«

»Kate hätte ihn nicht verärgern sollen. Das war ein schwerer Fehler, den sie noch bereuen wird.«

»Wollen wir es hoffen.«

Pool Bridge war ein typisch englisches Dorf mit kleinen Häusern, einer uralten Kirche, einem Pub und einem Landgasthof im georgianischen Stil. Vor der Kirche parkten zahlreiche Autos.

»Verdammt«, fluchte Ferguson beim Aussteigen, »wir sind zu spät. Los, Dillon, beeilen Sie sich.«

Der Gottesdienst hatte gerade begonnen, und die Kirche war so voll, dass sie hinten stehen bleiben mussten. Vor den Altarstufen stand der Sarg. Mrs. Hawk und ihre beiden Töchter, ganz in Schwarz, saßen in der ersten Bank. Auch die kommandierenden Offiziere mehrerer Regimenter nahmen nach alter militärischer Tradition an der Trauerfeier teil.

Später trat der Colonel der Lifeguards neben den Pfarrer an den Altar und umriss Bobby Hawks kurzes Leben, lobte ihn für seinen Einsatz und seinen Charakter.

Ja, aber was spielt das alles für eine Rolle, fragte sich Dillon. Der Junge war erst zweiundzwanzig.

Mit einem abschließenden Lied endete der Gottesdienst, und unter den Klängen der Orgel verließ die Trauergemeinde die Kirche.

Draußen auf dem Friedhof wurde der Nieselregen immer heftiger. Der Chauffeur des Generals erschien und reichte ihm diskret einen Schirm.

»Warum muss es bei Beerdigungen bloß immer regnen?«, fragte Dillon.

»Irgendeine Art Tradition, nehme ich an«, meinte Ferguson.

Und dann war alles vorbei, und man machte sich auf den Weg zum Gasthof, wo ein Büfett vorbereitet worden war. Die meisten schienen sich zu kennen. Dillon bat einen der Kellner, ihm einen Bushmills zu holen.

Mrs. Hawk kam zu Ferguson und begrüßte ihn mit einem Kuss auf die Wangen. »Schön von Ihnen, dass Sie gekommen sind, Charles.«

»Ich bin beinahe überrascht, dass Sie mit mir reden. In gewisser Weise hat Ihr Sohn ja für mich gearbeitet.«

»Er hat seine Pflicht getan, Charles. Das ist alles, was zählt.«

Der Colonel der Lifeguards schlenderte zu ihnen herüber. »Nett, Sie zu sehen, Charles. Manchmal ist unser Gewerbe wirklich zum Kotzen. Jetzt hat Tony Villiers schon zwei Fähnriche dort draußen verloren.«

»Sie meinen, er wird Mühe haben, einen Ersatz für den jungen Hawk zu finden?«

»Nicht, solange genügend verrückte junge Narren frisch aus Sandhurst kommen.«

Neugierig blickte er zu Dillon, und Ferguson stellte ihn vor.

Die Augen des Colonels wurden sichtlich größer. »Guter Gott, *der* Sean Dillon? Ich habe zu meiner Zeit in South Armagh jahrelang versucht, Sie zu erwischen.«

»Gott sei Dank, dass Sie es nicht geschafft haben, Colonel.« Dillon wandte sich an Ferguson. »Wir sehen uns später am Wagen.«

Es war kurz nach drei, als der Bus an der Themse hielt und die Studenten sich in den stetigen Strom der Menschen einreihten, der die Horse Guards Avenue hinauf nach Whitehall zog. Rupert und Percy folgten in der Schlussgruppe und kamen, ohne es zu wissen, an der Stelle vorbei, wo während des Golfkriegs ein IRA-Kämpfer namens Sean Dillon aus einem weißen Ford Transit heraus mit einem Minenwerfer Downing Street Number Ten beschossen hatte.

Der Lärm und das Stimmengewirr wurden immer stärker, und als sie um die Ecke bogen, war die Straße bereits voller Menschen. Eine Reihe von Polizeifahrzeugen blockierte den Zugang zu den Toren von Number Ten; Polizisten in Schutzkleidung und einige berittene Beamte hielten sich bereit, gegebenenfalls einzugreifen.

Mehr und mehr Leute drängten heran. Die Gruppe aus Oxford wurde getrennt, Helen Quinn und Alan Grant verschwanden irgendwo in der Menge, Rupert und Percy wurden an den Rand geschoben.

Ganz vorne standen einige junge Männer mit vermummten Gesichtern, die ziemlich finster wirkten, und plötzlich passierte es. Direkt vor der Polizistenlinie schlug ein Molotowcocktail auf und explodierte. Ein zweiter und noch einer kamen geflogen, und die Polizei zog sich ein paar Meter zurück.

Die Menge brüllte, als zwei weitere Molotowcocktails geworfen wurden, aber allmählich entstand auch die erste Panik, da viele erkannten, dass sie in eine Sache geraten waren, die schlimmer wurde, als sie erwartet hatten. Manche wandten sich um und versuchten, sich durch die Menge zu drängen. In diesem Moment griff die berittene Polizei ein.

Sie wurde von einem Hagel Wurfgeschossen empfangen, rückte aber weiter vor und durchbrach die ersten Reihen unter massivem Einsatz ihrer Schlagstöcke. Überall herrschte nun Panik; Schreie ertönten, Frauen weinten.

Henry Percy wandte sich entsetzt um. »Ich kann das nicht ertragen. Ich muss hier weg.«

Rupert hatte ebenfalls nicht die Absicht zu riskieren, zusammengeknüppelt und in einen Polizeiwagen geworfen zu werden. Die Polizei stellte schließlich bei solchen Vorfällen nicht erst Fragen zur Person. Die Tatsache, dass man dabei war, genügte.

»Immer mit der Ruhe. Folgen Sie mir einfach.« Rücksichtslos bahnte er sich mit Tritten und Boxhieben seinen Weg durch die Menge.

Sie schafften es zur Horse Guards Avenue und stießen auf eine Gruppe von Leuten, die ebenfalls das Weite suchten. Schließlich kamen sie auf der Hauptstraße neben der Themse heraus und eilten zurück zum Bus. Sie waren nicht die Ersten, mindestens ein halbes Dutzend Studenten hatten sich schon vor ihnen hierher geflüchtet.

Zwei Mädchen weinten, und die Übrigen sahen auch nicht besonders glücklich aus. Percy setzte sich und vergrub den Kopf in den Händen.

»Ich habe euch gewarnt«, sagte Rupert, »aber ihr wolltet ja nicht hören. Gott weiß, was mit den anderen passiert. Aber das ist Ihr Problem, Professor Percy, nicht wahr?«

Er stieg aus und ging die Uferstraße entlang in Richtung Vauxhall Bridge, wo es ihm gelang, ein Taxi anzuhalten. »South Audley Street«, sagte er. Kate würde sich freuen, dass die ganze Sache wunschgemäß funktioniert hatte.

Alan und Helen hatten zusammen mit mehreren anderen in einem Hauseingang Schutz gesucht. Bislang war er noch nicht dazu gekommen, ihr die Drogen zu geben. Außerdem beschäftigten ihn ganz andere Gedanken. Helen hatte Angst, aber sie war gleichzeitig auch aufgeregt. Er zog eine kleine Flasche Wodka aus seiner Tasche und nahm einen tiefen Schluck. Die Polizei ging erneut auf die Demonstranten los, und Helen klammerte sich an ihn. Grant spürte, wie er einen Ständer bekam. Heute würde es mit ihr klappen, das wusste er – aber warum nicht auf Nummer sicher gehen?

»Ganz ruhig. Hier, trink was.«

»Du weißt, dass ich nur Weißwein mag.«

»Komm schon, das tut dir gut.«

Zögernd nahm sie die Flasche. »Mann, ist das stark, das brennt ja richtig.«

»Ach was, das ist nur beim ersten Schluck so. Nimm noch einen.«

»Nein, Alan, ich mag das wirklich nicht.«

»Sei nicht albern, du fühlst dich danach gleich besser.«

Gehorsam trank sie noch einen Schluck.

Das Gebrüll wurde immer stärker, als die Polizei sich mit Schlagstöcken unbarmherzig ihren Weg bahnte und auf die Demonstranten einschlug. Die meisten wandten sich um und flüchteten.

»Zeit zu verschwinden.« Grant nahm ihre Hand und schob sich durch die Menge.

Sie liefen die Horse Guards Avenue hinunter und schafften es bis zur Uferstraße. Der Bus stand immer noch auf der anderen Straßenseite und wartete auf Nachzügler.

»Vielleicht sollten wir doch lieber zurück nach Oxford fahren«, meinte Helen, die sich etwas schwindelig fühlte.

Grant legte schützend einen Arm um sie.

»Komm schon, Liebes, es ist alles in Ordnung. Okay, das

vorhin war ziemlich Scheiße, aber wir wollen uns doch dadurch nicht das ganze Wochenende verderben lassen.«

»Na gut«, erwiderte sie widerstrebend.

»Wir nehmen uns ein Taxi.«

In der South Audley Street schaltete Rupert Dauncey nach einem Livebericht über die Demonstration den Fernseher aus.

»Wie verschreckte Kaninchen sind sie alle gerannt.«

»Mich interessiert nur, was mit dem Mädchen passiert ist«, erwiderte Kate.

»Ich ruf mal bei Grant an.« Er wählte die Nummer, aber es läutete nur, ohne dass jemand abhob.

Mit einem unbehaglichen Gefühl legte er den Hörer auf.

»Ich glaube, ich fahre mal in die Canal Street und sehe, ob sie dort sind. Wenn es recht ist, nehme ich den Porsche.«

»Aber Darling, du scheinst dir ja direkt Sorgen zu machen.« Kate lächelte spöttisch.

»Ich liebe dich auch«, entgegnete er und ging.

Im Taxi erinnerte sich Grant an die Ecstasybonbons und gab Helen eines. Für Daunceys Absichten war es zwar zu spät, aber danach würde sie bestimmt bei allem mitmachen. Er hatte sich vorgenommen, eine tolle Nacht mit ihr zu erleben. Und Dauncey, dieser aufgeblasene Dreckskerl mit seinen Drohungen, konnte ihm gestohlen bleiben. Er hatte keine Angst vor ihm – schließlich hatte er jedes Wort auf Tonband! In Oxford war ihm auf dem Weg zum Bus ein Freund begegnet, der nicht zur Demonstration fahren wollte. Er hatte ihm den Kugelschreiber gegeben und gesagt, er solle ihn in sein Brieffach werfen. Das war klüger, als zu riskieren, ihn in dem Trubel zu verlieren.

Nein, Mr. Dauncey, dachte Grant mit einem hämischen Grinsen, wir werden mal sehen, wem das noch sehr, sehr Leid tun wird.

Im Haus seines Bruders in der Canal Street begann er an Helen herumzufummeln, die inzwischen völlig betrunken war. Hilflos versuchte sie, ihn abzuwehren.

»Nein, Alan, ich fühle mich schrecklich. Um mich dreht sich alles.«

»Wird dir gleich besser gehen. Sekunde, bin sofort wieder da.«

Grant lief die Treppe hinauf ins Bad. Zitternd vor Aufregung spritzte er sich Wasser ins Gesicht und kämmte sich die Haare. Er wollte gerade wieder hinunter, als er einen Schrei hörte. Hastig rannte er ins Wohnzimmer.

Helen wand sich in Krämpfen auf der Couch. »Was ist los?«, rief er.

Grant legte eine Hand auf ihre Stirn, die brennend heiß war; ihre Augen quollen hervor, und dann erschien schaumiger Speichel auf ihren Lippen. Es war genau wie in den Horrorgeschichten, die er über Leute mit einer Gegenreaktion auf Ecstasy gehört hatte.

Er hatte keine Ahnung, was er tun sollte, aber irgendwas musste er unternehmen. In panischer Angst überlegte er. Das St. Mark's Hospital lag nur eine halbe Meile entfernt; das war die einzige Möglichkeit. Dort würde man sich um sie kümmern. Grant rannte zur Haustür und in die Garage, stieg in den Escort seines Bruders und parkte ihn am Bürgersteig. Er hetzte zurück ins Haus, half ihr auf die Füße und schlang sich ihre Tasche um den Hals. Halb besinnungslos schlurfte sie neben ihm her.

Rupert war mit seinem Porsche gerade in die Canal Street eingebogen, als Grant das Mädchen aus dem Haus brachte. Er sah sofort, dass etwas nicht stimmte, und folgte ihm. Nach wenigen Minuten hielt Grant vor dem St. Mark's Hospital und half ihr aussteigen.

Helen war inzwischen in einem sichtlich schlimmen Zustand und ging wie ein Zombie neben ihm her die Treppe hinauf. Rupert stieg ebenfalls aus.

Wie es in den meisten staatlichen Krankenhäusern die Regel war, drängten sich in der Notaufnahme die Patienten; alle Stühle waren besetzt, einige der Wartenden mussten stehen. Rupert blieb am Eingang zurück, während Grant sich hilflos umschaute. Plötzlich schrie Helen auf und begann sich zu wehren. Er konnte sie nicht mehr halten, und sie sank zu Boden. Einige Leute sprangen bestürzt auf.

Eine Schwester kam herbeigelaufen und kniete sich zu ihr. Auf ihren Lippen hatte sich eine große Menge Schaum gebildet.

Die Schwester schaute zu Grant. »Was ist los?«

»Fragen Sie mich nicht«, log er voller Panik. »Ich bin bloß draußen vorbeigekommen. Ihr war offenbar schlecht, und sie wollte die Treppe rauf. Ich dachte, sie sei auf irgendwelchen Drogen. Ich habe ihr nur geholfen.«

Die Schwester rief einer Kollegin zu: »Notfall!«

Zwei weitere Schwestern kamen herbeigelaufen. Helens Fersen begannen auf den Boden zu hämmern, ihr Körper zitterte und wurde dann ganz still. Eine der Schwestern fühlte an ihrem Hals nach dem Puls.

»Sie ist tot.«

»Das … das kann nicht sein«, stammelte Grant.

Ein Pfleger legte ihm eine Hand auf die Schulter. »Sie ist tot, Junge.«

»O mein Gott!« Grant wandte sich um und rannte davon.

Voller Panik war Grant in die Canal Street zurückgekehrt. Es war inzwischen fast dunkel. Er hatte keine Ahnung, was er jetzt tun sollte. Verzweifelt setzte er sich an den Küchentisch und leerte Schluck für Schluck die halbe Flasche Wodka. Als es an der Tür klingelte, war er bereits betrunken. Er reagierte nicht, aber es läutete erneut. Wütend stand er auf und öffnete schwankend die Tür.

Rupert schob ihn zurück ins Haus. »Ich war vorhin schon mal hier und bin dir ins Krankenhaus gefolgt.« Er drehte Grant um und trieb ihn in die Küche. »Ich habe gesehen, was passiert ist. Sie ist tot.«

»Nicht durch meine Schuld.«

»Nur durch deine Schuld.« Rupert packte ihn am Kragen, zog seinen Colt aus der Jackentasche und hielt ihn dem Jungen an die linke Schläfe. »Hast du ihr eine der Pillen gegeben?«

Grant zitterte heftig. »Genau wie Sie gesagt haben. Ich verstehe das nicht. Ich habe selbst schon Ecstasy genommen. Ich habe nie eine solche Reaktion erlebt.«

»Bei manchen ist das so. Es ist wie eine Art Allergie«, erwiderte Rupert und musterte Grant eindringlich. »Aber das war nicht die Ursache, nicht wahr? Du bist vollkommen betrunken, Grant.« Er sah die leere Flasche auf dem Tisch. »Du hast ihr Wodka gegeben, stimmt's? Du hast sie betrunken gemacht und ihr dann noch die Drogen gegeben. Dabei hatte ich dir das ausdrücklich verboten. Du bist also schuld daran, dass sie tot ist.«

Grant begann zu weinen. »Das wollte ich doch nicht; ich wollte es nicht. Sie hat sich selbst die Flasche genommen.

Ich konnte sie nicht daran hindern. Und überhaupt, Sie haben mir das Ecstasy gegeben. Es ist genauso Ihre Schuld wie meine.«

Rupert ließ sich von diesen Vorwürfen nicht aus der Ruhe bringen. »Weißt du was, Alan? Du hast Recht. Aber du siehst nicht besonders gut aus. Ich glaube, du brauchst etwas frische Luft.« Er schob ihn aus der Küche zur Haustür.

»Was ist da unten?«, fragte Rupert.

»Canal Wharf.«

»Warum sind die anderen Häuser mit Brettern vernagelt?«

»Hier sollen lauter Neubauten hin. Bis auf meinen Bruder sind alle bereits ausgezogen. Die Stadt wird ihn umquartieren, wenn er aus Deutschland zurückkommt.«

Es war inzwischen beinahe völlig dunkel, als sie auf den Kai einbogen und unter einer einzelnen Straßenlampe hindurchgingen. Auf der anderen Seite des Flusses brannten helle Lichter; ein Ausflugsdampfer fuhr vorbei, und Musik wehte zu ihnen herüber.

Grant lehnte sich an das Geländer. »Da unten habe ich als Kind immer gespielt«, sagte er gedankenverloren. »Bei Ebbe ist dort ein Strand, und alle meine Kumpel konnten schwimmen, nur ich nicht. Ich hab's irgendwie nie kapiert.«

»Das ist gut.« Rupert versetzte ihm einen kräftigen Stoß, so dass Grant mit einem Schrei über das Geländer fiel.

Wild um sich schlagend, tauchte er wieder auf. »Hilfe«, brüllte er und ging sofort wieder unter.

Rupert glaubte schon, es sei bereits vorbei, doch dann tauchte er noch einmal auf, hatte aber keine Kraft mehr, zu schreien. »Bist du in Ordnung, Freund?« Mit einem erstickten Laut versank Grant unter Wasser. »Ja, das dachte ich mir.« Er schüttelte den Kopf und sagte leise: »Sie war ein nettes Mädchen. Das hättest du nicht tun sollen.«

Dann wandte er sich um und ging zurück zum Porsche.

In der South Audley Street saß Kate Rashid immer noch am Kamin.

»Nun, hast du die beiden gefunden?«

Rupert genehmigte sich einen Drink, öffnete die Verandatüren, die hinaus auf die kleine Terrasse führten, und zündete sich eine Zigarette an.

»Ich glaube, ich habe einmal in einem Anfall überschwänglicher Begeisterung gesagt, ich würde alles für dich tun, selbst jemanden töten.«

»Ich erinnere mich, Darling.«

»Nun, das habe ich gerade getan.«

Sie schaute ihn verblüfft an und lächelte dann. »Was ist passiert?«

Und er erzählte es ihr.

Die Stationsschwester im St. Mark's untersuchte Helen Quinns Tasche, um ihre Identität festzustellen, und fand darin unter anderem ihren amerikanischen Pass, eine Mitgliedskarte der Oxforder Studentenvereinigung und eine des St. Hughes Colleges.

Eine Blutuntersuchung hatte ergeben, dass sie nicht nur Alkohol getrunken, sondern auch Ecstasy genommen hatte. Wie es üblich war, meldete das Krankenhaus die Angelegenheit der Polizei und rief dann den Rektor des St. Hughes Colleges an. Von einigen anderen Studenten, die er befragte, erfuhr er von der Busfahrt nach London. Daraufhin rief er die amerikanische Botschaft am Grosvenor

Square an, und da es sich immerhin um Daniel Quinns Tochter handelte, übernahm der amerikanische Botschafter persönlich die undankbare Aufgabe, den Präsidenten zu informieren.

Jake Cazalet saß im Oval Office im Weißen Haus. Betroffen legte er den Hörer auf und rief Blake Johnson im »Keller« an, um ihn zu sich zu bitten.

Blake erschien in Hemdsärmeln mit einem Bündel Papieren. »Ich hatte sowieso einige Sachen für Sie.«

»Das ist jetzt nicht von Belang.« Cazalet berichtete ihm die schrecklichen Neuigkeiten.

Blake war entsetzt. »Ich kann das gar nicht glauben, vor allem nicht, dass sie angeblich Drogen genommen haben soll. Ich habe Helen viele Male getroffen. Das passt einfach nicht zu ihr.«

»Nun ja ... Studenten, die sich an einem freien Tag amüsieren wollen ... wer will das schon beurteilen?« Cazalet seufzte. »Drogen sind der Fluch unserer Zeit. Wo ist Daniel jetzt?«

»Er hat sich gestern aus einem Ort namens Prizren gemeldet. Liegt im multinationalen Sektor des Kosovo. Sie waren beschäftigt, deshalb habe ich mit ihm gesprochen.«

»Was macht er dort?«

»Es sind wieder Kämpfe ausgebrochen, Serben haben Albaner angegriffen oder so ähnlich.«

»Ich erzähle es ihm selbst«, sagte Cazalet. »Es ist das Mindeste, was ich tun kann.«

»Gott sei Dank, dass ich es nicht muss.«

»Er wird so rasch wie möglich nach London wollen. Wie schnell ließe sich das arrangieren?«

»Mit einem Hubschrauber von Prizren nach Pristina,

von dort mit einem Direktflug nach Großbritannien. Das müsste ich innerhalb einer Stunde deichseln können.«

»Dann tun Sie das. Aber holen Sie ihn mir erst mal ans Telefon.«

Quinn war mit einer kleinen Abteilung französischer Fallschirmjäger, die zur multinationalen Truppe gehörten, in Prizren. Auf dem Dorfplatz lagen vier getötete Serben in Leichensäcken, die ein Hubschrauber abtransportieren sollte.

Einer der Soldaten gab Quinn eine Tasse Kaffee, während ihr Captain, ein junger Mann namens Michel, über ein Handy telefonierte. Quinn wollte gerade einen Schluck trinken, als sein eigenes Handy klingelte.

»Quinn.«

»Daniel? Jake Cazalet.«

»Was kann ich für Sie tun, Mr. President?«, fragte Quinn erstaunt.

Cazalet zögerte. »Wo sind Sie im Moment?«

»Ach, ich stehe hier im Regen am Arsch der Welt, zusammen mit den Franzosen. Wir haben ein paar Serben in Leichensäcken, die weggebracht werden müssen, und warten gerade auf den Hubschrauber. Was ist der Grund für Ihren Anruf, Sir?«

»Daniel, ich habe schlimme Neuigkeiten für Sie.«

»Welche, Mr. President?«

Und Cazalet erzählte es ihm.

Eine kurze Weile später schaltete Quinn sein Handy ab mit einem Gefühl, wie er es nie zuvor im Leben empfunden hatte. Michel hatte ebenfalls sein Telefonat beendet und kam zu ihm.

»He, *mon ami*, ich habe erfahren, dass man einen zweiten Hubschrauber hierher umleitet – nur für Sie. Er bringt Sie nach Pristina. Sie müssen wahrhaftig über einigen Einfluss verfügen.«

»Nein. Es … ist eine private Angelegenheit.« Er schluckte. »Meine Tochter Helen …ich habe gerade erfahren, dass sie tot ist.«

»*Mon dieu.*«

»Einundzwanzig Jahre, Michel. Ich meine, wer stirbt mit einundzwanzig Jahren?« Er vergrub den Kopf in den Händen und weinte.

Michel winkte einem Sergeant, der eine Flasche Cognac brachte. »Sie nehmen besser einen großen Schluck und gleich noch einen, wenn Sie es brauchen, *mon ami*. Lassen Sie sich nur Zeit.« In der Ferne hörte man das Geräusch eines Hubschraubers.

»Sie kommen schon.«

Der Präsident sprach inzwischen über eine Konferenzleitung mit dem Stabschef der Londoner Botschaft.

»Sie sind ein alter Hase in London und dazu Anwalt, Frobisher. Sie haben sich die Fakten dieses Falles angeschaut. Wie geht es jetzt weiter?«

»Wegen der Drogengeschichte hat sich natürlich die Polizei eingeschaltet, Mr. President, dazu kommt noch die Tatsache, dass der junge Mann, der sie ins Krankenhaus gebracht hat, davongerannt ist. Eine der Schwestern, die ihm nach draußen gefolgt ist, hat sich aber die Nummer seines Autos aufgeschrieben.«

»Also wird die Polizei ihn finden?«

»Bestimmt. Anhand des Nummernschildes lässt sich ja die Adresse des Besitzers feststellen.«

»Und was dann?«

»Es wird eine Autopsie geben, anschließend eine gerichtliche Untersuchung. Erst danach wird die Leiche freigegeben.«

»Gut«, sagte Cazalet. »Ich habe dafür gesorgt, dass Senator Quinn so rasch wie möglich nach England kann. Blake Johnson bleibt mit Ihnen in Verbindung. Der Senator erhält alle Unterstützung und jede Hilfe, die er benötigt. Falls es irgendwelche Schwierigkeiten seitens der britischen Behörden geben sollte, nutzen Sie Ihren ganzen Einfluss, um sie zu überwinden.«

»Wie Sie befehlen, Mr. President.«

»Ich weiß, dass Sie Ihr Bestes tun.«

»Natürlich, Sir.«

»Hallo, Mark«, warf Blake ein, »hier Blake. Ich sage Ihnen Bescheid, wann und wo Daniel landet, damit Sie ihn abholen lassen können.«

»Das übernehme ich selbst. Keine Sorge, Blake.«

Cazalet legte auf und trommelte mit den Fingern auf dem Schreibtisch. »Wissen Sie«, meinte er nach einigem Überlegen, »Frobisher tut sicher, was er kann, aber es handelt sich trotzdem um ein fremdes Land, die Polizei arbeitet anders, das Rechtssystem ist ein anderes ...«

»Was wollen Sie damit sagen?«

»Ich glaube, wir brauchen Charles Ferguson.«

»Ich spreche sofort mit ihm.«

Als Henry Percy die Neuigkeiten erfuhr, war er entsetzt. Daunceys Anschuldigung, dass es finanzielle Unregelmäßigkeiten gegeben habe, entsprachen der Wahrheit. Er war wie hypnotisiert gewesen von den Summen, die durch seine Hände gingen, und irgendwann hatte er nicht mehr widerstehen können. Ein paar tausend hier, ein paar tausend da … Wer würde das schon merken? Aber offenbar war es doch herausgekommen – und jetzt noch dieses Unglück!

Er rief Rupert Dauncey in London an. »Gott sei Dank, dass Sie da sind. Es ist etwas Schreckliches passiert.«

»Nämlich?«, fragte Rupert mit gespielter Ahnungslosigkeit.

Percy berichtete ihm alles. »So ein nettes Mädchen. Gerade von ihr hätte ich nie vermutet, dass sie Drogen nimmt. Und mich beunruhigt auch, wie unsere Organisation nun dasteht, vor allem nach dieser schrecklichen Demonstration.«

»Ja, das schadet natürlich unserer guten Arbeit. Aber uns kann niemand etwas anlasten, Professor. Sie haben sich immerhin sehr verantwortungsbewusst gezeigt und versucht, die Studenten von der Teilnahme abzuhalten.«

»Das ist wahr.« Percy zögerte. »Und Sie natürlich auch, Mr. Dauncey. Niemand hätte mehr tun können.«

»Sicher, und wenn die Angelegenheit bei der gerichtlichen Untersuchung zur Sprache kommt, wird jeder Student, der dabei war, das auch bestätigen.«

Plötzlich fühlte sich Percy sehr viel leichter. »Das ist wahr.«

»Sie haben meine persönliche Unterstützung. Ach, ich habe übrigens mit der Countess gesprochen. Sie meint, es habe hinsichtlich der finanziellen Diskrepanzen unter Umständen lediglich einen kleinen Irrtum von Ihrer Seite gegeben.«

»Das ist sehr liebenswürdig von ihr.« Percy war überwältigt vor Freude.

»Wir sprechen uns wieder.« Lächelnd legte Rupert auf.

Vor dem Haus in der Canal Street parkte ein Streifenwagen, und zwei Polizisten, ein Mann und eine Frau, überprüften den Escort. Der Schlüssel steckte noch.

»Das ist aber heutzutage wirklich ein bisschen leichtsinnig«, sagte die Polizistin.

»Aber es ist das richtige Auto«, erwiderte ihr Kollege und deutete auf das Nummernschild.

Sie klingelten an der Haustür, doch es meldete sich niemand, obwohl irgendwo ein schwaches Licht brannte. Ein schmaler Fußweg führte um das Haus herum. Sie sahen, dass das Licht aus der Küche kam, und drückten die Klinke der Hintertür. Sie war versperrt.

Zur gleichen Zeit waren zwei junge Männer auf dem Kai stehen geblieben, um zu pinkeln. Die Ebbe hatte eingesetzt, und unten am Ufer, noch halb im Wasser liegend, entdeckten sie Alan Grants Leiche.

»Oh, Gott.« Die beiden Polizisten wollten gerade zu ihrem Wagen zurückkehren, als die jungen Männer sie sahen. »Hierher! Da ist eine Leiche.«

In Pristina war die erste Maschine, die nach London startete, ein Transportflugzeug der Royal Air Force. Die Neuigkeiten hatten sich bereits herumgesprochen, und es herrschte eine gedämpfte Stimmung unter der Mannschaft, aber man stand Quinn so gut bei, wie es ging. Er war vernünftig genug, etwas zu essen und ein paar Tassen Kaffee zu trinken, in die der Sergeant, der sich um ihn kümmerte, etwas Brandy gekippt hatte.

Der noch erstaunlich junge Flugkapitän, der trotzdem bereits Major der Luftwaffe war, kam zu ihm. »Tut mir schrecklich Leid, Ihr Verlust, Sir. Wenn Sie irgendetwas brauchen, sagen Sie es nur.«

»Vielen Dank.«

Quinn zündete sich eine Zigarette an und dachte nach. *Ihr Verlust.* Ja, genau das war es, ein unwiederbringlicher Verlust. Der Tod war so endgültig; das hatte er schon in jungen Jahren in der mörderischen Hölle von Vietnam gelernt.

Was ihn aber immer wieder aufs Neue beschäftigte, war diese Unterstellung, Helen habe Drogen genommen. Das konnte nicht wahr sein. Das war nicht die Helen, die er gekannt und geliebt hatte.

Er lehnte sich in den Klappstuhl, den man ihm gegeben hatte, streckte die Beine aus, verschränkte die Arme und schlief den Schlaf der Erschöpfung.

10

Charles Ferguson verzehrte gerade sein Frühstück vor dem Kamin in seiner Wohnung am Cavendish Place, als Blake Johnson ihn anrief. Ferguson hörte ihm schweigend zu.

»Das sind wirklich schlimme Neuigkeiten, Blake. Was kann ich für Sie tun?«

»Daniel Quinn wird Antworten haben wollen. Der Präsident meint, Sie könnten ihm helfen, sie zu finden.«

»Also glauben Sie nicht an die offensichtlichste Erklärung? Dass eine junge Frau, die sich amüsieren wollte, zu viel Alkohol getrunken hat und dazu die falsche Pille nahm?«

»Nein. Und ich vermute mal, Daniel wird es auch nicht glauben. Tun Sie, was Sie können, Charles. Hannah kann ihm bei Scotland Yard und der gerichtlichen Untersuchung helfen, und Dillon ist ja stets ziemlich kreativ, wenn es nötig ist.«

»So kann man es auch ausdrücken. Aber wir können sicher etwas tun. Überlassen Sie das mir, Blake.«

Er wählte die Nummer von Hannah Bernsteins Handy, die gerade auf dem Weg ins Büro war, und berichtete ihr von den neuen Vorkommnissen.

»Das ist schrecklich«, sagte sie. »Was haben Sie für einen Auftrag für mich?«

»Reden Sie mit Ihren Freunden bei der Special Branch. Nutzen Sie Ihren Einfluss. Finden Sie heraus, was die Polizei bislang an Ergebnissen vorliegen hat.«

»Gut, Sir.«

Anschließend versuchte er Dillon zu erreichen, der in der Nähe seiner Wohnung in einem blauen Trainingsanzug durch die Straßen trabte. Er verlangsamte das Tempo, als sein Handy klingelte.

»Wo sind Sie?«, fragte Ferguson.

»Morgenlauf. Und Sie?«

»Daheim. Ich will, dass Sie sich mit Roper treffen.«

»Warum?«

Ferguson erzählte ihm, was geschehen war.

Auf sein Klingeln ertönte der Summer, und Dillon schob die Tür auf. Roper saß in seinem Rollstuhl vor dem Computer. Er wandte sich um.

»Du willst irgendwas, das sehe ich dir an.«

»Das kannst du laut sagen. Daniel Quinns Tochter Helen ist tot. Es heißt, sie habe Drogen genommen. Letzte Nacht wurde sie in die Notaufnahme des St. Mark's Hospital eingeliefert und ist dort gestorben.«

»O Mann.« Roper begann, auf seiner Tastatur zu tippen.

»Ja, da haben wir's schon – Helen Quinn, zweiundzwanzig, amerikanische Staatsbürgerin, St. Hughes College, Oxford. Erste Bluttests zeigten einen hohen Alkoholspiegel und Spuren von Ecstasy. Um zwölf wird eine Autopsie durchgeführt.«

»Verdammte Scheiße. Es ist also wahr. Das wird ihrem Vater gar nicht gefallen. Was hast du sonst noch?«

»Ich könnte den Computer der Uni in Oxford anzapfen.«

»Tu das.«

Dillon zündete sich eine Zigarette an, und Roper tippte. »Da sind nur die üblichen Angaben. Studierte Politikwissenschaften, Philosophie und Wirtschaftswissenschaften. Mitglied der Oxford Union, der Music Society, des Oxford Literary Workshop.« Er runzelte die Stirn. »Ja, verdammt aber auch. In Oxford gibt es eine Gruppe von Act of Class Warfare – und sie gehörte dazu.«

»Helen Quinn? Ein Mitglied von Act of Class Warfare?«

»Ich sehe mal, ob sie eine Website haben. Jawohl, haben sie. Aha, jetzt wissen wir auch, warum sie gestern in London war. Sie haben eine Abordnung zu dieser chaotischen Demonstration geschickt.«

»Das kann ich mir denken.«

Roper lehnte sich zurück. »Komisch, was? Daniel Quinn hatte Kate Rashid ins Visier genommen; die Firma Rashid unterstützt eine Reihe fragwürdiger Organisationen, darunter auch Act of Class Warfare – und wer ist ausgerechnet dort Mitglied? Daniel Quinns Tochter.«

»Willst du damit andeuten, Kate Rashid hat etwas mit dem Tod des Mädchens zu tun?«

»Nein, nein, aber trotzdem – ein komischer Zufall. Und ich verabscheue Zufälle. Ich mag es, wenn das Leben schön ordentlich ist. Eins und eins muss immer zwei ergeben.«

»Und das sagt ein Mann, der einst in sieben Stunden die größte Bombe entschärft hat, die es je von der IRA gegeben hat, und dann quasi von einer Silvesterrakete in den Rollstuhl befördert wurde.«

»Na gut.« Roper zuckte mit den Schultern. »An manchen Tagen ergibt eins und eins eben drei. Brauchst du sonst noch was?«

»Die Ergebnisse dieser Autopsie, sobald du drankommst.«

»Geht klar. Willst du, dass ich nachschaue, was die Polizei vorhat?«

»Darum kümmert sich Hannah, aber es kann nichts schaden zu sehen, was du rausfindest. Ich muss jetzt weiter. Lass mich wissen, wenn du irgendwas ausgräbst.«

Nachdem Dillon gegangen war, klinkte Roper sich in den Zentralcomputer von Scotland Yard ein. Verblüfft entdeckte er, dass es eine Verbindung zu einem weiteren Todesfall gab. Es handelte sich dabei um einen gewissen Alan Grant, Canal Street, Wapping, der vermutlich ertrunken war und wahrscheinlich der junge Mann gewesen war, der Helen Quinn ins Krankenhaus gebracht hatte. Nachdenklich lehnte sich Roper zurück. Der Name kam ihm bekannt vor – und dann erinnerte er sich, wo er ihn gesehen hatte. Er öffnete noch einmal die Website von Act of Class Warfare. Ja, dort stand er: ein Physikstudent im zweiten Jahr, ebenfalls im St. Hughes College.

Wieder so ein Zufall, an den er nicht glaubte. Er griff nach dem Telefon, um Ferguson anzurufen.

Dillon war inzwischen bei Ferguson eingetroffen, der in seinem Wohnzimmer am Kamin saß und ihm berichtete, was er soeben von Roper erfahren hatte.

»Also, wir wissen nicht nur, warum sie nach London gefahren ist, wir wissen auch, dass dieser Grant sie im Krankenhaus abgeliefert hat, stiften gegangen ist und durch Ertrinken ums Leben gekommen ist.«

»Und ich habe noch mehr.« Hannah Bernstein kam gerade herein. »Helen und Grant fuhren mit einem Bus nach London, den ein Professor namens Henry Percy gemietet hatte. Und raten Sie mal, wer da noch mitgefahren ist.«

»Wer?«, seufzte Ferguson.

»Sie werden es nicht glauben – Rupert Dauncey.«

»Was um alles in der Welt hat er denn dort gemacht?«, fragte Ferguson.

»Nun, wie wir wissen, unterstützt die Firma Rashid ACW mit Spenden. Percy hat Scotland Yard gegenüber ausgesagt, Dauncey sei nach Oxford gekommen, um zu versuchen, die Studenten von der Teilnahme an dieser Demonstration abzubringen, weil es zu gefährlich sei. Er und Percy hätten beide im Bus mit ihnen gesprochen und auf die Gefahren hingewiesen.«

»War Dauncey denn auch bei der Demonstration?«

»Zusammen mit Percy, aber sie sind gegangen, als die Sache aus dem Ruder lief. Percy ist zurück zum Bus, und Dauncey habe gesagt, er fahre heim.«

»Schon etwas sonderbar, dass Dauncey so plötzlich auftauchte«, meinte Dillon. »Und dazu noch noble Ansprachen hält.«

»Noch etwas ist interessant«, sagte Hannah. »Percy hatte Dauncey auf dessen Wunsch mit Helen Quinn bekannt gemacht. Er sagt, er habe gehört, wie Dauncey sie gedrängt habe, nicht zu der Demonstration zu fahren, aber ihr Freund, dieser Alan Grant, habe sich über ihn vor allen anderen lustig gemacht. Bei der Demonstration haben sie sich aus den Augen verloren, und das war das Letzte, was Percy von ihnen gesehen hat.«

»Hm«, meinte Ferguson. »Wie es aussieht, sind sie also danach in die Canal Street, wahrscheinlich um sich zu amüsieren, haben etwas getrunken, ein paar Drogen genommen, und bei ihr kam es zu dieser fatalen Reaktion. Grant bringt sie ins Krankenhaus, sie stirbt, und er rennt davon, weiß nicht, wohin er soll … und begeht Selbstmord.«

»Klingt ganz plausibel … wenn wir bei dieser Geschichte nicht schon wieder über den verdammten Namen Rashid stolpern würden.«

Das Telefon läutete. Hannah hob ab. »Ich faxe gleich den Autopsiebericht durch«, meldete Roper. »Als Nächstes kommt Grant dran. Sobald ich das Ergebnis habe, schicke ich auch diese Informationen.«

Hannah holte das Fax aus Fergusons Arbeitszimmer und überflog es auf dem Rückweg. »Er bestätigt, dass sie eine große Menge Alkohol getrunken und mit Sicherheit Ecstasy genommen hatte. Ansonsten guter Gesundheitszustand, keine Jungfrau mehr, aber keinerlei Anzeichen für Geschlechtsverkehr vor ihrem Tod.«

Sie reichte Ferguson das Fax, der es durchlas. »Armes Mädchen. Gott weiß, was ihr Vater damit anfangen wird.« Er schaute auf. »Und ich selbst weiß auch noch immer nicht, was ich damit anfangen soll.«

»Na, ich schon«, entgegnete Dillon. »Wenn Sie mich entschuldigen würden, ich habe etwas zu tun.«

»Und was?«, fragte Hannah

»Das ist meine Sache. Bis später.«

Er nahm ein Taxi zum Verteidigungsministerium, wo er sich eine Limousine der Fahrbereitschaft geben ließ und den Fahrer anwies, ihn nach Oxford zu bringen.

Es herrschte kein besonders starker Verkehr, und sie erreichten in zweieinhalb Stunden die Außenbezirke. Über sein Handy rief er Roper an.

»Kannst du mir vielleicht Henry Percys Adresse sagen?«

»Warte kurz.« Kaum zwei Minuten später meldete Roper sich wieder. »Hat eine Wohnung in der Kaiser Lane 10B. Was hast du vor?«

»Erzähle ich dir später.«

Sie fanden die Kaiser Lane ohne Probleme. 10B lag am Ende einer dunklen Treppe in einem viktorianischen Doppelhaus. Dillon zog an der Klingelschnur, und eine altmodische Glocke ertönte. Nach einer Weile hörte er schlurfende Schritte. Percy öffnete die Tür. Er sah verschlafen aus, als habe ihn das Klingeln gerade aufgeweckt.

»Professor Percy?«

»Ja.«

»Ein gemeinsamer Freund hat mich gebeten, Sie aufzusuchen – Rupert Dauncey.«

Percy lächelte etwas mühsam. »Ich verstehe. Sie kommen besser rein.« Er ging durch den Korridor voraus in ein Wohnzimmer. »Und was kann ich für Sie tun?«

»Zuerst einmal möchte ich Ihnen einen anderen Freund von mir vorstellen, meine Walther PPK.« Er nahm die Waffe aus seiner Tasche. »Und das ist sein Freund. Er heißt Carswell und ist ein Schalldämpfer.« Dillon schraubte ihn auf den Lauf der Walther. »Jetzt kann ich Ihnen die Kniescheibe zerschießen, ohne dass irgendjemand was davon hört.«

Percy war vollkommen geschockt. »Wer sind Sie? Was wollen Sie?«

»Ich habe Ihre Aussage bei der Polizei im Fall Helen Quinn gelesen. Sie haben gesagt, Rupert Dauncey sei dagegen gewesen, dass die Studenten zu der Demonstration fuhren, weil er befürchtete, es könne zu Gewalttätigkeiten kommen?«

»Ja.«

»Und Sie haben sich beide im Bus deutlich gegen die Fahrt ausgesprochen?«

»Ja, ja. Es waren über vierzig Studenten dabei. Sie können das bestätigen. Die Polizei von Oxford hat mit einigen schon geredet.«

Dillon packte ihn, drückte ihn mit dem Rücken auf den Tisch und hielt ihm die Walther gegen das Knie. »Sie wollen mir also erzählen, dass Dauncey so unschuldig wie ein harmloses kleines Lamm ist, ja?«

Percy geriet in Panik. »Nein, nein, nein. Ich meine, ja, er hat eben einfach seine Haltung geändert.«

»Was heißt das?«

»Zuerst war er sehr für entschiedene Aktionen. Er fand es gut für die Studenten und … und hat es sogar arrangiert, dass einige an Trainingskursen in Schottland teilnehmen konnten.«

»Helen Quinn ebenfalls?«

»Nein, aber ihr Freund, Alan Grant.«

»Sie wissen, dass er tot ist.«

»Ja, das hat mir die Polizei berichtet. Es hieß, er habe Selbstmord begangen.«

»Glauben Sie nicht alles, was Sie hören. Mehr können Sie mir nicht sagen? Dauncey war einmal fürs Dreinschlagen, aber inzwischen hat er sich geändert?«

»Ja, ja!«

Dillon drückte wieder die Walther gegen sein Bein. »Und das soll ich glauben? Wann haben Sie ihn zum letzten Mal gesehen?«

»Wir haben gestern Abend miteinander telefoniert.«

»Was hat er gesagt?«

»Es sei gut gewesen, dass wir beide vorher mit den Studenten gesprochen hätten, da wir wahrscheinlich bei der gerichtlichen Untersuchung befragt werden würden.«

»Ja, das kam sehr zupass, nicht wahr?« Dillon schaute ihn einen Moment an und schraubte dann den Schalldämpfer ab. »Sie lassen doch nicht irgendwas aus, Henry, wodurch dieses kleine Märchen sich ein wenig anders anhören würde?«

Percy dachte an die fünfzigtausend, entschied sich aber zu schweigen. »Ich habe Ihnen die Wahrheit gesagt, dafür sei Gott mein Zeuge.«

»Na, den würde ich an Ihrer Stelle lieber nicht als Zeugen anrufen, Professor. Wir sehen uns bei Gericht. Und wenn Sie das nächste Mal mit Dauncey sprechen, sagen Sie ihm, Sean Dillon sei da gewesen.«

Er ging in den Flur. Percy zögerte, dann griff er nach dem Telefon. »Dauncey? Hier ist Percy.«

Sean Dillon lächelte und verließ die Wohnung.

Daniel Quinn ließ sich von Frobisher zuerst zur amerikanischen Botschaft bringen und wies sich den Sicherheitsbeamten gegenüber aus. Kurz darauf begrüßte ihn ein uniformierter Captain der Marines.

»Mein Name ist Davies, Senator. Es ist mir eine Ehre, Sie kennen zu lernen. Botschafter Begley erwartet Sie bereits.« Quinn schüttelte ihm die Hand.

»Wenn ich das sagen darf, Sie sehen aus, als hätten Sie eine harte Zeit da draußen gehabt.«

Quinn war unrasiert und noch immer in seinem Kampfanzug. »Nun, ich würde Ihnen nicht gerade das Kosovo für Ihren nächsten Urlaub empfehlen, Captain.«

»Hier entlang, Senator.«

Wenig später öffnete er die Tür zum Büro des Botschafters und führte Quinn hinein.

»Hallo, Elmer.«

Begley trug einen maßgeschneiderten Anzug, und sein graues Haar war tadellos gekämmt. Es hätte keinen größeren Kontrast zwischen den beiden Männern geben können. »Daniel, es tut mir so Leid. Wenn es irgendwas gibt, das wir tun können, egal was – alle unsere Kräfte stehen Ihnen zur Verfügung. Setzen Sie sich doch.«

»Wenn es Ihnen nichts ausmacht, Elmer, möchte ich gern in mein Haus. Ich wollte mich nur rasch melden. Ich muss mich duschen und umziehen, weil ich gleich eine Verabredung mit General Ferguson habe.«

»Charles? Das ist ein guter Freund. Bei ihm sind Sie in besten Händen. Aber denken Sie daran – wir tun gern, was immer wir können.«

»Danke, Elmer.«

Quinns Haus am Park Place, ein prächtiges Gebäude im Regency-Stil, lag in einer Nebenstraße der South Audley Street. Sein Chauffeur Luke Cornwall, ein großer Farbiger aus New York, spritzte im Hof gerade einen Mercedes ab. Er schaute auf, und sein Gesicht wurde ernst.

»Senator, ich weiß nicht, was ich sagen soll.«

»Es gibt auch nichts zu sagen, Luke, danke. Im Moment fühle ich mich ziemlich verdreckt, deshalb will ich erst mal duschen und mich umziehen. Danach fahren Sie mich zum Cavendish Place.«

»Natürlich, Senator.«

Quinn ging die Treppe hinauf, und Mary Cornwall öffnete ihm die Tür. Sie war jahrelang daheim in Boston

Dienstmädchen gewesen und hatte Helen aufwachsen sehen. In ihren Augen standen Tränen. Er küsste sie auf die Wange.

»Manchmal frage ich mich, ob es überhaupt einen Gott gibt«, schluchzte sie.

»Oh, den gibt es, Mary, daran müssen Sie immer glauben.«

»Kann ich Ihnen etwas zu essen machen?«

»Nicht jetzt. Ich habe eine Verabredung und muss mich umziehen.«

Er ging durch die holzgetäfelte Eingangshalle, eilte die Treppe hinauf und öffnete die Tür zu seiner Suite. Sie war hell und luftig, hatte eine Täfelung aus Ahornholz, an den Wänden hingen seine Lieblingsgemälde, und der Boden war mit orientalischen Teppichen ausgelegt. Jedes Mal wenn er hierher kam und diese Räume betrat, hatte er sich gefreut, aber heute bedeutete es ihm nicht das Geringste.

Im Bad zog er sich aus, ließ seine Sachen auf den Boden fallen, stellte die Dusche an und seifte sich ein, um den Gestank des Kosovo und des Todes abzuwaschen.

Eine halbe Stunde später kam er, tadellos gekleidet in einen braunen Anzug von Armani, die Treppe herunter. Mary war in der Küche, und er störte sie nicht, sondern öffnete die Haustür und ging hinaus. Luke wartete in seiner dunkelblauen Chauffeursuniform bereits auf ihn.

Rupert Dauncey wartete ebenfalls. Er hatte Henry Percy beruhigt, der ihn voller Panik angerufen hatte, aber dass Dillon immer noch an der Sache dran war, gefiel ihm gar nicht. Außerdem hatte er sich gefragt, wo Daniel Quinn steckte, und sich bei einem Freund in der Botschaft erkundigt. Dieser hatte ihm gesagt, Quinn sei dort gewesen und inzwischen weiter zum Park Place.

Park Place! Wenn das kein glücklicher Zufall war. Dauncey war um die Ecke gefahren, ohne die Nummer des Hauses zu kennen, aber dann hatte er Luke entdeckt, der neben dem Mercedes wartete. Rupert bog an den Straßenrand und sah Quinn aus dem Haus kommen. Als Luke davonfuhr, wendete er und folgte ihm.

Hannah Bernstein öffnete Quinn die Tür. Sie erkannte ihn aufgrund des Fotos in seiner Akte, genauso wie er sie anhand der Unterlagen erkannte, die Blake Johnson ihm in Washington gezeigt hatte.

»Superintendent Bernstein.«

»Senator Quinn. Bitte, kommen Sie herein.«

Sie ging voraus ins Wohnzimmer. Dillon lehnte an der Verandatür und trank einen Bushmills, und Ferguson erhob sich aus seinem Sessel.

»Ich wünschte, ich könnte sagen, es sei mir ein Vergnügen, Daniel, aber ich hätte Sie lieber unter anderen Umständen kennen gelernt. Wir alle fühlen mit Ihnen.«

»Ich danke Ihnen.«

»Kennen Sie Sean Dillon?«

»Nur vom Hörensagen.« Quinn schüttelte ihm die Hand. »Wahrscheinlich wissen Sie, dass mein Großvater in Belfast geboren wurde und mit Michael Collins gekämpft hat, bis er 1920 in die Staaten vertrieben wurde.«

»Dann müsste er zur Irish Republican Brotherhood gehört haben«, erwiderte Dillon. »Schlimmer als die Mafia, diese Bande.«

Quinn brachte ein Lächeln zustande. »Das könnte man sagen.«

»Leisten Sie mir bei einem Bushmills Gesellschaft? Ich würde es Ihnen empfehlen«, fügte Dillon hinzu, als Quinn zögerte. »Superintendent Bernstein hat eine Akte zusammengestellt, die Sie sicher nicht gerade aufheitern wird.«

»Dann betrachte ich das als vernünftigen Rat.«

Dillon gab ihm den Whiskey, und Quinn leerte das Glas in einem einzigen Zug, ehe er nach dem Ordner griff.

»Diese Akte gibt ihnen einen kompletten Überblick über unsere Auseinandersetzungen mit den Rashids«, sagte Ferguson. »Zudem finden Sie darin alles, was wir bislang über den Tod Ihrer Tochter wissen, also die Ergebnisse der polizeilichen Ermittlungen sowie den Autopsiebericht. Eben gerade haben wir auch noch die Einzelheiten der Autopsie ihres Freundes Alan Grant hinzugefügt.«

»Wer ist das?«, fragte Quinn erstaunt. »Ich habe diesen Namen nie gehört. Ich wusste nicht einmal, dass sie einen Freund hat.«

»Doch, das hatte sie wohl«, sagte Hannah Bernstein.

»Führen Sie den Senator in mein Arbeitszimmer«, bat Ferguson. »Dort kann er sich in Ruhe alles durchlesen.«

Sie begleitete Quinn hinaus. »Was für eine Schweinerei«, seufzte Dillon.

»Da stimme ich Ihnen zu, und ich freue mich nicht darauf, wenn er fertig ist, deshalb schenken Sie mir besser auch einen ein.«

Zwanzig Minuten später kehrte Quinn zurück. Sein Gesicht war bleich, und seine Hand, in der er die Akte hielt, zitterte ein wenig.

»Kann ich die behalten?«

»Natürlich«, erwiderte Ferguson.

»Gut, ich fahre dann jetzt ins Leichenschauhaus. Ich muss sie identifizieren.«

»Trinken Sie erst noch einen.« Dillon schenkte ihm einen weiteren Bushmills ein. »Runter damit. Sie werden es brauchen. Außerdem komme ich mit Ihnen.«

»Das ist sehr freundlich.« Quinn wandte sich an Hannah. »Was ist mit der gerichtlichen Untersuchung?«

»Findet morgen früh statt. Es ist uns gelungen, die ganze Sache ein wenig zu beschleunigen.«

»Gut. Je eher, desto besser.« Er trank den Bushmills und nickte Dillon zu. »Dann lassen Sie uns aufbrechen.«

Rupert hatte geduldig in seinem Mercedes gesessen, der in einiger Entfernung von Fergusons Apartment parkte. Endlich kamen Quinn und Dillon heraus, stiegen in die Limousine und fuhren davon.

»Dillon ... also, das ist ja interessant«, sagte Rupert leise und folgte ihnen.

Das Leichenschauhaus wirkte von außen eher wie ein Lagergebäude, doch der Empfangsbereich war hell und freundlich. Eine junge Frau saß an einem Schreibtisch und schaute lächelnd auf.

»Kann ich Ihnen helfen?«

»Mein Name ist Quinn. Ich glaube, Sie haben meine Tochter hier?«

Ihr Lächeln verschwand. »Oh, das tut mir so Leid. Wir hatten vor kurzem einen Anruf, dass Sie herkommen würden, um sie zu identifizieren. Ich habe das zuständige Polizeirevier informiert. Es liegt nur fünf Minuten entfernt.«

»Danke.«

»Und ich habe Professor George Langley Bescheid gesagt. Er ist unser Pathologe und glücklicherweise gerade im Haus. Ich dachte, Sie würden gern mit ihm sprechen.«

»Danke. Wir warten.«

Sie setzten sich, bis kurz darauf ein kleiner grauhaariger Mann eintrat. Das Mädchen wechselte leise einige Worte mit ihm, und er kam zu ihnen herüber.

»George Langley.«

»Daniel Quinn, und das ist Sean Dillon, ein Freund.«

»Mein aufrichtiges Beileid.«

»Kann ich meine Tochter sehen?«

»Natürlich.«

Er führte sie in einen weiß gekachelten Raum, in dem helles Neonlicht brannte und eine Reihe von modernen Stahltischen stand. Zwei Leichen waren mit einem weißen Gummilaken abgedeckt.

»Sind Sie bereit?«, fragte Langley.

»So gut es geht.«

Helen Quinn sah ruhig und friedlich aus. Ihre Augen waren geschlossen, und eine Plastikhaube bedeckte das Haar. Quinn beugte sich vor und küsste ihre Stirn.

»Danke.«

Langley zog das Laken wieder zurück. »Ich habe Ihren Bericht gelesen«, sagte Quinn. »Der Alkohol, die Drogen … daran gibt es absolut keinen Zweifel?«

»Leider nicht.«

»Es passt so gar nicht zu ihr. Das ist einfach nicht das Mädchen, das ich gekannt habe.«

»So ist das eben manchmal«, entgegnete Langley bedauernd.

»Und der Junge? Ist er das?« Quinn deutete auf die zweite Leiche. »Ich wusste nicht einmal, dass er existiert.«

»Ja, das ist Alan Grant.« Langley zögerte. »Ich sollte das zwar nicht tun, aber es ist ja schließlich keine alltägliche Angelegenheit.«

Er hob das Laken an, und Quinn betrachtete Grant, der

im Tod noch viel jünger wirkte. »Danke.« Langely deckte ihn wieder zu. »Und glauben Sie ebenfalls, er hat Selbstmord begangen, so wie die Polizei meint?«

»Ich befasse mich nur mit Gewissheiten, Sir. Er hatte eine große Menge Wodka konsumiert, aber es gab keine Spuren von Ecstasy. Keine Anzeichen für irgendeine Verletzung. Ist er unglücklich ins Wasser gefallen oder absichtlich gesprungen? Darauf kann ich Ihnen keine Antworten geben.«

Es klopfte an der Tür, und ein uniformierter Polizist trat ein. »Ah, da sind Sie ja, Professor.«

Der Sergeant hatte ein Klemmbrett dabei, auf das ein Formular gespannt war. »Ich bedauere die Umstände, Senator, aber würden Sie die Verstorbene bitte formell identifizieren?«

»Es ist meine Tochter Helen Quinn.«

»Danke, Sir. Wenn Sie bitte hier unterschreiben würden.« Er nickte Dillon zu. »Vielleicht wären Sie so freundlich, als Zeuge zu unterzeichnen.«

Nachdem sie ihre Unterschriften geleistet hatten, verschwand der Polizist wieder. »Wir sehen uns dann bei der gerichtlichen Untersuchung«, sagte Langley.

»Natürlich. Vielen Dank.«

Dillon und Quinn stiegen in den Mercedes. »Eine verteufelte Geschichte«, seufzte Dillon.

Quinn nickte nur und lehnte sich mit geschlossenen Augen zurück.

Und Dauncey folgte ihnen.

11

Am folgenden Morgen erschien Quinn um zehn Uhr im Coroner's Court, dem Untersuchungsgericht zur Klärung gewaltsamer Todesursachen. Einige Leute warteten bereits im Gang, und hin und wieder kam ein Polizist vorbei. Auf einer der Bänke saß ein junger Mann in einem Trenchcoat. Er sah müde aus, war unrasiert und hatte neben sich eine Reisetasche stehen. Quinn zog eine Zigarette aus seiner Marlboroschachtel und zündete sie an. Der junge Mann schaute ihm fast sehnsüchtig zu. Quinn hielt ihm das Päckchen hin. »Kann ich Ihnen eine anbieten?«

»Ich hab ja eigentlich aufgehört, aber was soll's.« Mit zitternden Fingern nahm er eine Zigarette, und Quinn gab ihm Feuer. »Ich bin völlig geschlaucht. Ich komme gerade aus Berlin, und in Tempelhof gab's eine Verspätung. Sie wissen vielleicht, wie das ist, wenn man vier oder fünf Stunden am Flughafen rumsitzt. Ich dachte schon, ich würde die Verhandlung verpassen.«

Und Quinn, der mehrmals Hannah Bernsteins Akte durchgelesen hatte, wusste instinktiv, wer er war.

»Ist Ihr Name Grant?«

»Ja, Fergus Grant.«

»Alan Grants Bruder.«

Grant schaute ihn bestürzt an. »Wer sind Sie?«

»Daniel Quinn. Helen Quinns Vater.«

Grant wurde bleich. »O mein Gott. Hören Sie, ich weiß so gut wie nichts über diese Geschichte, nur dass beide tot sind. Die Polizei hat mich angerufen und mir lediglich die Fakten mitgeteilt – dass man ihn ertrunken aufgefunden habe und seine Freundin tot sei. Ich wusste nicht einmal, dass er eine Beziehung hatte.«

»Das ging mir genauso. Was ist mit Ihren Eltern?«

»Mein alter Herr ist abgehauen, als ich zwölf war, und Mum starb vor fünf Jahren an Krebs.«

»Das tut mir Leid.«

Grant zuckte mit den Schultern und drückte seine Zigarette aus. »Ich begreife das alles nicht.«

»Nun, vielleicht erfahren wir gleich mehr.« In diesem Moment erschienen Hannah Bernstein, Ferguson und Dillon. »Entschuldigen Sie mich«, sagte Quinn und ging zu ihnen.

»Der Mann, mit dem ich eben geredet habe, ist Fergus Grant, der Bruder. Gerade aus Berlin eingetroffen.«

»Ja«, nickte Hannah. »Ich habe heute Morgen gehört, dass beide Fälle gemeinsam verhandelt werden.«

Ein Gerichtsdiener öffnete die Türen und verkündete den Beginn der Verhandlung.

Ein halbes Dutzend Zuhörer, die vor allem wegen des Unterhaltungswerts solche Sitzungen besuchten, folgte ihnen in den Saal. Hannah ging zum Gerichtsschreiber und redete mit ihm, dann kehrte sie zu den anderen zurück und setzte sich.

Kurz darauf erschien auch George Langley und meldete sich beim Gerichtsschreiber. »Der Pathologe«, sagte Dillon zu Ferguson.

Rupert Dauncey und Henry Percy kamen herein und meldeten ebenfalls ihre Anwesenheit. Dauncey warf Quinn und den anderen einen Blick zu, lächelte und setzte sich mit Percy auf die andere Seite des Gangs.

Der Gerichtsschreiber forderte alle auf, sich zu erheben, als der Coroner eintrat.

Er war ein kleiner, klug aussehender Mann mit weißem Haar und setzte sich auf seinen erhöhten Platz. Durch eine

Seitentür wurden die Geschworenen hereingeführt, die sich in ihre Bank setzten. Nachdem sie vereidigt worden waren, ergriff der Coroner das Wort.

»Ehe wir beginnen, möchte ich etwas anmerken. Unter den gegebenen Umständen und mit Erlaubnis des Lord Chancellors wird diese gerichtliche Untersuchung sowohl den Tod von Helen Quinn als auch den von Alan Grant behandeln, da beide anscheinend miteinander in Zusammenhang stehen.« Er nickte dem Gerichtsschreiber zu. »Wir fangen mit den Polizeiaussagen an.«

Der uniformierte Sergeant wurde aufgerufen und berichtete knapp die Fakten – wie Helen Quinn ins Krankenhaus gebracht worden war, wie man Alan Grant in der Canal Street aufgespürt und dabei seine Leiche entdeckt hatte. Der Sergeant wurde entlassen und Henry Percy aufgerufen, der nervös in den Zeugenstand trat.

»Sie kannten Helen Quinn und Alan Grant gut, Professor?«, fragte der Coroner.

»O ja.«

»Und Sie können bestätigen, dass sie eine Beziehung hatten?«

»Das war allgemein bekannt unter den Studenten.«

»Wissen Sie etwas über irgendwelche Verstimmungen zwischen ihnen?«

»Im Gegenteil. Sie schienen wie Kletten aneinander zu hängen.«

»Am Tag dieser Demonstration in Whitehall waren Sie ebenfalls im Bus, wenn ich recht verstehe?«

»Ja. Wir hatten gehört, dass es möglicherweise gewalttätig werden würde, und wollten nicht, dass unsere Studenten in Ausschreitungen verwickelt würden, deshalb baten wir sie, nicht zu fahren.«

»Haben sie Ihren Rat befolgt?«

»Nur ein halbes Dutzend.«

»Sie sagten ›wir‹?«

»Rupert Dauncey war bei mir, der Vertreter des Rashid Educational Trust. Die Firma Rashid unterstützt Act of Class Warfare mit Spenden. Das ist eine Gruppe, zu der ich gehöre.«

»Ein merkwürdiger Name. Was soll er zum Ausdruck bringen?«

»Die Ablehnung des Kapitalismus. Wir haben uns zum Ziel gesetzt, die Menschen umzuerziehen und ihre Denkweise zu ändern.«

»Sie meinen, sie in jungen Jahren zu indoktrinieren«, bemerkte der Coroner trocken. Es gab Gelächter im Saal. »Sie können gehen.«

Rupert Dauncey, der eine eindrucksvolle Figur in seinem maßgeschneiderten dunkelblauen Flanellanzug machte, wurde in den Zeugenstand gerufen. Der Coroner kam gleich zur Sache.

»Ich habe hier eine Liste vorliegen über die gemeinnützigen Einrichtungen, die von Ihrem Trust unterstützt werden, Mr. Dauncey. Alle sehr lobenswert, da bin ich sicher.«

»Die Countess of Loch Dhu und Rashid Investments geben weltweit Millionen für solche Zwecke aus.«

»Aber Sie waren nicht glücklich über diese Fahrt nach London?«

»Überhaupt nicht. Als ich hörte, dass die United Anarchist Front dahinter steckte, war ich entsetzt. Ich fuhr nach Oxford, um Professor Percy zu bitten, die Studenten an der Teilnahme zu hindern.«

»Und Sie haben Helen Quinn und Alan Grant dort gesehen?«

»Ich saß neben ihnen. Professor Percy hatte mich ihr bei einem früheren Besuch vorgestellt. Ich bat sie mit allem Nachdruck, nicht zu fahren. Grant sagte, sie würden das Wochenende in London im Haus seines Bruders verbringen, deshalb vermute ich, dass sie aus diesem Grund trotzdem hingefahren sind. Wie auch immer, ich bedauere zutiefst, dass es mir nicht gelungen ist, Helen zu überreden, auf mich zu hören.«

«Sie trifft keine persönliche Schuld, Mr. Dauncey.«

»Trotzdem, es war eine Gruppe, die von uns gefördert wird, mit der sie zu dieser Demonstration gefahren ist. Das ganze Unglück wäre vielleicht nicht geschehen, wenn sie in Oxford geblieben wäre.«

»Das bezweifle ich, Sir, aber Ihre Gewissensbisse sprechen nur für Sie.«

Zufrieden, dass er offenbar einen hervorragenden Eindruck hinterlassen hatte, kehrte Rupert an seinen Platz zurück. Als Nächster wurde Professor George Langley aufgerufen.

»Ich habe hier die Berichte über die beiden Autopsien vorliegen«, sagte der Coroner. »Sie haben sie selbst durchgeführt?«

»Ja.«

Der Gerichtsschreiber verteilte Kopien an die Geschworenen. »Ich schlage vor, Sie werfen einen kurzen Blick darauf, meine Damen und Herren, um sich damit vertraut zu machen. Ich gebe Ihnen fünf Minuten Zeit.«

»Wie nett von ihm«, murmelte Dillon.

»Benehmen Sie sich«, zischte Hannah.

»Tue ich das nicht immer?« Er wandte sich an Quinn. »Alles in Ordnung?«

»Bis jetzt schon.«

Sie warteten, während der Coroner einige Papiere durchlas und schließlich aufschaute. »Wir fahren fort. Professor Langley, wie sehen die grundlegenden Fakten aus?«

»Helen Quinn hatte eine beträchtliche Menge Wodka getrunken und zu einem späteren Zeitpunkt eine Ecstasytablette genommen.«

»Nicht umgekehrt?«

»O nein, erst nach dem Wodka, das lässt sich eindeutig feststellen.«

»Sie sagen nicht Alkohol, sondern ausdrücklich Wodka.«

»Ja. Wir können das eindeutig unterscheiden und sogar die Marke bestimmen.«

»Und ist das in diesem Fall wichtig?«

»Durchaus. Daraus ergibt sich ja die Verbindung zwischen Helen Quinn und Alan Grant.«

»Gut, dann kommen wir jetzt dazu. Noch einmal, wie lauten hier die grundlegenden Fakten?«

»Alan Grant hatte eine große Menge des gleichen Wodkas wie Helen Quinn getrunken. Ich habe die Marke identifiziert, und auf mein Drängen hin hat die Polizei das Haus in der Canal Street durchsucht. Dabei wurde eine fast leere Flasche gefunden.«

»Und das Ecstasy?«

»Eine kleine Papiertüte mit zwei Schokoladenbonbons wurde in Grants linker Jackentasche entdeckt, und jedes Bonbon enthielt eine Ecstasytablette. Ich habe eine Laboranalyse durchführen lassen.«

»Und?«

»Es war dasselbe Präparat, wie Helen Quinn es genommen hatte, keine Frage.«

»Und wie ist Grant zu Tode gekommen?«

»Durch Ertrinken. Es gab keinerlei Anzeichen für eine

Fremdeinwirkung, keine Verletzungen. Ich habe zudem auch selbst noch den Unglücksort aufgesucht.«

»Und wie lautete Ihre Schlussfolgerung?«

»Es gibt am Ende des Kais kein Geländer. Wenn es dort eines gegeben hätte und es durchgebrochen gewesen wäre, hätte man einen Unfall im Zustand der Trunkenheit vermuten können. Gleichwohl könnte es ein Unfall gewesen sein, denn ein Mann, der so betrunken war wie Grant, könnte leicht diesen ungesicherten Kai hinuntergefallen sein. Oder …« Er zuckte mit den Schultern.

»Oder was, Professor?«

»Oder er könnte absichtlich gesprungen sein, vielleicht in seiner Betrunkenheit oder weil er sich an dem Tod des Mädchens schuldig gefühlt hat.«

»Aber das sind natürlich nur Mutmaßungen, Professor, und wir müssen uns hier allein auf die Fakten stützen. Sie können den Zeugenstand verlassen.«

Der Coroner wandte sich an die Geschworenen. »Meine Damen und Herren, es ist wirklich tragisch, wenn zwei junge Menschen, Mitglieder einer altehrwürdigen Universität, die am Beginn ihres Lebens stehen, so plötzlich zu Tode kommen. Wie auch immer, wir müssen keine Mutmaßungen anstellen, sondern müssen uns, wie ich gerade zu Professor Langley sagte, an die Fakten halten. Deshalb will ich die uns bekannten Fakten noch einmal zusammenfassen.«

Alle warteten schweigend, während er seine Gedanken ordnete.

»Es steht fest, dass beide eine große Menge des gleichen Wodkas getrunken hatten. Ebenso steht fest, dass Alan Grant das sterbende Mädchen im St. Mark's Hospital abgeliefert hat. Was das Ecstasy betrifft, gibt es Fragen, die Sie sich selbst stellen müssen. Warum hat er keins genommen?

Warum nur das Mädchen? Man könnte mutmaßen, dass er womöglich eine Ecstasytablette in einem Bonbon versteckt hatte, um das Mädchen gefügig zu machen, aber ich muss Sie darauf aufmerksam machen, dass es dafür keinen Beweis gibt. Vielleicht hatte das Mädchen die Tabletten erworben und sie aus Sicherheitsgründen in den Bonbons versteckt. Es wäre verständlich, dass er vor lauter Panik davongelaufen ist, selbst wenn sie die Tablette aus eigenem freiem Willen genommen hatte.«

Er schaute an die Decke und presste die Fingerspitzen zusammen.

»Was Grants Tod betrifft, so wissen wir zwar, dass er ertrunken ist, aber ob es sich um eine Selbsttötung aus Angst oder aus Schuldgefühlen handelt, werden wir nie erfahren, und daher muss man wohl zu dem Schluss kommen, dass es sich um einen Unfalltod handelt. Ein letzter Punkt in dieser ganzen bedauerlichen Geschichte. Mr. Dauncey, als Vertreter des Unternehmens Rashid, scheint Gewissensbisse zu haben, da die Studenten ja wegen dieser Demonstration in London waren. Ich möchte aber darauf hinweisen, dass man Wodka genauso leicht in Oxford konsumieren kann, und das gilt sicherlich auch für Ecstasy. Ich bin nicht der Ansicht, dass diese Busfahrt irgendeine besondere Relevanz für die Ereignisse hatte. Wie auch immer, Mr. Daunceys Selbstvorwürfe sprechen nur für ihn.«

Er schob seine Papiere zu einem ordentlichen Stapel zusammen und blickte zu den Geschworenen.

»Also, zu welchem Schluss können wir in einem solchen Fall, bei dem es keinerlei Zeugen gibt, kommen? Hat Alan Grant dem Mädchen die Ecstasytablette heimlich verabreicht, oder hat Helen Quinn sie selbst genommen? Wir wissen es nicht und werden es nie erfahren. Ist er im betrunkenen Zustand vom Kai gefallen, oder hat er sich aus Verzweiflung das Leben genommen? Auch das wissen wir nicht und werden es nie wissen. Angesichts dieser Umstände erscheint mir eine richterliche Feststellung auf unbekannte Todesursache angemessen. Sie dürfen sich natürlich zurückziehen, um über Ihr Urteil zu beraten.«

Die Geschworenen steckten jedoch lediglich die Köpfe zusammen und flüsterten kurz miteinander, dann stand der Sprecher auf. »Wir stimmen zu.«

»Danke«, sagte der Coroner. »Es erfolgt also die entsprechende Eintragung.« Er ließ seinen Blick durch den Gerichtssaal schweifen. »Ich komme nun zu den Angehörigen. Wenn Fergus Grant anwesend ist, möge er bitte aufstehen.« Grant erhob sich verwirrt. »Ich werde Ihnen als Alan Grants Bruder jetzt den Totenschein aushändigen. Sie können über die Leiche Ihres Bruders verfügen. Mein Beileid.«

»Danke, Sir.« Grant setzte sich wieder.

»Senator Daniel Quinn.« Quinn erhob sich. »Ich werde Ihnen ebenfalls den Totenschein aushändigen. Auch Ihnen mein Beileid.«

»Danke«, sagte Quinn.

Der Gerichtsdiener forderte alle auf, sich zu erheben, und der Coroner verließ seinen Platz.

Rasch leerte sich der Saal. Rupert Dauncey nickte Quinn zu. »Auch mein Beileid, Senator.«

Quinn und Grant ließen sich vom Gerichtsschreiber die Totenscheine aushändigen und gingen gemeinsam den Gang entlang zur Tür.

»Mr. Grant, es tut mir aufrichtig Leid, aber was der Coroner gesagt hat, stimmt wohl. Wir werden nie die Wahrheit erfahren, und die Zeit können wir nicht zurückdrehen, deshalb wollen wir nach vorn schauen.«

Grant war den Tränen nahe und umarmte ihn flüchtig. »Gott helfe mir.«

»Vielleicht wird er das.«

Sie schauten ihm nach, als er das Gerichtsgebäude verließ. »Und nun?«, fragte Ferguson.

»Könnten Sie mir zufällig ein Krematorium nennen? Ich möchte Helens Asche gern mit nach Hause nehmen. Wenn Sie irgendeinen Einfluss in dieser Hinsicht geltend machen könnten, General, wäre ich Ihnen dankbar.«

»Superintendent?«, fragte Ferguson.

»Überlassen Sie das mir, Senator.«

»Dann steigen Sie doch zu mir in den Wagen, Superintendent. Ich möchte meine Tochter nicht hier beerdigen – das arrangiere ich dann zu Hause –, aber es wäre schön, wenn ein katholischer Priester dabei wäre.«

»Betrachten Sie es als erledigt«, nickte Hannah.

»Ich komme auch mit.« Dillon wandte sich an Ferguson. »Wir sehen uns später.«

»Ach, haben Sie jetzt das Kommando?«, fragte Ferguson.

»Habe ich das nicht immer?«

Auf dem Weg zum Park Place telefonierte Hannah unaufhörlich. Mary öffnete ihnen die Tür, und Quinn ging voraus ins Wohnzimmer.

»Kaffee, Mary.«

»Und Tee für mich«, sagte Dillon.

»Er war gut, unser Freund Dauncey, sehr gut«, bemerkte Quinn.

»Ja«, nickte Dillon. »Aber er wird schon noch einen Fehler machen. Wir müssen nur abwarten und aufpassen.«

Hannah schaltete endlich ihr Handy ab. »Ich habe mit einem Bestattungsunternehmen gesprochen, an das wir uns in der Regel wenden. Man wird Ihre Tochter abholen. Die Zeremonie ist dann um zwei Uhr im North-Hill-Krematorium. Sie sorgen dafür, dass ein Pater Kelly dabei ist.«

»Ich bin auch dabei«, erklärte Dillon.

»Wenn Sie einverstanden sind, würde ich ebenfalls gern mitkommen«, sagte Hannah.

»Gern. Ich bin Ihnen sehr dankbar.«

»Dafür sind Freunde doch da, Daniel«, erwiderte Dillon.

Pater Kelly war ein Londoner Ire und das einzig Gute am North-Hill-Krematorium. Die ganze Angelegenheit war ziemlich bedrückend, und der Chorgesang vom Band im Hintergrund machte es auch nicht besser, doch Kelly vollzog die Zeremonie so schlicht und würdevoll, wie man es sich nur wünschen konnte.

»Ich bin die Auferstehung und das Leben, spricht der Herr. Wer an mich glaubt, wird leben, auch wenn er tot ist.«

Ob das wirklich so ist, dachte Quinn. Eine solche Vergeudung eines jungen Lebens – und zu welchem Zweck? Nein, ich kann es nicht glauben, nicht mehr. Sollen die es glauben, die es wollen, aber ich kann es nicht mehr. Gleichzeitig musste er aus irgendeinem merkwürdigen Grund an Schwester Sarah Palmer vor so vielen Jahren in Vietnam denken.

Pater Kelly besprengte den Sarg, der durch eine kleine Tür in der Dunkelheit dahinter verschwand, und dann war es vorbei.

»Wir bringen die Asche heute Abend, Senator«, sagte einer der Angestellten. »Park Place, nicht wahr?«

»Nummer acht.« Quinn schüttelte ihnen die Hand. »Vielen Dank.«

Pater Kelly begleitete sie nach draußen. »Sind Sie mit einem Wagen da, Pater?«, fragte Hannah.

»Ja, ich komme schon zurecht.« Er ergriff Quinns Hand. »Lassen Sie sich Zeit, Senator. Es gibt immer einen Grund. Eines Tages werden Sie ihn finden.«

Luke wartete auf sie im Mercedes. »Das war's dann«, sagte Dillon.

Quinn schüttelte den Kopf. »Nein, ehe ich abreise, möchte ich noch Helens Sachen aus ihrem Zimmer in Oxford holen. Ich setze Sie beide vorher ab.«

»Ihr Zimmer?« Dillon zündete sich eine Zigarette an und überlegte. »Wissen Sie, ich habe mir ihr Zimmer oder das von Grant nie angeschaut. Es macht Ihnen doch nichts aus, wenn ich mitkomme, oder?«

Nach einer Fahrt von anderthalb Stunden hatten sie Oxford erreicht. Quinn beschrieb Luke den Weg, der durch die Tore von St. Hughes bog und am Pförtnerhaus hielt. »Kann ich Ihnen helfen?«, fragte der Pförtner.

»Sie erinnern sich vielleicht an mich? Ich bin Daniel Quinn und möchte die Sachen meiner Tochter abholen.«

»Natürlich, Sir. Darf ich sagen, wie Leid es mir tut? Sie war ein bezauberndes Mädchen. Ich rufe den Rektor an und informiere ihn, dass Sie hier sind.«

»Das ist sehr freundlich von Ihnen.«

Luke hielt vor dem Eingang. Quinn ging voraus in die Eingangshalle. »Wir melden uns zuerst beim Rektor, denke ich. Zu seinem Büro geht es hier entlang. Es liegt direkt hinter dem Aufenthaltsraum der Studenten.«

Am Eingang gab es zwei Reihen von Postfächern, auf denen in alphabetischer Folge die Namen der Studenten standen. Quinn suchte das Fach seiner Tochter, in dem drei

Briefe lagen. Er musterte sie und seufzte. »Mein letzter Brief an sie aus dem Kosovo.«

Dillon strich mit dem Finger über die Namen und fand Alan Grants Fach. Es lag keine Post darin, aber es war auch nicht leer. Dillon griff hinein und zog einen Kugelschreiber heraus. Neugierig betrachtete er ihn und steckte ihn in die Tasche. Irgendwas war daran sonderbar …

Die Tür zum Büro des Rektors öffnete sich. »Da sind Sie ja, Senator.« Er streckte ihm die Hand entgegen. »Ich kann Ihnen gar nicht sagen, wie betroffen wir alle sind. Sie sind sicher wegen der Sachen Ihrer Tochter gekommen. Ich hatte schon veranlasst, dass ihr Koffer gepackt wird. Ich hoffe, das war recht.«

»Sehr freundlich von Ihnen.«

»Möchten Sie, dass ich mit Ihnen komme?«

»Das ist sicher nicht nötig.«

»Hier ist der Schlüssel für ihr Zimmer.« Der Rektor zögerte ein wenig. »Ihre Tochter war eine wundervolle junge Frau. Alle Mitarbeiter und Studenten haben sie sehr gemocht. Als ich von der Sache hörte, konnte ich es wirklich nicht glauben. Es passt einfach so gar nicht zu ihrem Charakter.«

»Da geht es mir genauso, aber ich bin Ihnen dankbar, dass Sie das sagen.«

Das Zimmer lag im ersten Stock. Es gab ein Einzelbett, neben dem zwei Koffer standen, einen Kleiderschrank, einen Schreibtisch und Stühle. Auf dem Bett lag eine leere Tragetasche, auf zwei Regalen waren Bücher aufgereiht; ein Foto von Quinn, der den Arm um Helen gelegt hatte, stand auf dem Schreibtisch. Alles war sehr schlicht, und doch schien der Raum erfüllt von ihrer Gegenwart. Quinn stützte sich auf den Tisch, und ein trockenes Schluchzen schüttelte ihn.

Dillon legte ihm eine Hand auf die Schulter. »Nur ruhig. Atmen Sie tief durch.«

»Es geht schon wieder. Ich packe ihre Bücher und den Krimskrams in die Tragetasche.«

Während er damit begann, ging Dillon zum Fenster, zog den Kugelschreiber heraus und betrachtete ihn kritisch.

»Was haben Sie da?«

»Das lag in Alan Grants Postfach. Irgendwie kommt mir dieser Stift ...« Er schnippte mit den Fingern. »Natürlich!«

»Was?«

»Ich habe so ein Ding schon mal gesehen. Das ist kein gewöhnlicher Kugelschreiber, sondern ein Aufnahmegerät.«

»Sind Sie sicher?«

»Man dreht die Kappe und drückt sie runter. Die Klangqualität ist überraschend gut.«

»Aber was hat Alan Grant damit gemacht?«

»Finden wir es heraus.« Dillon schaltete ein.

Und er hatte Recht. Der Ton war glasklar, und deutlich war jedes Wort zu verstehen, als Rupert Dauncey sagte: *»Da drin sind drei Schokoladenbonbons. In jedem ist eine Ecstasypille. Eine davon gibst du während der Demonstration dem Mädchen ...«*

Dillon schaltete ab. Quinn starrte ihn mit blutleerem Gesicht an.

»Ich kenne diese Stimme«, flüsterte er.

»Rupert Dauncey.«

Quinn setzte sich aufs Bett. »Hören wir uns den Rest an.«

Für eine Weile hielt er danach den Kopf in den Händen vergraben. »Dieser Dreckskerl ist verantwortlich für den Tod meiner Tochter.«

»Es sieht so aus.«

»Aber warum hat Grant dabei mitgemacht?«

»Ich weiß nicht. Dauncey hatte vielleicht etwas gegen ihn in der Hand – zumindest hat er ihn unter Druck gesetzt, das geht aus dieser Aufnahme klar hervor. Und womöglich hat Grant nicht gedacht, dass es weiter gefährlich sei. Viele Studenten nehmen dieses Zeug. Ich gehe sogar jede Wette ein, dass er es selbst schon ausprobiert hat.« Dillon schüttelte den Kopf. »Er hat nicht gewollt, dass Helen starb.«

»Meinen Sie, er hat sich deshalb umgebracht?«

»Ob er sich umgebracht hat, ist noch die Frage. Je mehr wir erfahren, desto häufiger stoßen wir auf Dauncey. Ich habe so eine Ahnung, dass uns noch einige weitere Überraschungen bevorstehen. Der Kerl ist zu allem fähig.«

»Nun, das bin ich auch.« Quinn stand auf. »Fahren wir zurück nach London, Sean. Kann die Aufnahme auf diesem Kuli kopiert werden?«

»Ich glaube schon. Ich habe einen Freund, der das sicher hinkriegt.«

»Dann wollen wir.« Er griff nach den beiden Koffern, und Dillon nahm die Reisetasche.

In Ropers Wohnung machte Dillon die beiden Männer miteinander bekannt, und Roper untersuchte den Kugelschreiber. »Ja, ich weiß, wie diese Dinger funktionieren. Ich kann es auf eine normale Kassette überspielen. Das würde die Tonqualität noch um einiges verbessern.«

»Nur diese eine«, sagte Quinn. »Keine weiteren Kopien.«

»Wie Sie wünschen. Ich muss es erst einmal durchlaufen lassen.« Er deutete in Richtung Küche. »Nach deinen abfälligen Bemerkungen über meinen Wein habe ich eine Flasche irischen Whiskey besorgt, Sean. Es ist zwar kein Bushmills, aber ich nehme an, er tut's wohl auch. Auf dem Regal neben dem Kühlschrank.«

Während Roper sich an die Arbeit machte, holte Dillon die Whiskeyflasche und zwei Gläser und schenkte für sich und Quinn ein. Sie setzten sich nebeneinander ans Fenster.

»Was haben Sie vor?«, fragte Dillon.

»Ich will mit Kate Rashid und Dauncey sprechen.«

»Sicher?«

»O ja. Seien Sie unbesorgt, Sean, ich nehme keine Knarre mit, auch wenn ich das noch so gern möchte. Es gibt andere Wege.«

Roper drehte den Rollstuhl herum. »Bitte sehr, ein Kugelschreiber und ein Band.« Ehe Dillon reagieren konnte, hatte Quinn beides an sich genommen. »Das gehört mir, denke ich. Vielen Dank, Major.«

»War mir ein Vergnügen. Dillon, du hältst mich aber auf dem Laufenden, ja?«

Ferguson ging in seiner Wohnung mit Hannah einen Stapel Papiere durch, als sie zurückkehrten.

»Alles in Ordnung in Oxford?«, fragte Ferguson.

»Nun, man könnte sagen, es war ziemlich aufschlussreich«, entgegnete Dillon.

»Was heißt das?«

»Das soll Ihnen der Senator selbst erzählen.«

»Quinn?«

»Vorher möchte ich etwas anmerken. Superintendent, Sie sind Polizeibeamtin. Was Sie jetzt hören werden, ist ein Beweis für eine kriminelle Handlung, aber es ist allein meine Angelegenheit. Falls Sie die Sache nicht vertraulich behandeln können, wäre mir es lieber, wenn Sie gehen – nichts für ungut.«

Hannah schaute ihn bestürzt an, doch Ferguson blieb ganz ruhig. »Superintendent Bernstein ist vorübergehend meiner Abteilung zugewiesen worden und unterliegt den Bestimmungen des Gesetzes über die Wahrung von Staatsgeheimnissen. Was hier geredet wird, bleibt unter uns. Bitte bestätigen Sie das, Hannah.«

»Natürlich, Sir«, nickte Hannah.

»Also, was wollen Sie uns berichten?«

»In Alan Grants Postfach fanden wir einen Kugelschreiber.«

»Der in Wirklichkeit ein Aufnahmegerät ist«, warf Dillon ein.

Quinn hielt das Band hoch. »Major Roper hat gerade eine Kopie mit verbesserter Tonqualität für mich gemacht. Sie werden staunen, was darauf zu hören ist.«

»Superintendent?«, sagte Ferguson.

Hannah nahm die Kassette und schob sie in den Recorder, der auf einem Schränkchen stand.

»Da drin sind drei Schokoladenbonbons«, sagte Rupert Dauncey. *»In jedem ist eine Ecstasypille ...«*

Nachdem das Band zu Ende war, sagte Hannah: »Etwas derartig Kaltblütiges habe ich selten gehört.«

»Eine ungeheuerliche Schweinerei«, schnaubte Ferguson.

»Das genügt als Beweis«, fuhr Hannah fort, »dass die Polizei ihn sofort verhaften kann.«

»Und was könnte man ihm vorwerfen? Mord? Nein. Totschlag? Nein. Ein guter Anwalt würde behaupten, dass Dauncey nichts weiter vorhatte, als meine Tochter in Schwierigkeiten zu bringen, um mir Unannehmlichkeiten zu bereiten. Schlimmstenfalls könnte man ihm vielleicht ein Mitverschulden an ihrem Tod vorwerfen, doch auch da bin ich mir nicht sicher.«

»Aber dahinter steckt sehr viel mehr, Senator, das wissen Sie doch selbst.«

»Natürlich weiß ich das. Allerdings schützt ihn der Einfluss und die Macht der Rashids. Wer garantiert mir, dass er nicht bloß einen Klaps auf die Finger bekommt? Dauncey könnte behaupten, er habe mir lediglich eins auswischen wollen und das Unglück mit Helen täte ihm Leid. Was würde er schon für ein Urteil zu erwarten haben? Sagen Sie mir das!«

»Sie haben Recht«, erwiderte Dillon. »Die Kassette würde ihn zwar in ein schlechtes Licht setzen, aber für eine Strafe, wie er sie verdient, reicht das bei weitem nicht.«

»Zumal ich über die ganzen Hintergründe schweigen müsste, da alles, was mit den Rashids und dem Präsidenten zu tun hat, der Geheimhaltung unterliegt.«

»Dann kommen Dauncey und Rashid also ungestraft davon?«, fragte Hannah.

»Das habe ich nicht gesagt. Notfalls würde ich nicht zögern, Rupert Dauncey persönlich umzubringen. Aber ich habe etwas anderes vor. Ich fahre in die South Audley Street, um es den beiden ins Gesicht zu sagen. Dillon, kommen Sie mit?«

»Ich bin dabei.«

Ferguson seufzte und stand auf. »Dann komme ich wohl vorsichtshalber ebenfalls mit, sozusagen als die Stimme der Vernunft. Aber Sie bleiben besser hier, Superintendent. Ich habe so eine Ahnung, als ob das klüger wäre, Geheimhaltungspflicht hin oder her.«

Luke setzte sie vor dem Haus der Rashids ab, wo ihnen eine Angestellte in einem schwarzen Kleid mit weißer Schürze die Tür öffnete.

»Ist die Countess zu Hause?«, fragte Ferguson.

»Ja, Sir.«

»Richten Sie ihr freundlicherweise aus, General Ferguson, Senator Quinn und Mr. Dillon hätten gern ein Wort mit ihr gesprochen.«

Sie warteten in der Eingangshalle, während das Mädchen nach oben ging. Kurz darauf rief sie von der Treppe her: »Bitte kommen Sie herauf, meine Herren.«

Sie wurden ins Wohnzimmer geführt, wo Kate Rashid am Kamin saß. Dauncey stand hinter ihr.

»Na, so etwas«, lächelte sie. »Wen haben wir denn da? Die drei Musketiere? Alle für einen und einer für alle?«

»Das ist nicht komisch, Kate«, sagte Dillon. »Und ich glaube, du wirst die Sache auch nicht mehr komisch finden, wenn du hörst, um was es geht.«

»Das wäre?«

Quinn hielt den Kugelschreiber hoch. »Den hier haben wir in Oxford gefunden. Er gehörte Alan Grant. Sie wissen, wer das ist, also tun Sie gar nicht erst so, als hätten Sie den Namen noch nie gehört.«

»Natürlich wissen wir, wer das ist. Seien Sie bitte nicht melodramatisch, Senator.«

»Aber Sie wissen nicht, dass dieser Kugelschreiber in Wirklichkeit ein Aufnahmegerät ist. Und Alan Grant hat es eingeschaltet, als Ihr Cousin ihn bedrohte.«

Kate Rashid schien etwas verblüfft, aber sie fing sich rasch wieder. »Unsinn. Woher sollte jemand wie er ein solches Gerät haben?«

»Sein Bruder arbeitet als Sicherheitsexperte«, erwiderte Dillon. »Er hatte es ihm geschenkt.«

Quinn nahm die Kassette aus seiner Tasche. »Wir haben uns die Freiheit genommen, eine Kopie anzufertigen, was die Qualität verbessert hat, wie Sie hören werden.«

In der Ecke stand eine Stereoanlage. Er schob das Band

in den Recorder und schaltete ihn ein. Kurz darauf ertönte Rupert Daunceys Stimme …

»Ja, Kate«, meinte Dillon danach, »du kannst es drehen und wenden, wie du willst, es sieht schlecht für dich aus. Und für Sie, Dauncey, erst recht.«

»Eine Gefängnisstrafe ist Ihnen sicher«, sagte Ferguson.

Erstaunlicherweise blieb Rupert völlig ruhig und zündete sich mit ungerührter Miene eine Zigarette an. »Tun Sie, was Sie wollen. Sie werden nicht viel erreichen. Das ist Ihnen doch klar, Ferguson, nicht wahr?«

»Nein, Sie sehen das falsch«, entgegnete Quinn. »Sie denken, Sie würden bestenfalls irgendeine lächerliche Strafe kriegen, von der Sie sowieso nur die Hälfte absitzen müssten. Und Sie haben Recht. Wert ist diese Aufnahme gar nichts. Aber sie hat mir verraten, wer für den Tod meiner Tochter verantwortlich ist.«

Er warf den Kugelschreiber und die Kassette ins Feuer.

»Um Gottes willen!«, rief Ferguson, als das Band in Flammen aufging und der Kugelschreiber schmolz. Selbst Dillon sah überrascht aus.

»Ich fliege morgen früh mit der Asche meiner Tochter nach Boston«, fuhr Quinn fort. »Wenn Sie beigesetzt worden ist, komme ich zurück. Dann fange ich an.«

»Was soll das heißen?«, fragte Kate Rashid.

»Countess, ich erkläre Ihnen und Ihrem Unternehmen hiermit den Krieg. Ich beabsichtige, Sie zu ruinieren. Und das werde ich auch, selbst wenn es das Letzte ist, was ich tue. Und Sie, Mr. Dauncey, Sie sind schon jetzt ein toter Mann.«

Damit wandte er sich um und ging.

»Ziemlich pathetisch«, sagte Kate Rashid, nachdem sie wieder allein waren, »auch wenn man diesen Auftritt fast schon bewundern muss. Glaubst du, dass das tatsächlich die einzige Kopie war?«

»Da bin ich mir hundertprozentig sicher.« Rupert zündete sich eine weitere Zigarette an. »Ich lasse sein Haus beobachten, damit wir wissen, wann er zurückkommt.«

»Und dann?«

»Dann kümmere ich mich um diese leidige Sache.« Er lächelte. »Das Letzte, was er tun will, wird er früher tun, als er erwartet. Und was ist mit dir und dieser Bombengeschichte, die du planst?«

»Colum McGee hat sich bislang noch nicht gemeldet. Sobald er ein Treffen mit Barry Keenan arrangiert hat, fliege ich nach Belfast.«

»Erfahre ich auch, warum?«

»Natürlich. Nur jetzt noch nicht. Also noch ein wenig Geduld, Darling.« Sie schien ihre gute Laune wiedergewonnen zu haben.

»Und was möchtest du gern tun, während wir warten?«

»Ach, wir sollten uns ein wenig Spaß gönnen. Ich dachte daran, nach Dauncey Place zu fahren. Dort gibt es einen privaten Flugplatz, wo ich eine kleine Maschine stehen habe, eine Black Eagle. Wir könnten hinüber zur Isle of Wight und ein Picknick machen.«

»Aber was ist mit Ferguson und seiner Truppe?«

»Mein lieber Rupert, genau das ist der Punkt. Sie werden niemals glauben, dass wir einfach zu einem Picknick dorthin fliegen. Es wird sie verrückt machen!«

Auf Fergusons Vorschlag fuhr Luke sie zum Dorchester, um dort einen Drink zu nehmen.

»Champagner scheint mir in dieser Situation kaum das Richtige«, meinte Ferguson.

»Nein, aber ein Brandy«, erwiderte Quinn. Seine rechte Hand zitterte ein wenig, als er einem Kellner winkte. »Ich muss von jetzt an lernen, mich besser zu beherrschen.«

»Ich fand, Sie haben sich bemerkenswert gut gehalten. Aber, mit Verlaub, Sie dürfen nicht mehr so impulsiv handeln, Senator. Vor dem Tod Ihrer Tochter hatten wir nichts Konkretes, um juristisch gegen Kate Rashid und ihr Unternehmen vorzugehen. Diese Aufnahme wäre ein Ansatzpunkt gewesen. Leider haben Sie nun das Band vernichtet, womit wir wieder da sind, wo wir waren.«

»Es war meine Entscheidung.« Quinn kippte seinen Brandy.

»Aber eine unkluge, wenn Sie möchten, dass sie bestraft werden.«

»Nein, General. Das sehen Sie falsch, denn dadurch stehen mir nun alle Optionen offen. Und ich möchte sehr wohl, dass sie bestraft werden.«

»In diesem Fall«, sagte Dillon, »können Sie auf mich zählen.«

»Dillon, ich muss Sie daran erinnern, für wen Sie arbeiten.«

»Das könnte sich rasch ändern, General«, entgegnete Dillon unbekümmert.

Ferguson musterte ihn mit einem eindringlichen Blick. »Das täte mir sehr Leid. Vor allen Dingen mache ich mir jedoch Sorgen um Sie, Senator.«

»Das weiß ich.« Quinn stand auf. »Ich muss leider weiter. Ich habe noch etliches zu erledigen.«

»Sie müssen mit Blake Johnson sprechen. Der Präsident hat berechtigtes Interesse an dieser Sache«, erinnerte Ferguson ihn.

»Ja, aber wenn Sie mir einen Gefallen tun würden, General, setzen Sie Blake über alles ins Bild.« Er lächelte Dillon zu. »Danke, Sean. Und auf Wiedersehen.«

»Hinter seinem ruhigen Äußeren brennt er vor Wut«, sagte Ferguson bedrückt. »Das ist nicht gut.«

»Das ist es nie«, nickte Dillon.

London

Boston

Washington

London

12

Am folgenden Morgen verließ Kate Rashid in Begleitung ihres Cousins das Haus und fuhr in einem kastanienbraunen Bentley davon. Dillon stand ein Stück entfernt am Straßenrand. Er trug einen Helm, schwarze Lederkleidung und tat, als behebe er eine Panne an seinem Suzuki-Motorrad.

Ohne Ferguson und Hannah darüber zu informieren, hatte er beschlossen, Kate im Auge zu behalten. Es war ein schöner heller Morgen mit viel Verkehr, und der Bentley war auffällig genug, deshalb konnte er etwas zurückbleiben. Zuerst fuhren sie über die Autobahn bis Hampshire, danach ging es über Landstraßen weiter, wo er etwas mehr aufpassen musste, um nicht entdeckt zu werden.

Zu seiner Überraschung nahm der Bentley nicht die Abzweigung nach Dauncey Place, sondern bog nach links ab. Dillon folgte ihnen und entdeckte ein Schild mit der Aufschrift »Aero-Club Dauncey«.

Vermutlich war dort im Zweiten Weltkrieg von der Luftwaffe ein Flugplatz angelegt worden, der nun von Sportfliegern genutzt wurde. Er sah ein Zentralgebäude, einen Kontrolltower und ungefähr dreißig Flugzeuge, die am Rand der beiden Rollbahnen standen, wo auch einige Autos parkten, darunter der Bentley.

Dillon zog sein Fernglas heraus. Mit Flugzeugen kannte

er sich aus und konnte fast jedes fliegen, wie Ferguson oft stolz erzählte.

Eine hübsche Black Eagle fuhr am Rand der nächstgelegenen Rollbahn entlang. Ganz in seiner Nähe kam sie zum stehen, und ein Mann in einem weißen Overall kletterte heraus. Rupert Dauncey und Kate Rashid kamen aus dem Hauptgebäude und wechselten einige Worte mit ihm, dann stiegen sie in die Maschine, die zum Ende der Startbahn rollte, wendete und abhob.

Dillon ging näher. »Eine wirkliche Schönheit, diese Eagle«, sagte er fröhlich. »Ist heutzutage ein richtiges Liebhaberstück.«

»Gehört der Countess of Loch Dhu«, erwiderte der Mann im weißen Overall. »Fliegt sie selbst, und sie versteht's.«

»Wohin ging's denn heute?« Dillon bot ihm eine Zigarette an.

»Sie macht sich gern mal einen schönen Tag in Frankreich, aber heute will sie auf die Isle of Wight. Zuerst allerdings bei sich zu Hause vorbei, Dauncey Place. Dort hat sie eine Landebahn.«

»Ist das denn legal?«

»Wenn einem die halbe Grafschaft gehört, schon.« Der Mann lachte. »Hier gibt's ein Café, wenn Sie was trinken wollen.«

»Nein danke, ich muss wieder weiter.«

Dillon stieg auf die Suzuki und fuhr in Gedanken versunken zurück nach London.

Sein nächster Halt war vor dem Dark Man in Wapping. Harry Salter, Billy, Baxter und Hall aßen gerade Sheperd's Pie und tranken ein Bier dazu.

Salter schaute stirnrunzelnd auf. »Herrgott, du bist das«,

lachte er, als Dillon seinen Helm abnahm. »Hab mich schon gewundert, wer hier so reinspaziert. Was soll die Verkleidung?«

»Ich hab eine kleine Spritztour aufs Land gemacht – in die Nähe von Dauncey.«

Harrys Lächeln verschwand. »Probleme?«

»Das könnte man sagen.«

»Dann trinkst du besser erst mal einen.« Er nickte Billy zu, der hinter die Theke ging und mit einer halben Flasche Bollinger und einem Glas zurückkam.

Dillon entkorkte sie und schenkte ein. »Was meinst du, Billy? Sechs Meilen von ihrem Haus entfernt gibt es einen Flugclub, und sie ist mit einer Black Eagle weggeflogen, ähnlich wie die Kiste, die Carver hatte, als wir beide damals in Hazar waren.«

»Sie fliegt selbst?«

»Das war mir auch neu – ich hatte keine Ahnung, dass sie den Pilotenschein hat.«

»Ja, man lernt jeden Tag was dazu«, sagte Harry. »Aber um uns das zu erzählen, bist du doch nicht hergekommen, oder?«

»Nein, ganz recht.« Und er berichtete ihnen die ganze Geschichte über Daniel Quinn, seine Tochter und Alan Grant.

Als er fertig war, herrschte für einen Moment Schweigen. »Was für ein Schwein«, sagte Billy.

»Das ist noch eine höfliche Beschreibung«, schnaubte Harry. »Ich wusste vom ersten Moment an, dass der Kerl nicht sauber ist. Was passiert jetzt?«

»Quinn kommt in ein paar Tagen zurück. Dann werden wir sehen.«

»Er war verrückt, diesen Kugelschreiber und das Band

zu vernichten. Dauncey wäre für das, was er getan hat, in den Knast gewandert.«

»Und für wie lange?«, meinte Billy. »Nein, Quinn hatte Recht. Er will mehr, als das Gesetz ihm geben kann, und das kann ich nur zu gut verstehen.«

»Du wirst ihm also helfen, wenn er zurückkommt?«, fragte Harry.

»Und ob.«

»Was sagt der General?«

»Ist nicht gerade begeistert.«

»Wovon zur Hölle reden wir hier?«, rief Billy. »Kate Rashid hat uns alle zum Tode verurteilt, oder? Und das gilt auch für Ferguson. Ich finde, wir sollten diese Sache gemeinsam anpacken.«

»Das denke ich auch.« Harry streckte die Hand aus. »Auf uns kannst du zählen, Dillon, was immer Ferguson sagt.«

Ehe er London verließ, hatte Daniel Quinn seinen alten Vietnamkameraden Tom Jackson in Boston angerufen, der von den Neuigkeiten zutiefst schockiert war. Quinn berichtete ihm jedoch keine Einzelheiten darüber, was wirklich geschehen war. Das erschien ihm unnötig.

»Kann ich irgendwas für Sie tun?«, fragte Jackson.

»Ja. Ich bringe Helens Asche mit. Könnten Sie sich mit Monsignore Walsh in Verbindung setzen? Ich würde sie gern morgen beisetzen lassen, und ich will kein großes Aufheben.«

»Natürlich.«

»Ich möchte möglichst verhindern, dass die Zeitungen Wind davon bekommen und die Vermutung, dass Drogen bei ihrem Tod im Spiel gewesen sind, unnötig aufbauschen.«

»Verstehe.«

»Deshalb informiere ich meine Verwandtschaft auch nicht. Ich hätte aber gern, dass Sie dabei sind, Tom. Allerdings will ich ganz offen sein. Es ist hauptsächlich, weil ich Sie vielleicht als Anwalt brauche.«

»Ich stehe zu Ihrer Verfügung.«

»Rufen Sie Blake Johnson im Weißen Haus an. Informieren Sie ihn über alles. Er hat meine Erlaubnis, dem Präsidenten davon zu berichten.«

»Daniel«, fragte Tom Jackson, der als gerissener und kluger Anwalt einen entsprechenden Riecher entwickelt hatte, »da steckt doch noch mehr dahinter?«

»Eines Tages erzähle ich es Ihnen, alter Kamerad.«

Am folgenden Nachmittag saß Quinn in der Kirche des Lavery Cemetery, wo die Familie ein Mausoleum hatte. Monsignore Walsh, der seit unzähligen Jahren ihr Priester war und Helen getauft hatte, hielt den Gottesdienst, zusammen mit einem jüngeren Priester, einem Pater Doyle. Zwei Angestellte des Friedhofs warteten im Hintergrund.

Monsignore Walsh tat sein Bestes unter den traurigen Umständen. In gewisser Weise war es so ähnlich wie in dem Krematorium in London, und Quinn lauschte gedankenverloren den altvertrauten Worten. *Ich bin die Auferstehung und das Leben, spricht der Herr.*

Aber es ist nicht wahr, dachte er. Es gibt keine Auferstehung, nur Tod.

Hinter ihm öffnete sich die Kirchentür und fiel wieder ins Schloss, Schritte kamen den Gang entlang, und eine Hand berührte seine Schulter. Er schaute auf und sah Blake Johnson, der ihm flüchtig zulächelte und sich in die Bank auf der anderen Seite des Gangs setzte.

Sie standen zum Vaterunser auf, und Walsh besprengte

die Urne mit der Asche. Von einem Tonband kam gedämpfte Orgelmusik. Der junge Pater nickte Quinn zu, der nach vorn ging und die Urne in Empfang nahm.

Wie immer begann es zu regnen, als sie nach draußen kamen. Die beiden Angestellten verteilten Schirme und gingen voraus, dann folgten die Priester und Quinn mit der Asche, Tom Jackson und Blake Johnson bildeten den Schluss.

Vorbei an Lebensbäumen, Kiefern und Engelsstatuen zog die kleine Prozession über den alten Friedhof, dessen Grabmäler mit ihren Inschriften einen unerschütterlichen Glauben an ein Leben im Jenseits verkündeten.

Vor einem großen Mausoleum mit Säulen blieben sie stehen. Einer der Friedhofsangestellten zog einen Schlüssel heraus und öffnete die schwere Bronzetür, die von Engeln flankiert wurde.

Quinn wandte sich an die beiden Priester. »Wenn es Ihnen recht ist, möchte ich das gern allein machen.«

Im Innern standen mehrere schwere Särge: Seine Mutter und sein Vater, seine Frau und drei andere Mitglieder seiner weitläufigen Familie waren bereits hier beigesetzt. Unter eine Nische in der Wand hatte man Blumen gestellt. Die Urne mit Helens Asche passte genau hinein. Später würde ihr Name in den Granit darunter gemeißelt und mit Blattgold ausgelegt werden.

Einen Moment verharrte er schweigend, aber er betete nicht, das erschien ihm sinnlos. »Auf Wiedersehen, Liebes«, sagte er schließlich leise und ging hinaus.

Einer der Angestellten verschloss die Tür. »Daniel«, bat Monsignore Walsh, »kapseln Sie sich nicht von der Welt ab, kapseln Sie sich nicht von Gott ab. Es liegt in allem ein Sinn.«

»Nun, Sie werden mir verzeihen, wenn ich das heute Morgen nicht glauben kann, aber ich danke Ihnen, dass Sie gekommen sind. Helen hat Sie immer sehr gern gehabt. Entschuldigen Sie.« Gefolgt von Jackson und Blake ging er davon.

Auf dem Parkplatz blieb er stehen. »Tut mir Leid, Blake, das ist nicht gerade mein bester Tag. Ich bin Ihnen dankbar, dass Sie gekommen sind.«

»Der Präsident wäre gern persönlich gekommen, Daniel, aber dadurch wäre die Sache ein Riesenzirkus geworden, und er wusste, dass Ihnen daran sicher nichts liegt.«

»Sagen Sie ihm meinen Dank für seine Rücksichtnahme.«

»Fliegen Sie wieder nach London?«

»So bald wie möglich.«

»Der Präsident möchte Sie sprechen.«

»Warum?«

»General Ferguson hat uns angerufen. Er ist besorgt, wir alle machen uns Sorgen. Es tut mir Leid, Sie daran erinnern zu müssen, dass Sie dem Präsidenten durch seine persönliche Vollmacht verpflichtet sind. Sie können nicht Nein sagen.«

»Eine Vollmacht des Präsidenten – so was gibt es wirklich?«, fragte Tom Jackson. »Ich dachte, das sei nur ein Ammenmärchen.«

»Nein, das ist es nicht«, entgegnete Blake.

»Okay«, nickte Quinn. »Ich fahre nach Hause, packe ein paar Sachen für die Reise und treffe Sie dann am Flughafen. Sie können Tom mitnehmen.«

»Um Gottes willen, was geht denn hier vor sich?«, fragte Jackson.

Quinn schaute zu Blake. »Hat Ferguson Sie über alles informiert?«

»Ja.«

»Gut. Dann können Sie es Tom auf dem Rückweg erzählen. Wie schon gesagt, wir treffen uns dann am Flughafen.«

Blake war mit einer Gulfstream des Präsidenten gekommen. Quinn gab seinen Piloten die Anweisung, ihm nach Washington zu folgen und einen Flug nach London anzumelden. Jackson wartete auf ihn, um sich von ihm zu verabschieden.

»Daniel, wenn Sie den Dreckskerl umlegen wollen, lassen Sie mich das machen. Er ist es nicht wert, dass Sie sich seinetwegen ruinieren.«

»Das ist meine Angelegenheit, Tom. Machen Sie sich keine Sorgen um mich. Ich schmeiße Sie übrigens aus der Rechtsabteilung.«

Jackson reagierte völlig entgeistert. »Aber Daniel, was habe ich getan?«

»Nur beste Arbeit bei allem, was Sie in die Hand genommen haben. Bert Hanley hat mit mir gesprochen. Sein Herz wird immer schlimmer. Die Ärzte wollen, dass er aufhört. Also, Sie sind mit sofortiger Wirkung Präsident. Ich werde weiterhin Vorstandsvorsitzender bleiben, aber Sie machen das bestimmt auch ganz gut ohne mich.« Er umarmte Jackson. »Gott schütze Sie, Tom. Ich habe eine Pflicht zu erfüllen.« Er lächelte traurig. »Mal wieder Bo Din.«

»Nein, Daniel«, rief Tom Jackson, aber Quinn ging bereits durch die Sicherheitskontrollen.

Später im Flugzeug meinte Blake: »Er vergöttert Sie regelrecht.«

»Er ist ein toller Bursche, und ich würde für ihn durch

die Hölle gehen, aber was ich tun muss, muss ich allein tun.« Quinn lehnte sich in seinen Sitz zurück und schloss die Augen.

Clancy Smith führte sie ins Oval Office. Cazalet saß in Hemdsärmeln am Schreibtisch, trug seine Lesebrille und unterschrieb einen Brief nach dem anderen. Er stand auf und kam ihnen entgegen.

»Daniel. Schön, Sie zu sehen, wenn nur die Umstände …«

»Mr. President, nehmen wir es, wie es ist, und machen wie gewöhnlich weiter. Was kann ich für Sie tun?«

»Setzen wir uns. General Ferguson hat uns angerufen. Ich bin wirklich schockiert über das, was Rupert Dauncey getan hat.«

»Es war kein geplanter Mord, um mich zu treffen, das ist Ihnen sicher klar. Dauncey wollte nur, dass Helen auf dieser Demonstration unter Drogen stand, in der Hoffnung, sie würde verhaftet werden, um mich persönlich zu treffen und Ihnen politisch zu schaden.«

»Und die ganze Sache ging tragisch schief«, nickte Blake.

»Ferguson hat uns erklärt, warum Sie die Aufnahme zerstört haben«, meinte Cazalet. »Aber ich muss ehrlicherweise sagen, dass ich doch darüber bestürzt bin. Sie hätten Dauncey vor Gericht bringen können.«

»Er wäre mit einer kaum nennenswerten Strafe davongekommen, Mr. President, und das genügt mir nicht. Auch wenn er meine Tochter nicht ermordet hat, ist er und nicht dieser unglückliche junge Mann für ihren Tod verantwortlich. Dafür soll er bezahlen.«

»Aber im Rahmen von Recht und Gesetz, Daniel.«

»Damit kann man dem Rashid-Imperium nicht beikommen. Und außerdem – was ist, wenn die Gesetze nicht greifen? Steht mir keine Gerechtigkeit zu?«

»Gerechtigkeit hat nichts mit Rache zu tun«, entgegnete der Präsident. »Wir alle müssen uns an Gesetze halten, sie sind die Rahmenbedingungen unseres Lebens. Ohne sie würde Chaos herrschen.«

»Genau auf diese Einstellung bauen ja solche Mistkerle. Ich bin es leid, Mr. President, und vielen anderen Menschen geht es genauso. Alle sind es leid, dass die schlimmsten Verbrecher immer wieder ungestraft davonkommen.«

»Was ich gesagt habe, gilt trotzdem.«

»Dann unterscheiden sich in dieser Sache eben unsere Ansichten.« Quinn stand auf.

»Wenn Sie entschlossen sind, diesen Weg zu gehen, Daniel, sind Sie auf sich allein gestellt. Das ist Ihnen doch klar, oder?«

»Ich hatte eigentlich etwas anderes erwartet.«

»Dann muss ich Ihnen sagen, dass Sie von nun an keinerlei offiziellen Status mehr in London haben. Die Botschaft wird Ihnen nicht länger irgendeine Form von Unterstützung anbieten.«

»Und ich bin nicht mehr durch Ihre Vollmacht gebunden?«

»Auch das, ja.«

»Kann ich jetzt gehen? Mein Flugzeug wartet auf mich.«

»Ein Letztes noch: General Ferguson ist mit mir einer Meinung. Er und seine Leute werden sich aus dieser Sache heraushalten. Das bedeutet, Sie können nicht auf Sean Dillons Hilfe zählen.«

»Mr. Dillon hat etwas anderes angedeutet, und er scheint mir ein Mann zu sein, der seine eigenen Wege geht.«

»Das bedauere ich zu hören. Auf Wiedersehen, Senator.«

Blake führte Quinn hinaus. »Ich hoffe, Sie wissen, was Sie tun.«

»Ich war mir noch nie so sicher.«

Blake kehrte ins Oval Office zurück, wo Cazalet wieder hinter dem Schreibtisch saß. »Glauben Sie, ich habe Unrecht gehabt?«

»Nein, Sir, das nicht. Aber mit einem hat er Recht. Niemand wird Kate Rashid und ihre Organisation zerschlagen, indem er sich treu und brav an Gesetze hält. Das ist so eine Geschichte, die nach den Dillons dieser Welt verlangt.«

»Aber Daniel Quinn ist kein Dillon. Er hat weder die nötige Verschlagenheit noch die Härte.«

»Vielleicht zeigt sich, dass er rasch alles Nötige lernt, Mr. President.«

Rupert Dauncey erhielt am Abend einen Anruf von den Männern, die in seinem Auftrag Daniel Quinns Haus in London bewachten. Newton und Cook waren ehemalige Mitglieder des SAS und saßen in einem Kleinbus, der als Fahrzeug der British Telecom getarnt war.

»Er ist wieder da, Sir«, meldete Cook.

»Wann ist er angekommen?«

»Vor einer Stunde. Ich habe schon mal angerufen, aber Sie waren nicht da.«

»Ich war joggen«, erwiderte Dauncey.

»Nun, ich dachte, Sie würden gern wissen, dass sein Chauffeur eben rausgekommen ist und neben dem Mercedes steht. Ich würde sagen, Quinn will irgendwo hin.«

»Ich bin in drei Minuten da.« Dauncey legte auf und verließ die Wohnung. Einen Moment später fuhr er in Kates Porsche aus der Garage. Als er sich der Ecke des Park Place näherte, bog der Mercedes aus der Einfahrt, und er rief über sein Handy Newton und Cook an.

»Ich hab ihn und bin dicht hinter ihm. Sie bleiben, wo Sie sind.«

Zu dieser späten Stunde herrschte nur wenig Verkehr. Quinn zündete sich eine Zigarette an und lehnte sich zurück. Er hatte Städte am Abend immer schon gemocht, besonders spätabends, wenn der Regen die verlassenen Straßen gesäubert hatte und man sich ganz allein fühlte.

Sie fuhren in Richtung Themse, am Tower von London und dem St. Katherine's Dock vorbei und kamen schließlich in die Wapping High Street, wo sie am Kloster St. Mary hielten. Vor einem Jahr war er zum letzten Mal hier gewesen, bei einer seiner Reisen im Auftrag des Präsidenten. Es war ein trutziges Gebäude aus grauem Stein mit einem großen alten Eichentor, das offen stand. Hinter den hohen Mauern sah man einen Glockenturm und das Dach einer Kapelle.

»Es dauert nicht lange«, sagte er zu Luke, stieg aus und überquerte die Straße.

Auf einem Schild stand: *Kloster St. Mary, Kleine Schwestern der Barmherzigkeit. Mutter Oberin: Schwester Sarah Palmer.*

»Wir schließen nie«, sagte Quinn leise und ging hinein. In einem Kämmerchen saß der Nachtpförtner, trank Tee und las den *Evening Standard*. Er schaute auf.

»Guten Abend.«

Auf einer Notiz an der Wand war zu lesen: *Die Kapelle ist für alle Besucher geöffnet.*

»Ist die Mutter Oberin da?«

»Ich habe sie vorhin in die Kapelle gehen sehen, Sir.«

»Danke.«

Rupert, der ein Stück hinter dem Mercedes geparkt hatte, war Quinn in einigem Abstand gefolgt. Kurz überflog er das Schild und trat ebenfalls ein.

Er entschied sich für die einfachste Methode. »Wohin ist mein Freund gegangen?«, fragte er den Pförtner.

»In die Kapelle, Sir, er hat nach der Mutter Oberin gesucht.«

»Danke.«

Rupert hörte Stimmen aus der offenen Kapellentür. Im Innern war es dunkel, nur einige Kerzen am Altar spendeten etwas Licht. Er stellte sich in den Schutz einer Säule und hatte keine Schwierigkeiten, jedes Wort zu hören.

Als Quinn in die Kapelle trat, blieb er stehen und schaute auf das Bild der Heiligen Jungfrau, das in der Dunkelheit im Licht der Kerzen zu schweben schien. Schwester Sarah Palmer lag auf den Knien und schrubbte den Boden, eine Aufgabe, die normalerweise von den Novizinnen erledigt wurde, aber in ihrem Fall als eine Übung in Demut gedacht war.

»Kerzen, Weihrauch und Weihwasser«, sagte er leise. »Als Nächstes bringen Sie mich noch dazu, dass ich das Kreuzzeichen mache.«

Sie hielt inne und schaute auf. »Ja, Daniel, was für eine Überraschung. Wo kommen Sie her?«

»Kosovo.«

»War es schlimm?«

»Zu viele Leichen auf den Straßen.«

Sie legte die Bürste zur Seite und wischte den Boden mit einem Tuch trocken. »So schlimm wie Bo Din?«

»Anders, aber auf seine Art genauso schlimm.«

Schwester Sarah musterte ihn fragend. »Was ist los, Daniel?«

»Helen ist tot.«

»Großer Gott.« Sie stand auf, als er in eine Bank sank, und setzte sich zu ihm. »Was ist passiert?«

Er erzählte ihr alles.

»Gott hat Ihnen eine schwere Prüfung auferlegt, Daniel. Was geschehen ist, ist schrecklich, aber Sie dürfen sich davon nicht zerbrechen lassen.«

»Und wie soll ich das anfangen?«

»Indem Sie Zuflucht im Gebet suchen und um Gottes Hilfe bitten …«

»Anstatt Rache zu suchen?« Quinn schüttelte den Kopf. »Dabei ist das alles, was ich im Sinn habe. Es ist seltsam, aber ich habe entdeckt, dass man Trost darin finden kann, andere leiden zu lassen. Indem ich Rupert Dauncey erst einmal laufen lasse, verlängere ich sein Leiden und vergrößere seine Bestrafung.«

»Solche Gedanken werden Sie zerstören.«

»Wenn das der Preis ist, zahle ich ihn eben.« Er stand auf.

»Warum sind Sie hergekommen, Daniel? Sie wussten, dass ich Ihre Absichten nicht gutheißen kann.«

»Ja, aber es war mir wichtig, dass Sie die Tatsachen von mir hören, um vielleicht mein künftiges Verhalten zu verstehen.«

»Und was erwarten Sie – einen Segen?«

»Das käme nicht ungelegen.«

Auch wenn es das Schwerste war, was sie je in ihrem Leben getan hatte, schaute sie ihn mit blitzenden Augen an. »Zieh hin, christliche Seele, aus dieser Welt«, sagte sie mit harter Stimme und wirkte für einen Moment wieder wie die junge Nonne von Bo Din, »im Namen Gottes, des allmächtigen Vaters, der dich erschaffen hat.«

»Sehr passend«, lächelte Quinn. »Auf Wiedersehen, und Gott segne Sie, Sarah.« Damit wandte er sich um und ging.

Voller Verzweiflung sank sie auf die Knie und begann zu beten. Plötzlich spürte sie eine Bewegung in der Nähe. Sie wandte sich um und sah einen blonden Mann, der neben ihr kauerte. Das schöne Gesicht war das Antlitz des Teufels, das wusste sie sofort.

»Keine Angst, Schwester, ich tue Ihnen nichts. Ich bin ihm hierher gefolgt und habe natürlich Ihren Namen an der Tür gelesen. Ich weiß, wer Sie sind – die bemerkenswerte junge Nonne von Bo Din.«

»Und wer sind Sie?«

»Vieles – ein schlechter Katholik, unter anderem. Keine Sorge, ich würde Ihnen nie etwas tun. Das würde Gott mir niemals vergeben.«

»Sie sind verrückt.«

»Möglich. Ich bin außerdem der Mann, dem Quinn die Schuld am Tod seiner Tochter gibt.«

»Rupert Dauncey«, flüsterte sie.

»Ganz recht.« Er stand auf. »Mir gefiel Ihr Segen. Ein Gebet für die Sterbenden. Das könnte durchaus angebracht gewesen sein.« Er lächelte. »Vergessen Sie nicht, ihn anzurufen und ihm zu sagen, dass ich hier war.«

Seine Schritte verhallten, und sie setzte sich in die Bank. Noch nie hatte sie solche Angst empfunden.

Newton und Clark sahen den Mercedes in den Hof fahren. Quinn und Luke stiegen aus. »Ich brauche Sie morgen früh nicht gleich, Luke«, sagte Quinn. »Gegen halb acht gehe ich in den Hyde Park joggen. Richten Sie Mary aus, Frühstück um neun.«

Die beiden Männer auf der anderen Straßenseite hörten

jedes Wort, und Cook rief Dauncey an, der gerade heimgekommen war.

»Sehr gut«, sagte Rupert. »Seien Sie rechtzeitig zur Stelle. Wenn er das Haus verlässt, folgen Sie ihm in den Park.«

»Und dann?«

»Tun Sie, was Sie zu tun haben.«

Er ging nicht zu seiner Cousine, um ihr zu berichten, was geschehen war. Die Sache mit Schwester Sarah Palmer war zu persönlich, und Kate würde ihn nie verstehen. Er schenkte sich einen Jack Daniels ein, nahm die Abendzeitung und begann zu lesen. Einen Moment später läutete das Telefon.

»Hier Quinn. Schwester Sarah Palmer hat mich gerade angerufen. Ich schwöre bei Gott, wenn Sie ihr etwas …«

»Seien Sie nicht albern, Senator. Eine so wundervolle Frau wie sie wäre der letzte Mensch auf der Welt, dem ich etwas tun würde. Also gute Nacht und schlafen Sie wohl.«

Quinn legte den Hörer auf, und ihm wurde bewusst, dass er Dauncey tatsächlich glaubte, obwohl er wirklich nicht wusste, warum. Er überlegte einige Zeit, dann rief er aus einem Impuls heraus Sean Dillon an und berichtete ihm, was geschehen war.

»Ich habe ihm geglaubt, als er gesagt hat, er würde ihr nichts tun. Ich weiß nicht, warum, aber ich habe ihm geglaubt.«

»Gut, aber das Entscheidendste ist, dass er Ihnen zu diesem Kloster gefolgt ist, offenbar von Ihrem Haus aus. Sieht so aus, als lasse er Sie beobachten. Irgendwas Ungewöhnliches auf der Straße?«

»Warten Sie mal kurz.« Quinn ging zum Fenster und spähte hinaus. »Da ist ein Bus von der British Telecom.«

»Ja, Telecom, von wegen.«

»Danke für den Tipp.«

»Wie war es in Boston?«

»So wie ich erwartet hatte. Die Enttäuschung kam dann allerdings in Washington.« Er erzählte ihm von seinem Gespräch mit dem Präsidenten. »Und er hat mir deutlich gesagt, dass Ferguson mit ihm einer Meinung ist.«

»Nun, das werden wir dann schon sehen. Ich bin mein eigener Herr, das bin ich immer gewesen. Wir treffen uns morgen früh und besprechen alles.«

»Ich will um halb acht im Hyde Park joggen. Frühstücken Sie doch um neun mit mir.«

»Abgemacht.«

Dillon schaute auf die Uhr, als er am nächsten Morgen aufwachte. Es war noch früh genug, um Quinn beim Joggen Gesellschaft zu leisten. Er zog seinen Jogginganzug an, ging nach unten, nahm seinen Helm, öffnete die Garage und fuhr auf seiner Suzuki davon. Unterwegs dachte er an den Bus der Telecom, den Quinn erwähnt hatte, und überlegte, was am besten zu tun sei. Vielleicht wäre ein anonymer Anruf bei der Polizei das Einfachste.

Er bog vom Grosvenor Square in die South Audley Street ein, fuhr weiter in Richtung Park Place und sah Quinn die Straße überqueren. Einen Moment später erschienen Cook und Newton, ebenfalls in Jogginganzügen, und folgten ihm. Dillon fluchte, bog in Quinns Hof und stellte die Suzuki ab. In der rechten Satteltasche lag unter einem doppelten Boden seine Walther. Er steckte sie ein und lief los.

Quinn überquerte die Park Lane durch die Unterführung, trabte auf der anderen Seite die Stufen hinauf und weiter in den Hyde Park, gefolgt von Newton und Cook, doch Dillon machte Tempo und war nur ein kurzes Stück dahinter.

Es war ein nebliger Morgen, und es nieselte ein wenig. Ein halbes Dutzend Soldaten der Household Cavalry, die ihre Pferde bewegten, ritten gemächlich vorbei. Quinn lief über das Gras auf die Bäume zu, wo der Nebel etwas dichter war. Nirgends war ein Mensch zu sehen.

Plötzlich hörte er rasche Schritte, doch ehe er sich umschauen konnte, hatte Newton ihn bereits angerempelt, was ihn ins Stolpern geraten ließ. Er fiel auf die Knie, und Cook verpasste ihm einen Tritt gegen die Brust. Quinn rollte sich geschickt ab und schaffte es, aufzuspringen. Alles, was er einmal gelernt hatte, war von einer Sekunde auf die andere wieder da. Er blockte Cooks Schläge ab, packte ihn und schleuderte ihn zu Boden. Newton schlang von hinten einen Arm um seinen Hals. Quinn ließ sich auf die Knie sinken und brachte Newton mit einem Kopfwurf zu Fall.

Beide waren rasch wieder auf den Füßen. »Okay, Kumpel«, schnaubte Cook. »Jetzt bist du fällig.«

Ein Schuss ertönte, und Dillon kam mit der Walther in der Hand näher. »Das glaube ich eher nicht. Wer hat euch dazu angestiftet? Dauncey?«

»Verpiss dich«, zischte Cook.

Dillon trat ihm zwischen die Beine, sodass er in die Knie ging, packte Newton am Kragen und hielt ihm die Walther ans linke Ohr.

»Du hast die Wahl. Entweder schieße ich dir das Ohr ab, oder du sagst mir, wer euch geschickt hat.«

»Okay, okay«, rief Newton voller Panik. »Es war Dauncey.«

»Na also, das war doch ganz leicht, was? Ich würde mich an deiner Stelle jetzt um deinen Freund kümmern, und danach könnt ihr dem Herrn ausrichten, dass Dillon hier war – obwohl ich nicht in eurer Haut stecken möchte, wenn er erfährt, dass ihr die Sache vermurkst habt.« Grinsend nickte er Quinn zu. »Verschwinden wir.«

Ungefähr zur gleichen Zeit, als Newton und Cook ihrem Auftraggeber die schlechten Neuigkeiten berichteten, waren Quinn und Dillon bei Ferguson, der auch Hannah angerufen hatte. Sie kam gerade rechtzeitig, um zu hören, was im Kloster und im Park geschehen war.

»Wir wissen also, woran wir sind«, schloss Dillon. »Krieg bis aufs Messer.«

»Das mag sein, wie es will«, erklärte Ferguson. »Aber wir können immer noch nichts beweisen. Dauncey wird jede Verbindung zu diesen Männern abstreiten.«

»Das schert mich nun wirklich gar nicht«, sagte Quinn. »Hier geht es nicht um juristische Spitzfindigkeiten, Charles. Es geht darum, was wir wissen und was wir deswegen unternehmen wollen.«

»Der Präsident hat mit mir gesprochen.« Ferguson zuckte mit den Schultern. »Sie sind in dieser Sache auf sich allein gestellt.«

»Nein, ist er nicht. Er hat mich«, erwiderte Dillon.

»Dann arbeiten Sie allerdings nicht mehr länger für mich«, entgegnete Ferguson ruhig. »Ich würde noch mal drüber nachdenken.«

»Das habe ich schon.« Dillon wandte sich an Quinn. »Kommen Sie, Senator.«

»Sind Sie wirklich sicher, Sir«, fragte Hannah, nachdem sie allein waren.

»Sicher bin ich mir nur, dass Dillon mit seiner üblichen Rücksichtslosigkeit vorgehen wird.«

»Und das ist Ihnen recht?«

Ferguson lächelte. »Sehr sogar.«

13

Beim Lunch erzählte Dauncey verärgert von den Vorfällen dieses Morgens.

Kate Rashid schüttelte den Kopf. »Das ist nun schon das dritte Mal, Rupert. Entweder ist Quinn ein echtes Glückskind, oder wir müssen noch mal ernsthaft über unsere Vorgehensweise nachdenken. Aber im Moment ist mir das eher egal. Quinn ist nur eine Nebensächlichkeit. Die Hauptsache beginnt erst.«

»Das heißt?«

»Ich habe von Barry Keenan gehört. Colum McGee hat ein Treffen für uns vereinbart.«

»Wo?«

»Drumcree, in drei Tagen. Wir fliegen am Donnerstag nach Belfast, wohnen im Europa und fahren am Freitagmorgen nach Drumcree. Wenn alles gut läuft, sollten wir am gleichen Abend zurückfliegen können.«

»Erzählst du mir denn nun endlich, was du vorhast?«

»Aber sicher, Darling.«

Zur gleichen Zeit läuteten Dillon und Quinn an Ropers Tür, der wie gewöhnlich an seinen Computern saß.

»Sean, ich wollte mich gerade bei dir melden. Kate Rashid und Dauncey fliegen am Donnerstagnachmittag nach Belfast. Sie wohnen im Europa und kommen am Freitagabend zurück.«

»Glauben Sie, da ist etwas im Busch?«, fragte Quinn.

»Keine Ahnung«, erwiderte Dillon. »Es könnte eine Geschäftsreise sein, aber das letzte Mal, als ich mit Kate Rashid in Irland war, hat sie die IRA angeheuert. Wir fliegen ebenfalls rüber und sehen mal, was sie so treibt. Vielleicht kann ich Ihnen dann auch gleich die Sehenswürdigkeiten Belfasts zeigen.«

»Darf ich vielleicht auch mal was sagen?«, fragte Roper.

»Nur zu.«

»Zufälligerweise weiß ich, wohin sie will. Ich bin ja nur ein einfacher Computerhacker, aber es schien mir logisch, dass sie irgendein Auto brauchen würde, wahrscheinlich einen Firmenwagen, und ich habe die entsprechenden Angaben in ihrer Datenbank gefunden: Ein Volvo mit einem Chauffeur namens Hennesy wird sie fahren.«

»Sehr clever von dir.«

»Ja, ich bin brillant. Ich habe mich an die Geschichte vom letzten Jahr erinnert, als sie Aidan Bell angeheuert hatte … und dass der Name Drumcree dabei eine wichtige Rolle spielte.«

»Herrgott, jetzt sag bloß nicht …«

»Doch, genau das. Hennesy holt sie und Dauncey am Freitagmorgen um halb zehn im Europa ab, und dann geht es zum Royal George in Drumcree. Ein komischer Name für einen Pub im Herzland der IRA.«

»Der hieß schon immer so. Ich stamme ja selbst aus der County Down, und die Leute dort haben eben Sinn für Geschichte. Sonst noch was?«

»Natürlich. Wie du dich erinnern wirst, war Drumcree Aidan Bells Revier, ehe du ihn und seine beiden Handlanger Tony Brosnan und Jack O'Hara getötet hast.«

»Um exakt zu sein, Aidan und Jack habe ich getötet, und Billy Salter hat Brosnan erschossen.«

»Wie auch immer, ich dachte jedenfalls, ich klinke mich mal in die Computer der Polizei von Ulster und der Army Intelligence in Lisbon ein, um mir die derzeitige Situation in Drumcree anzuschauen.«

»So was können Sie?«, fragte Quinn.

»Ich kann alles«, erklärte Roper lächelnd. »Selbst ins Weiße Haus käme ich rein.«

»Das interessiert uns jetzt nicht«, winkte Dillon ab. »Was ist mit Drumcree?«

»Nun, laut Polizeierkenntnissen hat dort jetzt ein Kerl namens Barry Keenan die Führung übernommen. Kennst du ihn?«

»Ist lange her. Aidan Bells Neffe.«

»Er hat zwei Gorillas namens Sean Casey und Frank Kelly. Aber sie sind nicht mehr bei der alten IRA, sondern bei der Real IRA.«

»Barry war immer ein erstklassiger Experte für Sprengstoffe und Bomben.« Dillon nickte. »Sie hat wieder was vor.«

»Aber was genau?«, fragte Quinn.

»Ich würde sagen, sie will Keenan anheuern, um was in die Luft zu jagen. Allerdings nicht einfach irgendeinen alten Kasten, sonst würde sie nicht gerade Keenan engagieren, den viele für den besten Bombenmacher der IRA halten.«

»Wie finden wir das Ziel heraus?«, fragte Quinn.

»Wenn sie es wieder so macht wie beim letzten Mal, wird sie sich mit ihm im Nebenzimmer des Royal George treffen. Wir müssten dort irgendwo ein Abhörgerät, vorzugsweise mit Recorder, anbringen.«

»Ob wir dazu die Zeit haben?«

»Sie müssten sich gegen elf treffen, sicher nicht früher. Wenn wir um halb acht aufbrechen, sind wir um neun dort. In diesem Pub gibt es übrigens echtes irisches Frühstück. Einer von uns kann dabei den Recorder im Nebenzimmer abstellen. Könntest du uns ein entsprechendes Gerät besorgen, Roper?«

»Ein Allerweltsding reicht da nicht. Wer weiß, wie lange sie miteinander reden. Zufälligerweise habe ich genau das Richtige für euch. Es verfügt über eine Kapazität von zwei Stunden.« Er hielt ein kleines silbernes Kästchen hoch, nicht größer als seine Handfläche.

»Hier ist die Fernbedienung.« Er griff nach einer schwarzen Plastikbox mit einem roten Knopf. »Wenn du sie in den Pub kommen siehst, drückst du einfach nur diesen Knopf.«

»Das reicht?«

»Hauptsache, wir kommen nachher an die Aufnahme heran«, sagte Quinn.

»Wir hoffen einfach mal drauf.« Dillon steckte den Recorder und die Fernbedienung ein.

»Da ist nur eins, Dillon«, meinte Roper. »Dein Gesicht ist der IRA ja nun nicht gerade unbekannt, schon gar nicht in Drumcree, wo du schon mal gewesen bist.«

»Stimmt, aber die Britische Armee kannte auch mein Gesicht und konnte mich in dreißig Jahren nicht ein einziges Mal in die Finger bekommen.« Er grinste Daniel Quinn zu. »Ich habe ein bisschen Theater gespielt, ehe ich dem Ruf der glorreichen Sache gefolgt bin. Einmal bin ich sogar als Stadtstreicherin die Falls Road runtergelaufen, und niemand hat irgendeinen Verdacht geschöpft. Ich kann mich ziemlich gut verkleiden.«

»Nehmt ihr die Gulfstream?«, fragte Roper.

»Nein, diesmal fliege ich selbst.«

Roper schaute ihn fragend an.

»Ich erklär es dir später, Kumpel. Gehen wir, Daniel.«

Als sie im Mercedes saßen, sagte Dillon: »In Brancaster in Kent kenne ich einen Aero-Club, wo wir eine hübsche Beechcraft bekommen.«

»Müssen wir mit Problemen rechnen?«

»Nein. Ich habe immer noch meinen Sonderausweis von Ferguson.«

»Vielleicht hat er ihn inzwischen für ungültig erklären lassen?«

»Machen Sie sich keine Gedanken um Ferguson. Er tut nur so, denn wenn er nicht in die Sache verwickelt ist, kann er einfach alles abstreiten. Ergebnisse will er dagegen immer noch.«

»Sind Sie sich da sicher?«

»Absolut. Und nun lassen Sie uns die Beechcraft buchen.«

Das Flugzeug war zwar frei, allerdings erhielten sie für den folgenden Tag erst um die Mittagszeit eine Startgenehmigung, was später war, als Dillon geplant hatte.

Dillon saß bei einem Bushmills zu Hause in seiner Küche und überlegte. Alles war jetzt in Bewegung, das konnte er regelrecht spüren. Er wusste nicht genau, was Kate vorhatte, aber die Zeit des Wartens war vorbei, und das war ein gutes Gefühl. Nur eins bereitete ihm Sorgen: Irland war immerhin Irland. Wenn die Situation außer Kontrolle geriet, wäre Quinn in der Lage, das zu tun, was notwendig war? Könnte er ohne Zögern den Abzug drücken? Er hatte sich bisher gut gehalten, aber einen Mann zu töten war etwas anderes, als ein paar Schläger abzuwehren.

Nein, er brauchte jemanden, der ihm den Rücken freihielt, und dafür gab es nur einen.

Dillon fuhr zum Park Place, und als Quinn die Tür öffnete, sagte er: »Ich muss mich mit einigen Freunden treffen. Kommen Sie mit, das wird Ihre Bildung vervollständigen.«

In Wapping parkte er vor dem Dark Man, wo sie jedoch

nur Doris antrafen, die hinter der Theke stand und Gläser polierte.

»Sind alle auf dem Boot«, erklärte sie.

»Neben seinen anderen Geschäften betreibt Harry ein paar Ausflugsdampfer«, berichtete Dillon, während sie den Kai entlanggingen. »Einen der kleineren, die *Lynda Jones*, hat er für sich renovieren lassen. Sie ist sein ganzer Stolz. Warten Sie, bis Sie den Kahn sehen.«

Diese Gegend am Fluss wirkte ziemlich trostlos, aber gleichzeitig boten die morschen Boote auf dem Wasser und zwei halb versunkene Lastkähne ein fast malerisches Bild. Die *Lynda Jones* lag am Ende des Kais und war über eine Gangway zu erreichen. Baxter und Hall waren dabei, den Bug zu streichen, Harry und Billy saßen an einem Tisch unter der Markise am Heck und lasen; Harry eine Zeitung und Billy ein Buch.

»Philosophie, Billy?«

Beide schauten auf. »Na, wer kommt denn da«, lächelte Harry.

»Ich möchte euch einen Freund vorstellen, Senator Daniel Quinn.«

Harry stand auf und streckte die Hand aus. »Wir haben schon viel von Ihnen gehört, Senator. Setzen Sie sich doch. Ich vermute, das ist nicht bloß ein Freundschaftsbesuch, Dillon. Was gibt's?«

»Gleich, Harry. Zuerst möchte ich mir mal diese neue Holztäfelung ansehen, die du in der Kabine hast anbringen lassen. Zeigst du's mir, Billy?«

Billy stand auf und ging voraus. »Was ist los?« Dillon schloss die Tür.

»Kate Rashid fliegt nach Belfast, und ich folge ihr. Quinn kommt mit mir, weil er auf Rache sinnt für das, was mit seiner Tochter passiert ist. Aber genau da liegt das Problem. Er war ein großer Kriegsheld in Vietnam, nur ist das lange her. Mich kennen dort drüben jede Menge Leute, Billy. Ich brauche jemanden, der mir Rückendeckung gibt.«

»Alles klar. Ich langweile mich hier sowieso bloß. Es ist immer lustig mit dir, Dillon. Gehen wir und erzählen Harry die Neuigkeiten.«

»Vielleicht sollte ich auch mitkommen«, meinte Harry sofort.

»Nicht nötig«, entgegnete Dillon. »Mit etwas Glück ist die ganze Sache in ein oder zwei Stunden gelaufen.«

»Hoffentlich findet ihr heraus, was diese Schlange vorhat.«

»Es muss was Besonderes sein«, nickte Dillon.

»Aber wenn sie dich sieht, Dillon, ist das Spiel aus. Und den Senator kennt sie ja auch.«

»Billy ebenfalls. Deshalb müssen er und Quinn einfach ein wenig im Hintergrund bleiben. Für mich ist das was anderes. Schaut.«

Er ging in die Kabine und schloss die Tür. Als sie sich wieder öffnete, schlurfte er heraus, den Kopf leicht zur Seite geneigt, den linken Arm steif, die Schulter herabgezogen. Das Gesicht schien verzerrt, und die ganze Körpersprache hatte sich verändert.

»Unglaublich«, staunte Harry.

»Ja, ich bin ein großer Verlust fürs Theater«, meinte Dillon trocken und richtete sich wieder auf. »Aber es gibt eins, das ihr beiden wissen solltet. Aus verschiedenen Gründen geschieht dieser kleine Ausflug ohne Fergusons Wissen. Ich mache es auf eigene Faust, was immer du also tust, tust du für mich, Billy.«

»Und was ist mit deiner Ausrüstung? Du schaffst es unmöglich, Waffen nach Belfast durchzuschmuggeln«, sagte Harry.

»Ich habe immer noch meine Kontakte dort drüben. Ein Telefonanruf genügt.«

»Na, bring den Jungen bloß heil und gesund zurück. Es schmerzt mich, das zu sagen, Dillon, aber seit wir dich kennen, hat er regelrecht Spaß an solchen Kapriolen entwickelt.«

Und Billy Salter, ein Londoner Gangster, der viermal im Gefängnis gesessen hatte, ein Mann, der getötet hatte und ein Liebhaber von Moralphilosophie war, lächelte kühl.

»Du weißt ja, was Heidegger sagt: Zum authentischen Leben gehöre die entschlossene Konfrontation mit dem Tod.«

»Du bist wirklich plemplem«, schnaubte Harry.

»Sagen wir einfach, in Belfast habe ich eine bessere Chance auf eine solche Konfrontation als an einem Samstagabend im Flamingo-Club in Wapping.«

Vierundzwanzig Stunden später hielt Harrys Jaguar am Sportflugplatz von Brancaster, und Billy stieg aus. Während er die Flugzeuge betrachtete, brachte Joe ihm seine Tasche aus dem Wagen.

»Welches wohl unseres ist?«

Ein kleiner Mann mit einem dunklen Schnurrbart lehnte in der Nähe am Geländer. Er trug eine Bomberjacke, eine getönte Brille, und unter seiner Mütze lugte schwarzes Haar hervor.

»Die rotweiße Beechcraft dort drüben, Kamerad«, erwiderte er im typischen Englisch der Oberschicht. »Wirklich eine ganz fabelhafte Maschine.«

»Sieht gut aus«, meinte Harry.

»Freut mich, dass sie dir gefällt.« Dillon wandte sich um und begrüßte Daniel Quinn. »Morgen, Senator. Wenn Sie so weit sind, können wir starten.«

»Ich hätte es nicht geglaubt«, sagte Harry, »wenn ich es nicht selbst gesehen hätte.«

Dillon griff nach seiner Tasche. »Dann wollen wir mal, meine Herrn.«

Der Flug nach Aldergrove am Rand von Belfast verlief glatt und ereignislos. Ohne Probleme passierten sie den Zoll und die Sicherheitskontrollen.

»Ein viertüriger Shogun, dunkelgrün«, sagte Dillon auf dem Weg zum Parkhaus und nannte ihnen die Nummer. »Irgendwo im vierten Stock.«

Billy entdeckte den Wagen als Erster. Dillon griff unter die Stoßstange, wo mit einem Magnet der Schlüssel befestigt war. Er öffnete die Heckklappe und hob die Abdeckung hoch, unter der sonst Werkzeuge aufbewahrt wurden. Dort fand er eine Zinnkiste, in der drei Walther PPK lagen, alle mit einem Carswell-Schalldämpfer ausgestattet, und zusätzliche Munition. Auch ein Verbandskasten aus Armeebeständen war dabei.

»Bedient euch«, sagte er und nahm sich eine Walther.

Billy wog seine Waffe in der Hand. »Fühlt sich gut an, Senator, was?«

»Eher merkwürdig«, meinte Quinn und betrachtete seine Pistole, »fühlt sich eher merkwürdig an.«

»Wo wohnen wir übrigens?«

»Nicht im Europa, Billy. Ein Stück weiter in der gleichen Straße gibt es ein ganz nettes Hotel, das Townley. Wenn ihr möchtet, führe ich euch auch ein wenig in der Stadt herum. Aber denken Sie dran, Senator, Sie sind ein schlichter amerikanischer Tourist. Und was dich angeht, Billy, wenn wir die Falls Road runterspazieren, halt besser deinen Mund. Man mag dort die Engländer nicht besonders.«

»Sie kennen sich hier gut aus?«, fragte Quinn.

»Besonders in den Abwasserkanälen, wo ich mit den britischen Fallschirmjägern immer Verstecken gespielt habe. Aber das ist eine Ewigkeit her.«

»Und verdammt untertrieben dazu«, sagte Billy.

Nachdem sie in einem kleinen Restaurant in einer Nebenstraße etwas gegessen und ein paar Bars besucht hatten, zeigte Dillon ihnen die Falls Road.

»Komisch, diese berühmte Straße sieht so normal aus wie jede andere Straße in irgendeiner Stadt«, meinte Quinn.

»Nun, in ihr ist seinerzeit ganz schön Blut geflossen«, erwiderte Dillon. »Jede Menge Schlachten zwischen den IRA-Leuten und den britischen Truppen.« Er schwieg für einen Moment. »War ein hartes Leben.«

»Warum haben Sie es dann getan?«

Dillon zündete sich eine Zigarette an, gab jedoch keine Antwort. »Lassen Sie es gut sein, Senator«, sagte Billy.

»Aber ich verstehe es wirklich nicht.«

»Nehmen wir mal an, Sie wären ein Schauspieler in London«, entgegnete Billy. »Sie kriegen einen Telefonanruf, dass Ihr Vater tot ist, weil er bei einem Gefecht zwischen britischen Soldaten und der IRA ins Kreuzfeuer geraten ist. Was würden Sie tun? Sie fahren heim, begraben ihn und treten dem Verein bei, um für die glorreiche Sache zu kämpfen. So macht man das nun mal mit neunzehn.«

Quinn schwieg einige Zeit. »Tut mir Leid«, sagte er schließlich, aber ehe noch jemand etwas erwidern konnte, klingelte Dillons Codex.

»Ja?«

»Hier Ferguson. Roper hat mir gesagt, Sie seien nach Belfast, was er mir wohl ausrichten sollte, wie ich annehme. Wo stecken Sie?«

»In der Falls Road.«

»Genau der richtige Ort für Sie. Na ja, sobald Sie wissen, was Kate Rashid vorhat, melden Sie sich bei mir.«

»Aber, Charles, ich dachte, ich arbeitete nicht mehr länger für Sie und sei jetzt auf mich allein gestellt. Haben Sie das nicht gesagt?«

»Nun zieren Sie sich nicht so, Dillon. Sie wissen genau, wie das ist.«

»Und wenn ich nicht mehr länger für Sie arbeiten will?«

»Seien Sie kein Idiot. Was wollten Sie denn sonst tun?« Damit legte Ferguson auf.

»Wer war das?«, fragte Billy. »Ferguson?«

»Heißt mich wieder im Kreis seiner Lieben willkommen.«

»Der salbungsvolle Schwätzer.«

»Na, na, wie kann man nur so reden. Wir machen auf dem Rückweg Halt in einer echten irischen Bar, um zu feiern, und dann gehen wir früh ins Bett.«

Drumcree war ein typisches Dorf an der Westküste von Down. Ein kleiner Hafen, graue Steinhäuser, Fischerboote – das war ungefähr schon alles. Sie hielten vor dem Royal George, einem Gasthof aus dem achtzehnten Jahrhundert. Er war hübsch renoviert, und auf dem frisch gemalten Schild prangte das Porträt von König George dem Dritten.

»Ich bin am Verhungern.« Dillon stieg aus. »Vergessen Sie nicht, Daniel, Sie sind der Yankee auf Urlaub.«

Eine Glocke läutete bei ihrem Eintritt. Drei junge Männer saßen am Fenster und verzehrten ein üppiges Frühstück.

»Hallo zusammen«, sagte Dillon mit amerikanischem Akzent. »Mann, was ihr Jungs da esst, sieht aber echt gut aus. Wie wird man denn hier bedient?«

Die drei schauten auf und musterten Dillon und seine Freunde mit einer gewissen Verachtung.

»Touristen, ja?«, fragte einer der Männer, der kurz geschorenes rotes Haar hatte und ein hartes Gesicht.

»Genau.« Dillon deutet auf Quinn. »Der Großpapa von meinem Freund ist in Belfast geboren. Ist seinerzeit in die guten alten Staaten emigriert.«

»Na, wie schön für ihn. Läutet die Glocke auf der Theke.«

Einen Moment später erschien der Wirt, ein gewisser Patrick Murphy, an den Dillon sich von seinem letzten Besuch her gut erinnerte. Dieser erkannte ihn hingegen nicht, war aber offensichtlich überrascht, neue Gäste zu sehen.

»Womit kann ich dienen?«

»Mit einem großen Bushmills, einem Glas Guinness und einem Orangensaft.«

Einer der drei Männer, der einen fransigen Bart trug, brach in Gelächter aus. »Hat man so was schon mal gehört? Orangensaft!«

Dillon legte Billy beschwichtigend eine Hand auf den Arm, während Murphy ihnen die Getränke servierte. »Möchten Sie sonst noch was?«

»Ja«, erwiderte Dillon. »Wir würden gern frühstücken. Nebenbei, wo ist denn hier die Toilette?«

»Geradeaus durch den Gang.«

Dillon wusste sehr gut, wo die Toilette war, was er sich aber natürlich nicht anmerken lassen durfte. Er brachte die Getränke an den Tisch.

»Ich muss mal kurz wohin«, verkündete er. »Bin gleich wieder da.«

Er ging durch den Korridor bis zur Herrentoilette, wo man das Klappern aus der Küche hörte, und öffnete die Tür des Nebenzimmers. Ein Feuer brannte im offenen Kamin, neben dem Stühle und ein Tisch standen, es roch nach Möbelpolitur, und alles wirkte ordentlich und sauber. Murphy hatte sich offenbar besondere Mühe gegeben. Auf dem Fenstersims stand eine Reihe Bücher, hinter denen Dillon den Recorder versteckte. Rasch ging er zurück.

Das Frühstück war hervorragend, und Dillon spielte weiter seine Rolle. »Mann, das ist aber verdammt klasse.«

»Das ist es«, versicherte Quinn. »Eine wirklich gute Idee, hier reinzuschauen.«

Murphy brachte eine große Kanne Tee, Milch und drei Tassen. »Fabelhaft«, sagte Dillon. »Gibt es hier in der Nähe irgendwas, das sich anzuschauen lohnt? Dieses alte Schloss oben auf dem Berg, zum Beispiel?«

»Da ist nichts weiter zu sehen«, erwiderte Murphy. »Aber wenn Sie so was mögen, eine halbe Meile die Straße rauf liegt Drumcree House. Das steht unter Denkmalschutz und ist von zehn Uhr an geöffnet.«

»Danke für den Tipp. Sagen Sie, kann man bei Ihnen auch Mittag essen, mein Freund?«

»Ja.«

»Prima, dann besichtigen wir ein bisschen die Gegend und kommen danach zurück.«

Die drei Männer am Fenster flüsterten miteinander und standen auf. Der Bärtige bezahlte an der Theke und folgte den anderen hinaus.

»Nicht gerade freundlich«, meinte Quinn.

»Das ist verständlich. In diesen Gegenden sind alle

Fremden verdächtig. Deshalb ist es so wichtig, als Amerikaner aufzutreten. Ich bezahle mal, dann gehen wir und spielen weiter Touristen.«

Sie erkundeten das Dorf, das wirklich nichts Besonderes darstellte, und holten ein Fernglas aus ihrem Wagen. Abwechselnd betrachteten sie die Fischerboote draußen auf See und kletterten danach den Hügel hinauf zum Schloss, wo sich nur der Ausblick lohnte – und schließlich kam der Volvo, auf den sie gewartet hatten, ins Dorf gefahren und hielt am Pub.

»Da sind sie, pünktlich auf die Minute«, sagte Dillon, als Hennesy ausstieg, um Kate und Rupert die Tür zu öffnen. »Jetzt fehlt nur noch Keenan.«

Nahezu im gleichen Moment erschien ein alter Ford-Kombi aus einer Nebenstraße und parkte hinter dem Volvo. Dillon stellte das Fernglas scharf. »Da haben wir sie: Barry Keenan, Sean Casey, Frank Kelly.«

Sie beobachteten, wie die drei Männer in den Pub gingen. »Und was machen wir jetzt?«, fragte Billy.

»Sie werden eine Weile brauchen, zu lange für uns, um hier rumzuhängen. Wir schauen uns mal Drumcree House an und kommen später zurück.«

Barry Keenan war mittelgroß, hatte schwarzes, grau meliertes Haar und wirkte in seinem Tweedanzug wie ein harmloser Gelehrter. Niemand hätte ihm angesehen, wie viele Menschenleben er auf dem Gewissen hatte. Casey und Kelly waren dagegen typische Fußsoldaten der IRA, direkt von einer Baustelle oder einer Farm.

Kate und Rupert warteten bereits im Nebenzimmer, als die drei Männer eintraten. Dillon und seine Freunde gingen am Gasthof vorbei zu ihrem Wagen. Er drückte die

Fernbedienung, und ein kleines rotes Lämpchen leuchtete auf.

»Das wär's«, grinste er und öffnete die Tür des Shogun. »Fahren wir.«

»Ist mir ein Vergnügen, Sie zu treffen«, sagte Keenan. »Wie muss ich Sie ansprechen?«

»Countess genügt.«

»Countess, und Ihren Freund?«

»Das ist mein Cousin Rupert Dauncey.«

»In Ordnung, Countess, was wollen Sie von mir?«

»Was hat Colum Ihnen erzählt?«

»Dass Sie einen Sprengstoffexperten bräuchten, und zwar in Hazar. Mehr wusste er nicht, nur dass Sie bestens zahlen würden.«

»Da hat er Recht.« Kate Rashid schob den Aktenkoffer, den sie mitgebracht hatte, über den Tisch.

Keenan öffnete ihn. »Großer Gott«, flüsterte Sean Casey beim Anblick der gebündelten Banknoten. Keenan zeigte keine Regung und schloss den Koffer wieder.

»Einhunderttausend Pfund, als Zeichen meines Vertrauens«, erklärte Kate. »Eine Vorauszahlung auf eine Million Pfund.«

Kelly und Casey schauten sich mit großen Augen an. »Und was erwarten Sie für derart viel Geld?«, fragte Keenan.

»Dass Sie für mich eine Brücke in die Luft jagen.«

»In Hazar?«

»Nein, im Leeren Viertel. Das ist eine Wüste nördlich davon – umstrittenes Gebiet. Selbst wenn man Sie erwischte, könnte kein Mensch Sie vor ein Gericht stellen. Diese Tatsache macht einige Aktivitäten ... leichter.«

»Ich weiß Bescheid über diese Gegend. Ich weiß, dass Sie

und Ihr Bruder meinen Onkel Aidan Bell engagiert hatten, um letztes Jahr einige Leute in die Luft zu jagen, aber die Sache ging daneben, und die drei Männer, die er mitgebracht hatte, starben. Ich weiß sogar, wer sie getötet hat: Sean Dillon und dieser alte Bastard Ferguson.«

»Ein verdammter Dreckskerl, dieser Sean, und dass er auch noch für die Briten arbeitet«, schnaubte Kelly.

»Sagen Sie, ich habe noch eine Weile von Aidan gehört, aber jetzt schon länger nichts mehr. Wissen Sie, wie es ihm geht?«

»Er ist tot, Mr. Keenan. Dillon hat ihn erschossen.«

»Aber davon hätten wir doch erfahren«, entgegnete Kelly.

»Ferguson hat seine Mittel und Wege, um so etwas ganz still und heimlich zu erledigen. Die Leichen werden in einem Krematorium verbrannt, ohne dass es irgendwelche schriftlichen Unterlagen gibt – so etwas machen seine Leute ständig.«

Keenan blieb ruhig, obwohl er die Lippen zusammenpresste und seine Augen funkelten. »Haben Sie noch mehr solche guten Neuigkeiten für mich?«

»Über Dillon?« Sie nickte. »Er hat auch meine drei Brüder getötet.«

Für einige Zeit herrschte Schweigen. »Ist er in diese Sache verwickelt?«

»Nicht dass ich wüsste. Macht das einen Unterschied?«

Er schüttelte den Kopf. »Ich rechne später mit ihm ab, nachdem ich diesen Auftrag erledigt habe. Erzählen Sie mir von der Brücke.«

Kate öffnete den Aktenkoffer und nahm einen Schnellhefter heraus. »Sie finden alles hier drin – Fotos der Brücke, Konstruktionspläne, technische Details, alles.«

»Das schaue ich mir später an. Erzählen Sie's mir einfach.«

»Die Brücke bei Bacu erstreckt sich über eine Schlucht von hundertzweiundfünfzig Metern Länge und ist vierhundert Meter breit. Sie wurde während des Zweiten Weltkriegs für militärische Zwecke gebaut und nie gebraucht. Ein einspuriges Eisenbahngleis läuft darüber. Die Züge sind uralt und werden noch von Dampflokomotiven gezogen.«

»Sonst noch was?«

»Auch einige Pipelines von Ölfeldern im südlichen Arabien verlaufen darüber. Amerikaner und Russen dürfen sie lediglich nutzen, das habe ich so ausgehandelt. Sie gehören nämlich meiner Firma und führen zur Küste. Wenn diese Brücke gesprengt wird und die Pipelines dabei zerstört werden, wird der internationale Ölmarkt ins Chaos stürzen. Sie liefern ein Drittel der weltweiten Vorräte. Ich habe mir von Experten ausrechnen lassen, dass es zwei Jahre dauern würde, diese Brücke wiederaufzubauen.«

»Und warum wollen Sie Ihre eigenen Pipelines sprengen?«

»Ich sagte doch: Ich will Chaos hervorrufen. Verstehen Sie, Mr. Keenan, ich habe mehr Geld, als ich jemals im Leben brauchen könnte, aber ich habe keine Mutter mehr und keine Brüder. Dafür mache ich Dillon, Ferguson und einige andere verantwortlich, ganz besonders den Präsidenten der Vereinigten Staaten. Ich werde mich auch an ihm rächen, und wenn ich ihn nicht töten kann, will ich Amerika wenigstens in die schlimmste Wirtschaftskrise stürzen, die es seit Jahrzehnten erlebt hat. Cazalets Präsidentschaft wird ruiniert sein, in die Geschichtsbücher wird er als Versager eingehen – und das ist für einen Mann wie

Cazalet schlimmer als der Tod. Ja, das wäre wirklich sehr befriedigend, denke ich. Nehmen Sie den Auftrag an?«

Keenan stieß einen leisen Pfiff aus. »Erinnern Sie mich daran, dass ich Sie nie wütend mache. Ja, ich nehme an.«

»Bist du sicher, Barry?«, fragte Kelly. »Das könnte eine böse Geschichte werden.«

»Hast du etwa Schiss? Was sind wir, ein paar alte Weiber wie die von den Provos, die bloß noch Frieden schließen wollen?«

»Ich möchte, dass das Ganze rasch über die Bühne geht. Können Sie morgen früh um neun Uhr am Flughafen von Dublin sein? Ich lasse Sie und Ihre Männer dort abholen und direkt nach Hazar bringen.«

»Bei Gott, Frau, Sie haben aber ein Tempo drauf.«

»So arbeite ich am liebsten. Außerdem habe ich gerade erfahren, dass demnächst von unserem Güterbahnhof in Al Mukalli in Oman ein Zug mit vierzig Tonnen hochexplosiven Sprengstoffs abfährt, die für Probebohrungen auf den amerikanischen Ölfeldern bestimmt sind.«

»Herrgott«, sagte Keenan. »Das würde einen verteufelten Knall geben, besonders wenn der Zug dann zufällig gerade auf der Brücke ist und man mit ein bisschen Semtex nachhilft. Wann fährt er ab?«

»In drei Tagen, am siebten. Sie haben also noch zwei Tage in Hazar, um alles vorzubereiten, dann kann mein Hubschrauber Sie nach Al Mukalli bringen. Abfahrt ist um vier Uhr morgens. Sie haben vier Stunden, bevor Sie die Brücke erreichen, also reichlich Zeit, um ihren Auftrag auszuführen. Es werden nur der Fahrer und ein Heizer auf der Lok sein sowie ein Wachmann im letzten Wagen. Wenn Sie die Sache erledigt haben, hole ich Sie mit dem Hubschrauber ab.«

»Klingt gut. Ich lese mir die Unterlagen durch und stelle

eine Liste der Sachen zusammen, die wir brauchen.« Er wandte sich an seine Männer. »Also, morgen früh am Flughafen Dublin.«

Kate stand auf. »Wir wollen heute Nachmittag zurück nach London, tanken auf und fliegen direkt weiter nach Hazar. Wir erwarten Sie dann dort. Meine geheime Handynummer finden Sie ebenfalls in dieser Akte.«

»Das wird eine echte Sensation werden, Countess. Ich begleite Sie hinaus.«

Er und seine Männer sahen dem davonfahrenden Volvo hinterher. »Klasse Figur, diese Frau«, sagte Casey. »Die würde ich gern mal flachlegen.«

»Weißt du, was dein Problem ist, Sean?«, fragte Keenan. »Du erkennst eine echte Dame nicht mal, wenn du eine vor dir hast. Und jetzt lasst uns über diesen Job reden.«

14

Beide Fahrzeuge waren verschwunden, als Dillon und die anderen zum Pub zurückkamen. »Gehen wir rein und trinken wenigstens was.«

Vier alte Männer saßen in einer Ecke bei einem Guinness und lachten miteinander. Der rothaarige junge Mann, der mit seinen beiden Freunden gefrühstückt hatte, saß wieder am Fenster, trank ebenfalls Guinness und las eine Zeitung.

Murphy stand hinter der Theke. »Womit kann ich dienen, meine Herren?«

»Das Gleiche wie vorhin«, sagte Dillon. »Ich bin in einer Minute wieder da.«

Er ging durch den Korridor, öffnete die Tür des Nebenzimmers und kehrte nach wenigen Sekunden zurück in die Gaststube. Sie setzten sich an einen Tisch, und Murphy brachte ihre Getränke.

»Wollen Sie denn jetzt auch hier zu Mittag essen?«

»Nein danke«, erwiderte Dillon. »Wir haben beschlossen, gleich nach Belfast zu fahren.«

Der rothaarige Mann trank sein Guinness aus und ging. »Haben Sie den Recorder?«, fragte Quinn.

»Ja, alles klar.«

»Sehr gut, dann können wir uns unterwegs das Band anhören.«

»Wenn wir Gelegenheit dazu bekommen.«

»Was meinst du damit?«, fragte Billy.

»Halt deine Knarre bereit, das meine ich, und Sie ebenfalls, Senator. Vorwärts, trinken wir aus und machen uns auf den Weg.«

Er zahlte die Rechnung und nickte Murphy zu. »Danke, alter Kumpel, bis bald mal wieder.«

Billy setzte sich neben ihn auf den Beifahrersitz. »Wieso glaubst du, es könnte Probleme geben?«

»Nur so ein komisches Gefühl wegen der drei Burschen vorhin. Ich könnte mich irren, aber wie ich schon sagte, hier ist Indianerland.«

»Wie sollen wir vorgehen?«, fragte Quinn.

»Falls man uns stoppt, lasse ich meine Hände auf dem Lenkrad, damit sie keinen Verdacht schöpfen. Sie und Billy halten Ihre Waffen unter den Mänteln bereit und steigen auf der Beifahrerseite aus, sodass der Shogun Ihnen Deckung gibt.«

Ein schwarzer Ford erschien hinter ihnen, an dessen Steuer der rothaarige Mann saß.

»Warum habe ich bloß immer Recht?«, seufzte Dillon.

In diesem Moment schlitterte ein roter Toyota vor ihnen aus einem Feldweg und blockierte die Straße. Dillon fuhr absichtlich ziemlich dicht heran. Der Bärtige sprang hinter dem Lenkrad hervor, und sein Beifahrer zog eine Smith & Wesson.

»Kann ich euch irgendwie behilflich sein?«, fragte Dillon.

»Ja, indem du schleunigst deine Knete rausrückst. Das hier ist Territorium der Real IRA, Kamerad. Als begeisterte Mitglieder sind wir immer auf der Suche nach Spenden für die Organisation.«

»Aber das ist ja Straßenraub.«

»Genau. Raus aus dem Wagen.«

Der Rothaarige aus dem Ford zog eine alte Webley aus seiner Tasche. »Wird's bald!«

Billy und Quinn stiegen aus. Beide hatten eine Hand unter ihrem Mantel. »Hände auf die Köpfe«, befahl der Bärtige.

»Jetzt!«, rief Dillon und griff nach der Walther, die er hinten in seinem Hosenbund stecken hatte, drückte dem Bärtigen die Mündung gegen das Ohr und feuerte.

Billy schoss dem zweiten Mann in die linke Hand. Mit einem Aufschrei ließ er seine Smith & Wesson fallen. Der Rothaarige, auf den Quinn zielte, wich völlig entsetzt zurück und senkte die Waffe. Doch dann merkte er, dass Quinn wie erstarrt war und seine Hand mit der Walther zitterte. Ohne zu zögern, ergriff er die Gelegenheit, riss seine Pistole hoch und feuerte. Billy drehte sich um und schoss ihm in den rechten Oberschenkel. Er taumelte zurück und fiel zu Boden.

Dillon sprang hinter dem Lenkrad hervor und ging um den Wagen herum zu Quinn. Er legte einen Arm um ihn, nahm die Walther auf, die dieser fallen gelassen hatte, und steckte sie ein. »Setz du dich ans Steuer, Billy. Ich kümmere mich um den Senator.«

Er holte den Verbandskasten, half Quinn, der seine rechte Schulter umklammerte, ins Auto und kehrte zu dem Bärtigen zurück, der mit schmerzverzerrtem Gesicht ein Taschentuch an sein zerfetztes Ohr drückte.

»Ich würde sagen, du und deine Freunde brauchen einen Onkel Doktor, Kamerad. Ich könnte auch die RUC für euch anrufen, aber ich glaube nicht, dass euch das gefallen würde.«

Er stieg in den Shogun. »Los, Billy, fahr.«

Dillon zog Quinn das Jackett aus und streifte das Hemd ab. »Wie sieht es aus?«, fragte Quinn.

»Kein Durchschuss, die Kugel steckt noch. Aber wir haben hier einen Verbandskasten aus Armeebeständen, darin gibt es alles Nötige, um eine Schusswunde zu versorgen.«

»Wir müssen in ein Krankenhaus, verflucht«, sagte Billy.

»Nein, Billy, wir müssen schleunigst aus Nordirland raus.«

Aus der Wunde war überraschend wenig Blut ausgetreten. Dillon nahm eine Spritze, in der ein Antibiotikum aufgezogen war, und stach sie in Quinns Arm, danach verabreichte er ihm eine Dosis Morphium. Erst dann legte er einen festen Verband an.

Während er aus Quinns Tasche ein kariertes Flanellhemd holte und ihm half, es überzustreifen, dankte er Gott, dass sie schon aus dem Hotel ausgecheckt hatten.

Zuletzt legte er Quinns Arm in eine Schlinge und zog ihm das Jackett wieder an. Der Riss im Ärmel war kaum zu sehen, und auf dem Weg ins Flugzeug konnte er ja außerdem seinen Regenmantel über die Schulter legen.

Quinn lehnte sich im Sitz zurück. »Alles okay, Senator?«

»Ich kann es nicht glauben. Ich konnte einfach nicht abdrücken – ein Mann wie ich. Das verstehe ich nicht.«

»Ich habe schon mal gesagt, Vietnam war vor langer Zeit. Machen Sie sich keine Gedanken.«

Dillon rief im Ministerium an und berichtete Ferguson in knappen Worten, was geschehen war.

»Was soll ich tun?«, fragte Ferguson.

»Wir müssten in einer Stunde in Aldergrove sein. Sorgen Sie dafür, dass wir sofort starten können. Die Beechcraft ist auf meinen Namen gemeldet. Bis nach Brancaster brauchen wir zwei Stunden, also müsste dort in drei Stunden ein Krankenwagen bereitstehen, um Quinn abzuholen und nach Rosedene zu bringen. Ich würde an Ihrer Stelle auch Henry Bellamy kontaktieren.«

»Ich melde mich wieder bei Ihnen.«

»Rosedene?«, fragte Quinn.

»Ein spezielles kleines Krankenhaus, das wir in solchen Fällen benutzen.«

»Und Henry Bellamy?«

»Chirurg im Guy's Hospital, der beste Chirurg in London, wie viele meinen.«

Quinn schloss die Augen. »Was ist mit der Aufnahme?«

»Gute Idee! Hören wir sie uns mal an.«

Er schaltete das Band ein. Jedes Wort war glasklar zu hören. *»Ist mir ein Vergnügen, Sie zu treffen«*, sagte Keenan. *»Wie muss ich Sie ansprechen?«*

»Sie ist verrückt«, flüsterte Quinn.

»Allerdings«, schnaubte Billy, »eine vollkommen Irre.«

»Ein bisschen überspannt war sie schon immer.« Dillons Handy klingelte.

»Die Startgenehmigung ist klar«, meldete Ferguson, »und der Krankenwagen wird in Brancaster bereitstehen. Außerdem habe ich Henry Bellamy informiert. Sind Sie sicher, dass der Senator den Flug durchsteht?«

»Das muss er. Wenn ich ihn im Royal Victoria Hospital in Belfast abliefere, rufen sie dort nur die Bullen. Braucht er solchen Wirbel? Ich denke nicht, und die drei ziemlich lädierten Gesellen, die wir vorhin am Straßenrand zurückgelassen haben, wären bestimmt ebenfalls meiner Meinung.«

»Na gut, wir drücken die Daumen. Also Kate Rashid hat sich mit Barry Keenan getroffen? Wie haben Sie das herausgefunden?«

»Dank Ropers Computerkünsten. Ich will Sie nicht mit den Details langweilen. Ich wusste jedenfalls, dass sie nach Drumcree ins Royal George wollte, und Roper entdeckte, dass diese Gegend von der Real IRA kontrolliert wird und Keenan die Fäden in der Hand hält. Sie wissen doch, wofür er berühmt ist? Einer der besten Bombenbauer in dem Gewerbe. Es schien daher logisch, dass Kate wieder was im Schilde führt.«

»Und ist es so?«

»Allerdings. Wir haben einen Recorder aufgestellt und die ganze Besprechung auf Band. Aber jetzt muss ich Schluss machen. Wir kommen gerade nach Aldergrove.«

»Dann sagen Sie mir wenigstens, was ihr Ziel ist.«

»Die Brücke, die bei Bacu im Leeren Viertel eine breite Schlucht überspannt. Auf ihr laufen eine alte Eisenbahnstrecke und die Ölpipelines bis zur Küste. Keenan hat sich bereit erklärt, sie in die Luft zu jagen.«

Ferguson war entsetzt. »Das gäbe eine weltweite Wirtschaftskatastrophe.«

»Eben, und genau darum geht es ihr, Charles.«

Der Flug verlief ohne Probleme. Quinn schlief dank des Morphiums die meiste Zeit, und sie landeten sicher in Brancaster. Dillon und Billy begleiteten ihn im Krankenwagen nach Rosedene, wo Henry Bellamy bereits wartete und gerade mit der Oberschwester eine Tasse Tee trank.

Sie küsste Dillon, der inzwischen seine Brille abgelegt hatte, auf die Wange. »Dein Haar sieht scheußlich aus«, sagte sie mit unverkennbarem Ulsterakzent. »Ich nehme an, du hast wieder mal deine Spielchen getrieben.«

»Kennst mich doch, Martha.« Zwei Sanitäter schoben eine Trage herein. »Seien Sie gut zu ihm, Professor Bellamy. Er ist ein hochdekorierter Vietnamheld. Vor ungefähr vier Stunden hat er eine Schusswunde in der rechten Schulter abgekriegt.«

»Was für eine Behandlung hat er bislang bekommen?« Dillon berichtete ihm, was er getan hatte, und Bellamy nickte. »Bereiten Sie ihn für die Operation vor, Schwester. Sie und Ihr Freund können später wieder vorbeischauen, Dillon, aber waschen Sie sich erst die Haare – mir zuliebe.«

Mit einem Taxi fuhren er und Billy zurück nach Stable Mews. »Man muss sie aufhalten, oder?«, meinte Billy.

»Allerdings.«

»Das heißt, wir?«

»Sieht so aus, Billy, wenn du dabei bist.«

»Das weißt du doch, Sean. Aber ich sage Harry erst mal nichts davon. Er würde sich nur Sorgen machen. Wann wird es so weit sein, was glaubst du?«

»Na ja, du hast gehört, dass Keenan und seine Jungs morgen früh in Dublin sein sollen. Die Sache selbst ist in drei Tagen geplant.«

Billy nickte. »Gut. Je eher, desto besser.«

Das Taxi hielt, und Dillon stieg aus. »Ach, Billy – ich würde Harry auch nicht erzählen, dass du heute eine Knarre benutzt hast. Du weißt ja, er regt sich sonst nur auf.«

»So was wittert er von selbst«, erwiderte Billy düster.

Wenige Minuten später stand Dillon unter der Dusche und rieb sich den Kopf mit Shampoo ein, sodass die schwarze Farbe in Strömen an ihm herunterlief. Erst als sein blondes Haar wieder fleckenlos war, drehte er das Wasser ab und trocknete sich ab.

Er zog sich schwarze Cordhosen an, ein schwarzes Hemd von Armani und seine alte Fliegerjacke, kämmte sich und musterte sein Spiegelbild.

»Nicht schlecht, Kamerad«, sagte er leise. Sein Codex klingelte.

»Wo sind Sie?«, fragte Ferguson.

»Daheim.«

»Fahren Sie zu Roper. Wir treffen uns dort. Er hat uns einige Informationen über dieses Bacu besorgt. Und vergessen Sie den Recorder nicht.«

Dillon steckte das Gerät in die Tasche, verließ das Haus und hielt am Ende der Straße ein Taxi an.

Roper saß an seinen Computern und lud massenhaft Material herunter. Ferguson hatte sich anscheinend etwas verspätet.

»Du siehst gut aus, aber ich vermute mal, Aufregung und Trubel bekommen dir. Ferguson hat mir bereits alles erzählt. Wie geht es Quinn?«

»Wird gerade von Henry Bellamy in Rosedene operiert. Hat in der rechten Schulter eine Kugel von einer ziemlich altmodischen achtunddreißiger Webley.«

»Eine Webley? Gott, die müssen aber armselig dran sein mit Waffen. Was ging schief?«

»Quinn war einfach wie gelähmt. Er hätte ohne weiteres schießen können, aber er konnte nicht abdrücken.«

»Ich kann mir denken, dass ihm das zu schaffen macht.«

»Stimmt. Besonders da es nicht mal eine echte Herausforderung war. Sie waren bloß zu dritt und eher harmlos. Billy hat zwei ausgeschaltet, ich den Dritten. Echte Amateure. Wir haben sie nur außer Gefecht gesetzt und nicht getötet.«

»Also eine erfolgreiche Reise.«

Dillon holte den Recorder heraus. »Dank deiner Hilfe. Wir haben alles, was Keenan und Kate besprochen haben, aufgenommen.«

»Ich bin schon gespannt darauf. Ferguson hat mir das Ziel genannt, und ich habe mir die Projekte von Rashid Investments in Hazar und dem Leeren Viertel angesehen.«

Es läutete. Roper drückte den Summer, und kurz darauf kamen Ferguson und Hannah herein. »Da sind Sie ja.«

»Munter wie eh und je.« Dillon lächelte Hannah zu und küsste sie auf die Wange. »Freut mich, Hannah.«

»Sie sind wieder im Krieg gewesen, Sean.«

»Aus gutem Grund.« Er hielt den Recorder hoch. »Wollen Sie es hören, General?«

»Und ob ich das will.« Ferguson setzte sich, und Dillon schaltete das Gerät ein.

»Das ist ja sogar noch schlimmer, als ich dachte«, sagte Ferguson danach. »Was um alles in der Welt sollen wir da machen?«

»Sie könnten sie vielleicht einfach anrufen«, meinte Dillon fröhlich, »und sagen: Hallo, Countess, ich habe ein Band mit einem gewissen Gespräch zwischen Ihnen und einem berüchtigten Bombenbauer der IRA. Wir wissen, was Sie vorhaben.«

»Ja, aber was hat sie vor?«, warf Roper ein. »Die Brücke in die Luft zu jagen – ihre eigene Brücke – in umstrittenem Gebiet, wo kein internationales Recht greift. Und übrigens gehört ihr nicht nur die Brücke, sondern auch die Eisenbahnstrecke vom Leeren Viertel bis zur Küste, samt den ziemlich altertümlichen indischen Wagons. Sogar die Ölpipelines gehören ihr.«

Ferguson blickte zu Hannah. »Gäbe es irgendeine Möglichkeit, ihr unter diesen Umständen juristisch beizukommen, Superintendent?«

»Eigentlich nicht – selbst wenn es in diesem Teil des Leeren Viertels so etwas wie ein Rechtssystem gäbe.«

»Außerdem können Sie Kate gar nicht anrufen, General«, erklärte Dillon. »Sie ist inzwischen schon auf dem Weg nach Hazar. Keenan und seine Jungs kommen morgen nach. Die Sprengung ist für den siebten geplant. Damit bleibt uns kaum Zeit, den SAS oder die Marines hinzuschicken.«

»Was schlagen Sie stattdessen vor?«

»Mal sehen.« Dillon wandte sich an Roper. »Was hast du über die Brücke und das Gebiet ringsum runtergeladen?«

Er schaute sich alles auf dem Schirm an und deutete auf einen Punkt ungefähr fünfzehn Meilen südlich der Brücke. »Tank fünf, was ist das? Daneben ist ein kleines Zeichen.«

»Das ist eine Dampflok. Sie brauchen bei dieser Hitze eine Menge Wasser, deshalb legen sie gewöhnlich unterwegs einen Stopp ein und füllen es wieder nach. Der Karte zufolge ist dort eine ziemliche Steigung.«

»Jawohl«, nickte Dillon. »Das ist genau der richtige Punkt, um in den Zug zu kommen.«

»Wer will in den Zug?«, fragte Ferguson verwirrt.

»Ich, das ist die einzige Möglichkeit. Bei Tank fünf in den Zug steigen und Keenan samt seinen Gesellen ausschalten.«

»Allein? Sie müssen verrückt sein.«

»Billy hat freiwillig seine Dienste angeboten. Das bedeutet natürlich, Sie müssen jetzt mal langsam Lacey und Parry Bescheid sagen, dass sie die Gulfstream für einen Flug nach Hazar bereithalten.«

»Aber Dillon«, sagte Roper, »wie um alles in der Welt willst du unbemerkt zum Tank fünf kommen? Überall in dieser Gegend gibt es Beduinen, Ziegenhirten, Karawanen und Gott weiß was noch.«

»Billy und ich springen mit dem Fallschirm ab, frühmorgens, wenn es noch fast dunkel ist. Das haben wir schon mal gemacht.«

»Sean, sind Sie sicher?«, fragte Hannah.

»Für irgendwas anderes bleibt gar keine Zeit. Jetzt seien Sie so lieb und reden Sie mit Lacey und Parry, aber auch mit dem Quartiermeister in Farley Field. Sagen Sie ihm, was ich vorhabe und dass ich die übliche Ausrüstung brauche.«

Hannah schaute fragend zu Ferguson. »Sir?«

Er atmete tief durch. »Tun Sie es, Superintendent.«

»Bestens«, nickte Dillon. »Noch eins. Informieren Sie Tony Villiers. Seine Hilfe könnte entscheidend sein. Ich fahre heim und packe.« Er grinste Roper zu. »Wenn ich dich brauche, rufe ich an.«

»Ich setze Sie ab«, sagte Ferguson.

Billy saß an seinem Stammplatz im Dark Man, als sein Handy läutete. »Hör zu«, meldete sich Dillon und erklärte seinen Plan. »Bist du dabei oder nicht?«

»Ich habe keine Zeit für langes Gerede, Dillon, ich muss packen. Wir treffen uns in Farley.«

»Farley?«, fragte Harry. »Packen? Was zum Teufel geht hier vor sich?«

Villiers lagerte mit neunzehn Scouts in der Oase El Hajiz, wo Bobby Hawk getötet worden war. Die Grenze war nur eine Meile entfernt, und er hatte fest vor, sie im Schutz der Dunkelheit zu überqueren, um in Fuad das ganze Lager samt Waffen und Munition mit einem großen Block Semtex in die Luft zu jagen. Achmed, der sich als hervorragender Sergeant erwiesen hatte, hatte sich freiwillig gemeldet, ihn zu begleiten.

Sein Codex läutete, und er zog es aus der Tasche. Ferguson war am anderen Ende. »Charles, was kann ich für Sie tun?«

»Hören Sie mir erst mal zu.« Der General berichtete alles, was sie inzwischen in Erfahrung gebracht hatten.

»Und was wollen Sie von mir?«

»Jede Hilfe, die Sie für nützlich halten. Sie scheinen mir übrigens nicht besonders überrascht zu sein.«

»Bei Kate Rashid überrascht mich inzwischen nichts mehr. Und Dillons Idee, mit dem Fallschirm bei Tank fünf abzuspringen, scheint das einzig Richtige. Er und der junge Salter haben so was ja schon früher gemacht. Wie auch immer, nehmen wir mal an, es klappt, sie schaffen Keenan und seine Männer aus dem Weg und vereiteln den Plan. Damit haben sie aber immer noch ein Problem.«

»Welches?«

»Wie sie wieder wegkommen sollen. Das ist feindliches Territorium, in dem es hauptsächlich Rashid-Beduinen gibt. Außerdem könnte ich mir denken, dass Kate Rashids Helikopter in der Nähe sein wird, um Keenan und seine Männer aufzunehmen.«

»Was würden Sie vorschlagen?«

»Am besten hole ich Dillon und Billy selbst ab. Übrigens ist es gut, dass Sie mich anrufen.«

»Warum?«

»Ich wollte im Schutz der Dunkelheit mit meinem Sergeant nach Fuad fahren und ihr Waffenlager in die Luft sprengen, aber das kann ich jetzt nicht mehr, ohne Kate Rashid aufzuschrecken.«

»Da haben Sie Recht.«

»Ich behalte die Dame jedenfalls im Auge. Ein anderes Problem ist, dass Dillon und Salter möglicherweise erkannt werden und sie davon erfährt. Die beiden waren ja schließlich schon mal hier. Aber vielleicht ist sie bereits weiter ins Landesinnere. Ich sage Ihnen noch Bescheid.«

»Was ist, wenn sie noch in Hazar ist?«

»Nun, die Royal Air Force hat hier ein eigenes Gelände am Flughafen. Sorgen Sie dafür, dass Ihr Flugzeug RAF-Hoheitszeichen hat, und lassen Sie die Crew Uniform tragen. Ich hole Dillon und Salter ab. In arabischer Kleidung samt entsprechender Kopfbedeckung gehen sie ohne weiteres als Scouts durch. Kommen Sie ebenfalls mit?«

»Das hatte ich eigentlich nicht vor.«

»Ich würde nur größere Kleidung für Sie brauchen. Ich melde mich später wieder, Charles.«

Dillon kam nach Farley Field, als die Gulfstream gerade aus dem Hangar rollte, und bemerkte sofort die RAF-Hoheitszeichen. Die Motoren wurden abgeschaltet, die Tür öffnete sich, und ein Hauptmann der Luftwaffe namens Pound, den er gut kannte, erschien.

»Mr. Dillon, ich sehe, es geht mal wieder in fremde Lande.«

»Und in ein ziemlich heißes dazu.« Lacey kam die Gangway herunter. Wie Pound trug auch er Uniform. »Sehr hübsch«, sagte Dillon. »Es ist das erste Mal, dass ich Sie mit diesem Ordensband des Luftwaffenkreuzes sehe.«

»Der General will, dass wir in Hazar wie ein ganz normales Team der britischen Luftwaffe wirken. Sie und Billy werden zur Tarnung von Colonel Villiers in Scouts verwandelt.«

»Mr. Dillon«, rief eine Stimme, und Dillon sah den Quartiermeister im Eingang des Verwaltungsgebäudes stehen. »Ich habe alles für Sie bereit.«

Dillon folgte ihm hinein. Auf einem Tisch lagen zwei AK 47 mit Schalldämpfer, zwei Brownings, ebenfalls mit Schalldämpfer, kugelsichere Westen aus Titan und die Fallschirme.

»Sonst noch etwas, Sir?«, fragte der Quartiermeister.

»Nein, ich denke, für den Beginn des Dritten Weltkriegs reicht dieses Spielzeug.«

»Sergeant«, rief der Quartiermeister, »helfen Sie mal.«

Pound kam herein, sie verstauten alles in zwei Taschen und trugen sie zum Flugzeug. Dillon zündete sich eine Zigarette an und sah Fergusons Daimler vorfahren. Sein Chauffeur stieg mit einer Reisetasche aus.

»Ins Flugzeug damit«, befahl Ferguson.

»Was soll das bedeuten?«, fragte Dillon.

»Ich komme mit, und keine Widerrede.«

»Sie werden in Beduinengewändern umwerfend aussehen.«

In diesem Moment hielt Harry Salters Jaguar vor dem Gebäude. Harry und Billy stiegen aus, und Baxter, der den Wagen gefahren hatte, holte zwei Taschen aus dem Kofferraum.

»Verdammt, Dillon«, sagte Harry, »wenn Billy mitkommt, dann bin ich auch dabei.«

Dillon grinste Ferguson zu. »Keine Widerrede?«

»Ach, an Bord mit Ihnen, damit wir wegkommen.«

Lacey und Parry waren bereits im Cockpit, und Pound schloss die Tür. Langsam fuhr die Gulfstream die Rollbahn hinunter, wendete und hob ab. Sie stieg höher und höher, bis sie bei fünfzehntausend Metern die Flughöhe erreicht hatte.

»Ich habe mit Tony gesprochen.« Ferguson berichtete, was Villiers gesagt hatte.

»Nett zu wissen, dass er dabei ist.« Dillon zündete sich eine Zigarette an. »Was ist mit Quinn?«

»Ihm geht es gut, allerdings sagt Bellamy, dass er für eine Weile flachliegt. Außerdem habe ich im Weißen Haus angerufen, aber der Präsident ist auf Staatsbesuch in Argentinien, also musste ich mich mit Blake Johnson begnügen. Er war entsetzt über die Geschichte mit Quinn, noch mehr jedoch über Kate Rashids Pläne.«

»Was hat er gesagt?«

»Dass er den Präsidenten informieren würde. Außerdem hat er mich gebeten, Ihnen beiden etwas auszurichten: Sie sollen zusehen, dass Sie die Kerle platt machen. Das waren seine Worte.«

»Ein echtes Kompliment. Dann wollen wir mal wieder unser Bestes tun.«

»Ja, die Welt retten«, seufzte Billy. »Warum müssen wir das eigentlich immer?«

»Weil wir so gut sind, das ist das Problem. Und jetzt hätte ich gern einen Bushmills«, rief Dillon Sergeant Pound zu.

Hazar

15

Als Kate Rashids Flugzeug in Hazar landete, wartete Ben Carver mit dem Scorpion schon am Ende der Rollbahn. Kate, Rupert und die drei Iren stiegen ein, einige Träger brachten ihr Gepäck, und bereits nach wenigen Minuten hoben sie ab. Eine Stunde später landeten sie auf dem Rollfeld von Fuad. Allmählich senkte sich der Abend herab.

Etliche Beduinen, viele Frauen und Kinder liefen neugierig zusammen. Colum McGee begrüßte sie.

»Schön, dich zu sehen, Barry.«

»Ich freue mich auch, du alter Gauner.«

McGee nickte Casey und Kelly zu. »Mann, muss er schlecht dran sein, wenn ihr zwei die Besten seid, die er aufbieten kann.«

»Halt die Klappe«, sagte Casey.

McGee grinste und wandte sich an Kate. »Das Essen ist schon fertig.«

»Gehen Sie nur. Ich will noch rasch ein Wort mit Ben reden.«

Sie wartete, bis die Iren im Zelt verschwunden waren. »Sie können jetzt zurückfliegen. Seien Sie morgen Abend wieder hier, um unsere irischen Freunde nach Al Mukalli zu bringen. Wie lange wird das dauern?«

»Eineinviertel Stunden.«

»Gut. Sie fliegen nachts um halb zwei los, setzen sie am

Güterbahnhof in Al Mukalli ab und kommen zurück. Später bringen Sie mich, den Major und drei Männer zur Brücke von Bacu, wo wir Mr. Keenan und seine Freunde wieder aufnehmen. Wie weit ist es bis dorthin?«

»Ungefähr genauso lange wie der andere Flug, nur in die entgegengesetzte Richtung.«

»Gut. Wir starten um halb sieben.«

»Wie sieht es mit Treibstoff aus?«

»Wir haben genügend Vorräte in Kanistern.«

Carver schwitzte stark, und ihm war etwas mulmig zumute. Bisher hatte er stets die Augen verschlossen vor den Aktivitäten in Fuad, aber Keenan und seine Männer bereiteten ihm mehr als Unbehagen.

»Hören Sie, gerate ich hier in eine Sache rein, aus der ich mich besser raushielte?«, fragte er unbehaglich.

»Ja«, entgegnete Kate Rashid ruhig. »Sie steuern meinen Helikopter, wenn ich es verlange, wofür Sie überaus großzügig bezahlt werden. Falls Ihnen das Probleme bereitet, kann ich die Lizenz für Carvers Lufttaxis in Hazar ohne weiteres auf jemand anderen übertragen lassen.«

»Ich denke, das ist ein Argument, mein Freund«, lächelte Rupert. »Nicht wahr?«

»Kein Problem. Ich hab ja nur mal gefragt.«

»Sehr schön, Ben. Dann bleibt alles wie vereinbart.« Kate wandte sich um und ging mit Dauncey auf die Zelte zu.

Carver wischte sich mit einem Taschentuch den Schweiß aus dem Gesicht. »Langsam werde ich für so was zu alt«, sagte er leise und stieg in den Scorpion.

Im großen Zelt saß man bereits beim Abendessen. Einige Frauen hatten Obst, Datteln, ungesäuertes Brot und Ziegeneintopf gebracht.

»Was ist das?«, fragte Casey unsicher.

»Essen«, entgegnete Keenan. »Greif einfach zu.«

»Aber wo sind denn Messer und Gabeln?«

»Hier nimmt man die Finger«, erklärte Colum McGee und tunkte ein Stück Brot ein.

»Ist alles bereit, was Mr. Keenan verlangt hat?«, erkundigte sich Kate Rashid.

»Sicher. Reichlich Semtex, Zeitzünder, jede Menge Zündschnüre. Wenn man dazu noch die vierzig Tonnen Sprengstoff rechnet, die der Zug geladen hat, gibt das einen gewaltigen Rums.«

»Hervorragend. Was meinst du, Rupert?«

»Das Beste daran ist, dass die ganze Sache so einfach ist.«

Kate lächelte. »Ja, die einfachen Dinge habe ich immer schon besonders gern gemocht.«

»Da ist nur eines, Countess«, sagte Keenan. »Was passiert danach? Wie erklären Sie das Ganze?«

»Nun, es ist wohl kaum meine Schuld, wenn arabische Terroristen beschließen, die Brücke von Bacu in die Luft zu jagen, oder?«

»Natürlich.« Keenan lächelte. »Damit haben Sie natürlich Recht.«

Nachdem die Gulfstream die halbe Strecke nach Hazar zurückgelegt hatte, telefonierte Ferguson mit Villiers. »Also, Harry und ich haben beschlossen, ebenfalls mitzukommen, womit wir zu viert sind. Gibt es dadurch irgendwelche Probleme?«

»Nicht für mich. Kate Rashid, Dauncey und die drei Iren sind übrigens angekommen. Ich hatte einen meiner Scouts am Flughafen postiert, der nach ihnen Ausschau gehalten hat. Sie sind in ihren Scorpion umgestiegen, den Ben Carver geflogen hat, und weiter ins Landesinnere.«

»Shabwa?«

»Ich würde sagen Fuad, damit Keenan seine Ausrüstung abholen kann.«

»Wir könnten also im Excelsior wohnen?«

»Das würde ich nicht empfehlen. Selbst der Barkeeper und der Hotelmanager stehen auf ihrer Lohnliste. Ich habe ein Lager ungefähr zwölf Meilen außerhalb der Stadt aufgeschlagen. Ich hole Sie vom Flughafen ab.«

»Was gibt's?«, fragte Dillon, als Ferguson abschaltete.

Ferguson wiederholte, was er von Villiers erfahren hatte, und Harry Salter seufzte. »Wir werden aussehen wie eine Schauspieltruppe, die Ali Baba und die vierzig Räuber aufführt.«

»Du wirst es genießen, wieder mit dem General und den Scouts an einem Feuer aus getrocknetem Kameldung zu sitzen und unter den Sternen zu schlafen.«

»Du kannst es ja von mir aus genießen, ich werde es einfach ertragen.«

Nach der Landung ließ Lacey die Gulfstream zum Gelände der RAF rollen und direkt in einen Hangar, wo sie Villiers erwartete, der an einen der beiden Landrover gelehnt eine Zigarette rauchte. Achmed saß am Steuer des zweiten Wagens.

»Schön, Sie zu sehen.« Er schüttelte allen die Hand.

»Sie sind aber toll braun, Colonel«, grinste Billy. »Wohl im Urlaub gewesen, was?«

»Sehr witzig«, entgegnete Villiers. »Hinten im Wagen finden Sie die nötigen Klamotten. Bedienen Sie sich, dann fahren wir los.«

»Herrgott«, stöhnte Harry, nachdem sie die arabischen Gewänder übergestreift hatten, »sehe ich etwa genauso schlimm aus wie ihr?«

»Schlimmer«, versicherte Dillon. »Viel schlimmer, Harry, glaub mir.«

»Ich nehme Sie und Harry mit, General«, sagte Villiers. »Sie beide steigen bei Achmed ein.«

An einem Teich befand sich unter ein paar vereinzelten Palmen und geschützt von einigen Felsen das Lager der Scouts. Neben einem flackernden Feuer standen drei Zelte und insgesamt fünf Landrover.

Sie verzehrten eine Mahlzeit aus Dosensuppe, gebackenen Bohnen und Kartoffeln, woraus man eine Art Eintopf gemacht hatte, dazu gab es das übliche ungesäuerte Brot.

Billy wischte seinen Teller mit einer Scheibe ab. »Nicht schlecht. Ich dachte schon, ihr würdet uns Ziege servieren.«

»Wir wissen, was wir unseren Gästen zumuten können, Billy.« Villiers ließ sich von Achmed eine Flasche Whiskey und Zinnbecher bringen. »Leider bloß Scotch«, sagte er zu Dillon.

»Wird ausnahmsweise auch mal gehen.«

Nur Billy lehnte wie üblich ab, als Villiers großzügig einschenkte. Er reichte Achmed die Flasche zurück.

»Die Nacht ist kalt. Wenn du einen Schluck nehmen willst, tu es in meinem Zelt, dass die anderen es nicht sehen.«

»Allah ist gnädig und Sie ebenfalls, *Sahb*.« Er huschte davon.

»Also, gehen wir noch mal alles durch«, sagte Villiers. »Barry Keenan, der Meisterbomber, und seine beiden Freunde werden nach Al Mukalli gebracht, um an Bord des Frachtzugs zu gehen, der um vier Uhr morgens losfährt. Ungefähr um acht Uhr müsste er das Leere Viertel erreicht haben. Bis dahin hat Keenan sicher alles Nötige vorbereitet.«

»Das denke ich auch«, nickte Dillon.

»Also, bei Tank fünf gehen Sie und Billy an Bord und haben die fünfzehn Meilen bis Bacu Zeit, ihm einen Strich durch die Rechnung zu machen. Danach fährt der Zug noch, die Brücke ist intakt, und Kate Rashids Scorpion fliegt herum und hofft, Keenan und seine Leute aufzulesen.«

»Und in der ganzen Gegend gibt es Rashid-Beduinen«, sagte Dillon.

»Ich weiß, deshalb komme ich und hole Sie mit meinen Scouts ab. Wir müssten ungefähr vier Stunden brauchen. Ich kann es aber nicht versprechen, wohlgemerkt. Die ganze Gegend ist Wüste, und die Straßen können die Hölle sein.«

»Na, da haben wir ja wenigstens was, auf das wir uns freuen können, Billy«, grinste Dillon.

Hannah fuhr am folgenden Nachmittag nach Rosedene, da sie wusste, dass um diese Zeit Henry Bellamy dort sein würde. Sie wartete am Empfang und unterhielt sich mit Martha, bis er zu ihnen kam.

»Wie geht es ihm?«

»Schlecht, er hat Fieber und ist ziemlich deprimiert. Ich kenne zwar die Einzelheiten nicht und will sie auch nicht wissen, aber die Sache bedrückt ihn doch sehr.«

»Kann ich ihn sehen?«

»Natürlich, nur bleiben Sie nicht zu lange.«

Quinn öffnete die Augen, als Hannah einen Stuhl heranzog.

»Superintendent. Nett von Ihnen, mich zu besuchen.«

»Wie fühlen Sie sich?«

»Scheußlich.«

»Kann ich mir gut vorstellen. Ich habe selbst einmal drei Schüsse abbekommen. Es tut verteufelt weh, aber es geht vorbei.«

»Schlimmer ist das, was in meinem Kopf vor sich geht. Ich habe Dillon und Billy im Stich gelassen. Ich stand diesem Kerl gegenüber und bin einfach erstarrt. Meine Hand hat gezittert, und ich konnte nicht abdrücken. Er hätte mich wahrscheinlich abgeknallt, wenn Billy nicht vorher geschossen hätte.«

»Billy wird leicht mit solchen Situationen fertig. Er und Dillon haben eines gemeinsam – sie sind die geborenen Killer.«

»Und ich nicht?«

»Nein, trotz Ihrer Heldentaten im Krieg. Und es gibt überhaupt keinen Grund, sich deshalb zu schämen, Senator.«

»Ich habe Dillon noch gar nicht gesehen. Kommt er auch noch?«

»Nein, er ist in Hazar.«

»Verdammt, genau dort sollte ich auch sein. Erzählen Sie mir, was er vorhat.«

In Fuad verbrachten Keenan und seine Männer den Tag damit, peinlich genau das Material zu überprüfen, das Colum McGee besorgt hatte. Keenan ließ sie sogar mehrmals die Gehäuse aufschrauben und das Innere inspizieren.

»Mein Gott, ist das denn nötig, Barry?«, fragte Casey.

»Hauptsache, wir wirken schwer beschäftigt. Ich möchte, dass die Countess denkt, sie bekommt auch was für ihr Geld. Ich habe mir noch mal die technischen Details dieser Brücke angeschaut. Ich denke, bei vierzig Tonnen Sprengladung an Bord brauche ich nur noch einen großen Block Semtex, damit alles in die Luft geht.«

»Die altmodische Methode?«, sagte Kelly.

»Die altmodische, einfache Methode.« Keenan lächelte. »Die ist mir immer noch am liebsten.«

Am frühen Abend erschien Villiers mit Lacey und Parry im Lager der Scouts, und alle setzten sich rings um das Feuer.

»Ich habe ausgerechnet, dass wir in einer halben Stunde Tank fünf erreichen können. Ich würde sagen, wir sollten um sechs losfliegen. Ihr wollt euch ja sicher erst noch dort umschauen und die Lage erkunden.«

»Ja, wäre gut«, nickte Dillon.

»Das Problem ist nur, dass ich mit meinen Männern gegen halb vier aufbrechen muss«, warf Villiers ein. »Wir setzen Sie am Flughafen ab, wo Sie bis zum Start um sechs Uhr warten müssen.«

»Dann sehen wir uns dort«, sagte Ferguson zu Lacey. »Neben Dillon und Billy werden Sie nämlich noch zwei Passagiere haben, Major.«

Lacey lächelte. »Ist in Ordnung, General.« Er und Parry stiegen in einen Landrover, und Villiers fuhr sie zurück.

In Fuad checkte Carver nach Mitternacht den Scorpion gründlich durch und füllte mithilfe von einigen Beduinen die Tanks auf. Keenan und seine Männer packten sorgfältig die Taschen mit Semtex, Zeitzündern und Zündschnüren und verstauten sie vorsichtig, dann gingen sie in das Blockhaus, das als Munitionsdepot und Waffenlager diente.

»Was habt ihr am liebsten?«, fragte Colum McGee.

Keenan begutachtete die Gewehre. »Ein AK 47 für jeden und die entsprechende Munition.«

»Was ist mit Pistolen?«

»Okay, drei Brownings.«

Nachdem sie sich bewaffnet hatten, kehrten sie zum Scorpion zurück, wo Kate Rashid und Rupert mit Carver redeten. Er blickte auf seine Uhr.

»Zehn nach eins. Wir starten ruhig schon mal. Der Wetterbericht ist gut. Kein nennenswerter Wind. Sollte ein glatter Flug werden.«

»Dann los«, sagte Kate Rashid. »Machen Sie Schlagzeilen.«

»Nein danke, das habe ich jahrelang in Irland getan. Diesmal ist es mir lieber, Geld zu machen. Wir treffen uns an der Brücke.«

Carver saß bereits am Steuerknüppel. Keenan stieg mit Casey und Kelly ein und schloss die Tür. Einen Moment später hoben sie ab.

Der Flug verlief so glatt, wie Carver vorhergesagt hatte. Rings um den Halbmond am Himmel leuchteten die Sterne wie helle Diamantsplitter. Al Mukalli war allem Anschein nach lediglich ein kleines Nest. Man sah nur wenige Lichter, einige Gebäude mit flachen Dächern und ein Netz von Eisenbahnschienen mit einigen Nebengleisen, auf denen ein paar Wagons und zwei Lokomotiven abgestellt waren. Eine der Loks war an eine lange Reihe von Güterwagons gekuppelt.

Als der Scorpion zur Landung ansetzte, sprangen zwei Männer aus der Lok und ein dritter aus dem letzten Wagon. Keenan öffnete die Tür. Er und Casey stiegen aus; Kelly reichte ihnen die Taschen und die Gewehre.

»Okay«, rief Carver, »ich bin dann wieder weg. Wir sehen uns bei der Brücke.«

Keenan ging auf die drei Araber zu. Einer trug eine Dschellaba, die anderen waren in weiße ölfleckige Overalls gekleidet.

»Ihr habt uns erwartet?«

»Ja, *Sahb*«, erwiderte der Mann in der Dschellaba. »Ich bin Jussuf, der Wächter.« Er deutete auf den älteren bärtigen Araber. »Das ist Ali, der Lokführer.«

»Und wer ist das?«, fragte Keenan mit Blick auf den Dritten, einen jungen, kräftig gebauten Mann.

»Osama, der Heizer. Sie sprechen kein Englisch.«

»Man hat mir gesagt, ihr seid alle Rashid-Beduinen?«

»Ja, *Sahb*«, entgegnete Jussuf mit sichtlichem Stolz, »wir gehören zu diesem Stamm.«

»Und die Countess?«

»Ist unsere gesegnete Führerin, gepriesen sei Allah.«

»Also seid ihr darüber informiert, was von euch erwartet wird?«

»Das sind wir, *Sahb*.«

»Gut.« Keenan betrachtete die Lok und lächelte versonnen. »So eine hat mein Großvater zu Hause gefahren. Als ich fünf war, hat er mich mal mitgenommen. Hört ihr, wie der Dampf leise zischt? Und dieser Geruch ist unverkennbar.«

»Wirklich ein alter stinkender Klapperkasten«, sagte Kelly.

»Du hast keine Seele und keinen Sinn für Poesie«, erwiderte Keenan. »Bring uns zu deinem Wagon, Jussuf.«

Jussuf ging voraus zum Ende des Zugs, stieg die Eisenstufen zu einer Plattform hinauf und öffnete eine Tür. Zwei Öllampen hingen an der Decke; es gab einen Tisch, lederbezogene Bänke und einen kleinen Gasherd, auf dem ein Kessel stand. Neben einem Waschbecken waren am anderen Ende zwei schmale Türen. An einer hing ein Schild mit der Aufschrift *Toilette.* Casey und Kelly stellten die Taschen mit dem Semtex und den Zeitzündern ab.

»Irgendwas zu essen?«, fragte Casey.

»Datteln, *Sahb*, getrocknetes Fleisch, Brot.«

»Mein Gott«, seufzte Casey.

»Da ist Tee im Schrank, *Sahb*«, sagte Jussuf, »englischer Tee.«

»Na, das ist doch schon mal was.«

Kelly zog eine kleine Flasche Whiskey aus einer der Taschen. »Der passt genau dazu.« Er schraubte den Verschluss auf und reichte sie Keenan, der einen tiefen Schluck nahm. »Wir fahren um vier Uhr ab?«, fragte er Jussuf.

»Ja, *Sahb*.«

Keenan blickte auf seine Uhr. »Fünfundvierzig Minuten. Okay, dann schauen wir uns mal die Frachtwagons an, und du zeigst mir, wo die Sprengstoffe sind.«

Die offenen Wagons waren mit Ölpipelines beladen; in den beiden geschlossenen in der Mitte des Zugs befanden sich die Kisten mit Sprengstoff. An jedem Wagon führte eine Leiter hinauf zum Dach, und durch eine Falltür kam man hinunter ins Innere.

»Das ist gut«, sagte Keenan. »So kann ich während der Fahrt rein. Sag mir, Jussuf, was passiert mit euch, wenn die Sache vorbei ist?«

»Wir haben Freunde in den Bergen, *Sahb*, dort sind wir in Sicherheit.«

»Dann ist es ja gut. Gehen wir zurück und trinken einen Tee.«

Um sechs Uhr rollte die Gulfstream aus dem Hangar des RAF-Geländes. Dillon und Billy trugen schwarze Overalls und kugelsichere Westen aus Titan; ihnen gegenüber saßen

Harry und Ferguson. Die Fallschirme und Waffen lagen auf dem Boden neben der Tür.

Die Gulfstream wendete am Ende der Rollbahn und wartete auf ihre Starterlaubnis. Es wurde allmählich heller, aber der Mond stand immer noch am Himmel.

Harry wirkte angespannt. »Blödsinnige Verrücktheit. Wie kann man aus so einer Kiste rausspringen? Das ist Selbstmord.«

»Wir haben das auch schon vor zwei Jahren in Cornwall gemacht«, entgegnete Billy. »Mein erster Sprung damals. Wie du siehst, ist mir nichts passiert, oder? Du machst dir zu viele Sorgen.«

Um halb sieben stiegen Kate Rashid, Dauncey und Abu mit zwei bewaffneten Beduinen in den Scorpion. Carver, der im Cockpit saß, schaute über die Schulter. »Das Wetter hat sich geändert. Es gibt ein bisschen Gegenwind. Deshalb brauchen wir vielleicht etwas länger.«

»Fliegen Sie einfach los«, erwiderte Rupert Dauncey und lächelte Kate zu. »Dann wollen wir mal, Cousine. Wie hast du gesagt – Schlagzeilen machen?«

Sie trug einen schwarzen Overall und einen Burnus, den Kapuzenmantel der Beduinen. »Ganz recht, Darling. Gib mir eine Zigarette.«

Er zündete zwei an und reichte ihr eine, während Carver startete.

Zur gleichen Zeit näherte sich die Gulfstream dem Zielgebiet und ging von tausendfünfhundert Metern hinunter auf dreihundert. Parry kam aus dem Cockpit. Er trug Kopfhörer, die er ein wenig zur Seite geschoben hatte, sodass sein linkes Ohr frei war.

»Vier Minuten, meine Herrn.«

Dillon und Billy legten ihre Fallschirme an und hängten sich die Gewehre über die Brust. Dillon schlang sich zusätzlich ein Nachtsichtgerät um den Hals. Lacey begann das Tempo zu drosseln. »Öffne die Tür«, wies er Parry über Kopfhörer an.

Ein kräftiger Windstoß strömte durch die Öffnung herein. Lacey reduzierte das Tempo noch weiter, sodass die Gulfstream fast in der Luft stand.

»Dreihundert Meter«, rief er. »Jetzt!«

Dillon sprang als Erster, Billy folgte ihm. Ferguson kam Parry zu Hilfe, der alle Mühe hatte, die Tür zu schließen. Lacey erhöhte die Geschwindigkeit und stieg wieder auf die nötige Höhe für den Rückflug nach Hazar.

»Gott steh den beiden bei«, seufzte Harry.

Am Horizont dämmerte der Tag herauf, und der Halbmond spendete zusätzliches Licht, sodass die Wüste mit ihren vielen Dünen deutlich zu sehen war, ebenso die Eisenbahnstrecke, neben der die gewaltigen Ölleitungen verliefen. Dillon bemerkte, dass er vom Wind etwas abgetrieben wurde. Billy war dicht hinter ihm, nur noch etwas höher.

Dillon hob das Nachtsichtgerät an die Augen und betrachtete die Gleise zu seiner Rechten, konnte jedoch nichts entdecken und sah nach links. Ja, da war Tank fünf, ungefähr eine Meile entfernt.

Der Boden kam jetzt rasch näher, und einen Moment später landete er zwischen zwei riesigen Dünen im weichen Sand. Rasch befreite er sich von seinem Schirm und begann ihn mit Sand zu bedecken, als er Billy rufen hörte. Er wandte sich um und sah, dass dieser auf halber Höhe in einer der Dünen gelandet war.

Billy vergrub ebenfalls seinen Schirm und kam zu ihm hinunter. Dillon zündete sich eine Zigarette an.

»War ja ein Klacks«, sagte Billy. »Aber ich konnte keine Spur des Ziels sehen.«

»Ich schon, aber nur mit dem Nachtsichtgerät. Eine Meile weiter in diese Richtung.« Er blickte auf seine Uhr. »Viertel vor sieben. Wir machen uns besser auf den Weg.«

Als sie Tank fünf erreichten, war es bereits deutlich heller geworden. Sie hatten eine gute halbe Stunde gebraucht, da das Gehen im weichen Sand, der von dem zunehmenden Wind immer wieder aufgewirbelt wurde, ziemlich mühsam gewesen war.

Das Haus stellte sich als eine armselige Hütte aus Leichtbeton heraus. Die Rahmen der beiden Fenster waren längst verschwunden, und die Holztür ließ sich nur mit Mühe öffnen. Im Innern sahen sie eine alte verrostete Pumpanlage.

»Das Ding ist seit Jahren nicht mehr benutzt worden«, sagte Billy. »Woher bekommen sie das Wasser? Vielleicht haben wir uns getäuscht, Dillon, und hier hält längst keiner mehr?«

Sie gingen nach draußen und schauten an dem Tank empor, der auf vier rostigen Eisenstelzen stand. Neben einer Eisenleiter hing ein dicker Schlauch mit einem metallenen Gewinde am Ende. Dillon untersuchte ihn.

»Ist aber feucht. Ich schaue mal nach.«

Er stieg die Leiter am Tank hinauf. Er war abgedeckt, doch es gab eine Luke, die sich knarrend öffnen ließ. Das Wasser stand fast bis an den Rand.

»Er ist voll. Offensichtlich funktioniert die Pumpe nicht. Vielleicht ist die Quelle ausgetrocknet. Sie kuppeln wahrscheinlich ab und zu einen Wassertank an den Zug und füllen damit diesen Tank auf.«

»Na, Gott sei Dank. Und jetzt?«

»Ich erkundige mich mal, was Tony Villiers macht.«

Villiers saß im vordersten Landrover, dem die anderen vier folgten, und hatte mit einem aufkommenden Sandsturm zu kämpfen. Wie seine Männer hatte er das Gesicht vermummt, und es war reines Glück, dass er sein Codex klingeln hörte.

»Hier Dillon. Billy und ich sind an Ort und Stelle. Was ist mit Ihnen?«

»Wir müssten gegen halb neun die andere Seite der Brücke erreichen, aber ich kann es nicht garantieren. Wir haben hier einen Sandsturm.«

»Ja, bei uns sieht's ähnlich aus. Tun Sie Ihr Bestes. Ich ruf später noch mal an, um die Ankunft des Zugs zu melden.«

»Viel Erfolg«, sagte Villiers.

Als Nächstes versuchte Dillon, Ferguson anzurufen, erhielt aber keine Verbindung. Inzwischen hatten er und Billy sich zum Schutz vor dem kräftigen Wind ins Innere des Häuschens zurückgezogen.

»Was passiert, wenn der Zug kommt?«, fragte Billy. »Bleiben wir hier drin?«

»Besser nicht. Es könnte sein, dass jemand auf die Idee kommt, hier mal reinzuschauen.« Dillon ging nach draußen und blickte sich um. Hinter dem Turm stieg das Gelände steil an, und aus dem Sand ragten einige Steinbrocken und Felsen. »Wir verstecken uns dort, bis der Zug sich wieder in Bewegung setzt.«

»Wir werden uns verdammt beeilen müssen. Wo steigen wir ein?«

»In den Wagon des Wächters am Ende.«

»Und wenn es keinen gibt?«

»Den gibt es immer, Billy.« Dillon schaute auf seine Uhr. »Viertel vor acht. Jetzt ist es gleich so weit.«

In der Ferne hörte man ein Geräusch wie ein leises Zischeln und dann einen lang gezogenen Pfiff.

»Da kommt er, Billy. Los, in Deckung.«

Die Tür neben der Toilette im Wagen des Wachmanns führte zu einer metallenen Trittfläche, darunter lag die Kupplung zu einem der offenen Wagons, die mit Ölleitungen beladen waren. Hölzerne Laufplanken führten über die insgesamt vier offenen Wagons; es folgten die geschlossenen Wagons mit dem Sprengstoff, schließlich der Wassertank und der Kohlentender. In jedem der geschlossenen Wagons gab es schmale Zugangstüren, sodass der Wachmann leicht bis zur Lok gelangen konnte, was Keenan sehr zupass kam.

Während der Fahrt hatten er, Casey und Kelly die beiden Wagons mit Sprengstoffen durch Zündschnüre miteinander verbunden und im vorderen Wagon zudem eine Ladung Semtex platziert.

Keenan hatte sich für Zeitzünder entschieden, die auf zehn Minuten eingestellt waren. Sie steckten bereits in dem Semtexblock, um im geeigneten Moment, wenn der Zug auf der Brücke hielt, ausgelöst zu werden.

Er hatte in der vergangenen Stunde so viel Spaß gehabt wie seit Jahren nicht mehr. Casey und Kelly waren zum Wagen des Wachmanns und der Whiskeyflasche zurückgekehrt, aber Keenan hatte sich auf den Weg zu Ali gemacht, der ihm erlaubt hatte, die alte Lok zu fahren.

Es war wunderbar gewesen, den Wind im Gesicht zu spüren und den Geruch des Dampfs zu riechen. Als der

Zug die Steigung zu Tank fünf hinaufzufahren begann, ließ er das Pfeifsignal ertönen. Jussuf hatte erklärt, warum der Halt notwendig war, und jetzt tippte Ali ihm auf den Arm, um ihn abzulösen. Er verringerte das Tempo. Vor ihnen lag Tank fünf.

Dillon und Billy kauerten hinter einem Felsen auf halber Höhe des Abhangs. Plötzlich klingelte Dillons Codex.

Ohne zu überlegen, antwortete er. »Wer ist da?«

»Ferguson. Ich will wissen, was los ist.«

»Wir sind bei Tank fünf, und der Zug kommt gerade, das ist los, deshalb würde ich jetzt mal lieber aus der Leitung gehen, General.«

Der Zug hielt in einer zischenden Dampfwolke. Ali und Osama sprangen heraus, gefolgt von Keenan.

»Aha, Barry Keenan höchstpersönlich«, sagte Dillon leise. »Und da sind ja auch Kelly und Casey.« Jeder der Männer hatte ein AK um die Schulter geschlungen. Jussuf verließ als Letzter den Zug.

Dillon und Billy beobachteten, wie Osama einen Schlauch aus dem Zug zog und mit dem Schlauch am Tank verband. Dann begann er, den Hebel einer Handpumpe zu betätigen. Dillon überlegte, ob er Villiers anrufen sollte, beschloss aber, damit zu warten, bis sie im Zug waren. Kelly und Casey lachten gerade über irgendetwas.

»Warum legen wir sie jetzt nicht gleich um«, flüsterte Billy. »Ginge doch ohne Schwierigkeiten.«

»Weil wir nicht genau wissen, was Keenan im Zug gemacht hat. Er wird alles zur Sprengung vorbereitet haben, wahrscheinlich mit Zeitzünder. Ich vermute, die Sprengstoffe sind in den geschlossenen Frachtwagons, aber wir brauchen diese Kerle, um sie uns zu zeigen.«

»Verstehe.«

Osama löste den Wasserschlauch, Keenan stieg wieder auf die Lok, und Kelly kletterte die Leiter zum ersten Wagon hinauf; Casey stieg auf das Dach des nächsten. Ali und Osama folgten Keenan, und Jussuf ging zum Ende des Zugs.

»Der Wächter«, sagte Dillon.

Sie beobachteten, wie er die Tür des letzten Wagons schloss. Keenan stand wieder neben Ali am Steuer der Lokomotive. Er ließ die Pfeife ertönen, und die Lok stieß eine dicke Dampfwolke aus.

»Vorwärts, Billy«, sagte Dillon und rutschte den Hügel hinunter.

Der Zug setzte sich mit gewaltigem Rattern und Klappern in Bewegung. Als er bei ihnen vorbeikam, rannten sie auf die Gleise zu, griffen nach dem Geländer um die Plattform zum letzten Wagon und sprangen auf. Keenan ließ immer noch die Pfeife ertönen.

Dillon zog sein Codex heraus und rief Villiers an, der sich sofort meldete. »Sind Sie das, Dillon?«

»Jawohl. Sie haben Wasser aufgenommen. Billy und ich sind auf der Plattform des letzten Wagons. Wir knöpfen uns jetzt den Wächter vor. Sagen Sie Ferguson Bescheid und sehen Sie zu, dass Sie pünktlich zur Stelle sind.«

Er schaltete ab, steckte das Codex in seine Tasche und grinste Billy zu. »Ich bin der Ältere, deshalb lasse ich dir den Vortritt.«

»Mistkerl.«

Dillon öffnete die Tür, und Billy sprang mit schussbereitem AK hinein. Jussuf saß am Tisch und erstarrte beim Anblick dieser beiden schwarz gekleideten Dämonen. Billy drückte ihm die Mündung des AKs unters Kinn.

»Er wird dich, ohne zu zögern, töten«, sagte Dillon auf Arabisch. »Und die Waffe hat einen Schalldämpfer. Niemand wird etwas hören.«

Jussuf war entsetzt. »*Sahb*, bitte nicht.«

»Du sprichst Englisch?«

»Ja.«

»Dann benutze es, denn mein Freund spricht kein Arabisch. Beantworte meine Fragen, und du bleibst am Leben. Wo sind die Sprengstoffe, die ihr transportiert?«

»In den beiden geschlossenen Wagons in der Mitte des Zugs.«

»Die drei Iren, was haben sie getan, seit ihr Al Mukalli verlassen habt?«

»Ich weiß nicht, *Sahb*.«

»Du lügst. Töte ihn, Billy.«

Billy trat zurück und hob die Waffe. »Nein, *Sahb*«, schrie Jussuf, »ich sage die Wahrheit.«

»Das soll ich glauben? Du bist ein Rashid-Beduine, genauso der Lokführer und der Heizer. Deshalb musst du auch wissen, dass der Zug auf der Brücke hält, wo die Iren ihn in die Luft jagen wollen. Ist es nicht so?«

»Ja, *Sahb*.«

»Also sag mir die Wahrheit. Was haben sie gemacht?«

»Ich weiß nur, dass sie die meiste Zeit in den Sprengstoffwagons waren«, erwiderte Jussuf verzweifelt. »Aber ich hatte Befehl, hier zu bleiben, *Sahb*. Ich habe nicht gesehen, was sie getan haben.«

Er sagte offensichtlich die Wahrheit. Dillon zündete sich eine Zigarette an und reichte sie ihm. »Ist es leicht, zu diesen Wagons zu kommen?«

»Ja, *Sahb*, durch diese Tür, und über die offenen Wagons gibt es Planken.«

»Also kann man bis zur Lok gehen?«

»Ja, *Sahb.*«

Dillon nahm eine drohende Haltung ein. »Gibt es noch etwas, das du mir sagen solltest, oder hast du mir alles erzählt?«

»Ich schwöre es beim Leben meines ältesten Sohns.« Schweiß stand ihm auf dem Gesicht. »Sie waren eine oder anderthalb Stunden in dem Wagon. Danach haben zwei von ihnen hier gesessen und Whiskey getrunken. Der Anführer ist zu Ali und Osama gegangen und hat den Zug gefahren.«

»Ihn gefahren?«

»Ja, *Sahb*, als wir Wasser aufgenommen haben, hat mir Ali erzählt, er sei wie ein kleiner Junge. Er liebt Züge.«

»Hat er das Ali gesagt?«

»Nein, *Sahb*, er kann kein Arabisch und Ali kein Englisch. Aber man merkt es daran, wie er sich benimmt.«

»Wieso ist das so wichtig, Dillon?«, fragte Billy.

»Weil es gut ist, dass Keenan da vorne beschäftigt ist.« Er packte Jussuf am Arm und schob ihn zur Tür. Der Zug fuhr jetzt kurz vor dem Anstieg vielleicht fünfundzwanzig Meilen die Stunde. »Ich halte mein Wort. Ich habe versprochen, dich leben zu lassen, wenn du mir die Wahrheit sagst.« Er öffnete die Tür.

»Aber, *Sahb*, ich ...«

»Nichts *Sahb*. Spring, und vielleicht überlebst du. Wenn du bleibst, stirbst du ganz sicher.«

Jussuf ging zögernd die Metallstufen hinunter und sprang hinaus. Eine dicke Sandschicht bedeckte an dieser Stelle die Ölpipelines neben den Gleisen. Er überschlug sich mehrere Male, dann bog der Zug um eine Kurve, und er war nicht mehr zu sehen.

»Was jetzt?«, fragte Billy.

»Wir brauchen entweder Casey oder Kelly. Gehen wir.«

Er öffnete die Durchgangstür und schaute über die offenen Wagons zu Kelly und Casey, die auf den ersten beiden Wagons mit den Sprengstoffen saßen.

»Wenn ich am zweiten Wagon bin, schießt du Casey vom Dach. Kelly schaut in die andere Richtung und wird es nicht merken. Ich locke ihn runter und hoffe mal, dass er sich so verhält, wie ich erwarte.«

»Okay, du bist der Boss.«

Dillon ging über die Laufplanken zur Tür des Wagons, neben der die Leiter hinauf zum Dach führte. Er wandte sich um und gab Billy ein Zeichen. Casey hatte sein AK über die Knie gelegt und wollte sich gerade eine Zigarette anzünden. Billy zielte sorgfältig auf seinen Kopf. Casey kippte um, rutschte über das leicht abgeschrägte Dach und fiel mitsamt seinem Gewehr hinunter neben die Gleise.

Dillon wartete, bis der Zug um eine Kurve gebogen war, dann stieg er die Sprossen hinauf und spähte über den Rand. Kelly hockte auf dem Dach des nächsten Wagons und hatte gar nicht bemerkt, dass Casey verschwunden war.

Billy hatte sich wieder in den Wagen des Wächters zurückgezogen. »Kelly, hilf mir mal«, rief Dillon und stieg rasch die Leiter hinunter.

Kelly hatte ihn trotz des Lärms gehört. Er schaute sich um, stand auf und schlang sich sein Gewehr über die Schulter. Langsam ging er zum Ende des Wagons und sprang hinüber auf den nächsten, wo er einen Moment schwankend das Gleichgewicht suchte.

»Casey, wo bist du denn?«

»Tot und wahrscheinlich in der Hölle, aber du hast ja noch mich, deinen alten Freund Sean Dillon.« Dillon richtete sein AK auf ihn. »Komm runter, oder du kannst ihm gleich Gesellschaft leisten. Und wenn ich dich nicht erwische, dann mein Freund.« Billy trat aus dem Wagon des Wächters.

»Verdammt, das gibt's doch nicht! Du, Dillon?«

»Runter mit dir, hab ich gesagt!«

Kelly gehorchte. Dillon nahm ihm das AK ab, schleuderte es neben die Gleise und öffnete die Hintertür in den Wagon. Billy kam zu ihnen.

»Rein da. Schieb die Tür auf, Billy.«

Helles Licht drang herein. »So, und jetzt zeig mir, was Keenan getan hat.«

»Herrgott, Dillon, er wird mich umbringen!«

Billy beschloss, den Knallharten zu spielen, um die Sache etwas zu beschleunigen. »Das ist bloß Zeitverschwendung, Sean. Ich werfe ihn raus.«

»Aber dann bricht er sich den Hals«, sagte Dillon. »Wir haben immerhin rund vierzig Meilen drauf.«

»Na und?«

Billy drückte Kelly die Mündung seines AKs in den Bauch und trieb ihn zur offenen Tür.

»Nein! Bitte nicht! Ich zeig's euch ja.«

»Dann los.«

Kelly wandte sich zu den Kisten mit Sprengstoffen. »Da drin sind chemische Zünder, die durch eine Zündschnur mit dem nächsten Wagon verbunden sind.«

»Und was ist dort?«

»Semtex mit einem Zeitzünder, auf zehn Minuten eingestellt.«

»Gut. Dann reiß diese Zündschnur raus.« Kelly gehorchte. »Na bitte. Das war doch einfach, oder? Jetzt zum nächsten Wagon. Da nimmst du dir das Semtex vor.«

Im gleichen Moment drehte Keenan sich zufällig um und entdeckte überrascht, dass seine Männer verschwunden waren. Sie näherten sich allmählich der Brücke, die er bereits in einer Meile Entfernung sehen konnte, als der Hohlweg, durch den der Zug fuhr, sich verbreiterte. Voller Unbehagen stieg er auf die Laufplanken, ging über den Kohlentender und den Wassertank und kam zum ersten Wagon. Die Falltür im Dach hatte er absichtlich offen gelassen, damit sich im Innern nicht die Hitze staute, was dem Semtex nicht besonders gut bekommen wäre. Er hörte Stimmen und spähte hinein.

Kelly entfernte gerade die Zeitzünder aus dem Semtex. Er wandte sich um und wollte sie durch die offene Schiebetür hinauswerfen. In blinder Wut zog Keenan seine Browning aus der Tasche.

»Du blöder Dreckskerl!« Er schoss Kelly zweimal in den Rücken, der hinaus auf die Gleise stürzte.

Billy feuerte auf ihn, und Keenan wich zurück. »Schieß weiter, Billy«, rief Dillon. Geduckt huschte er zur Hintertür hinaus und stieg die Leiter zum Dach hinauf.

Barry hatte Schwierigkeiten, aufrecht stehen zu bleiben, da der Zug volle Fahrt machte. Er schoss, aber seine Kugel schlug fast einen Meter neben Dillon ein. Noch einmal wollte er auf ihn anlegen, doch dann überzog ein Ausdruck der Überraschung sein Gesicht.

»Verdammt, Dillon, du bist das?«

»Gott segne dich, Barry«, sagte Dillon und feuerte eine automatische Salve ab. Barry taumelte zurück, fiel vom Dach des Wagons und stürzte unter die Räder des Zugs. Billy kam zu ihm.

»Sean, wir haben es geschafft.«

»Wieder mal die Welt gerettet.« Dillon zog sein Codex

heraus und rief Villiers an. »Mission erfolgreich beendet, Tony. Keenan und seine Gesellen sind erledigt und alle Sprengladungen entschärft. Wir sind fast bei der Brücke. Wo stecken Sie?«

»Noch zwei Meilen von der Brücke entfernt auf der anderen Seite, aber Sie fahren besser weiter. Es könnte Probleme geben. Kate Rashids Scorpion ist gerade über uns weggeflogen.«

»Ach ja? Danke für die Warnung. Wenn wir Sie sehen, stoppen wir den Zug.«

»Was ist?«, fragte Billy.

»Tony hat gerade Kates Helikopter gesehen, deshalb fahren wir so lange, bis wir auf ihn und die Scouts treffen. Gehen wir zur Lok. Ich rede mit den beiden Burschen.«

Ali und Osama starrten sie entsetzt an. »Alle anderen sind tot«, brüllte Dillon in seinem holprigen Arabisch. »Wenn ihr leben wollt, lasst den Zug weiterfahren und tut, was man euch sagt, andernfalls erschießt euch mein Freund.«

Ali wirkte verängstigt, aber Osama zügelte nur mühsam seine Wut. Dillon kletterte wieder aufs Dach des ersten Wagons, holte das Codex heraus und rief Ferguson an, der sich sofort meldete.

»Ferguson.«

»Dillon. Ich stehe auf dem Dach eines Zugs, der gerade die Brücke überqueren will. Es hat keine hässlichen Explosionen gegeben, also kann das Öl weiterfließen in eine undankbare Welt, die nie erfahren wird, wie dicht sie an einer Katastrophe vorbeigeschrammt ist.«

»Und Keenan und Genossen?«

»Haben sich in dem großen Altersheim der IRA im Himmel versammelt.«

»Wie üblich versetzen Sie mich in Erstaunen.«

»Ach Gott, General, ich staune selbst manchmal über mich, aber leider muss ich nun unsere kleine Plauderei beenden. Ich glaube, ich höre Kates Hubschrauber kommen.«

Rupert Dauncey entdeckte als Erster die Landrover. Kate Rashid griff nach einem Fernglas.

»Das ist Tony Villiers mit seinen Scouts. Was macht der denn hier?«

»Viel wichtiger ist die Frage, woher er gewusst hat, dass es Grund geben könnte, hierher zu kommen.«

Unter ihnen erstreckte sich die riesige Brücke, die der Zug gerade zu überqueren begann. »Was zum Teufel ist da los? Er bleibt ja gar nicht stehen!«, rief Kate.

Dauncey hatte ihr das Fernglas abgenommen, warf einen Blick hindurch und reichte es ihr zurück. »Noch interessanter ist, dass zufälligerweise ein alter Freund von dir dort unten ist, gekleidet in eine Kampfuniform der Special Forces.«

»Mein Gott«, flüsterte sie. »Dillon. Wie ist das möglich?«

Als der Scorpion über ihn hinwegflog, winkte Dillon fröhlich.

»Sei verflucht!«, zischte Kate Rashid.

Der Zug fuhr weiter über die Brücke, und Dillon winkte immer noch, als er die andere Seite erreichte. »Abu, erschieß ihn.«

»Zeitverschwendung, Schatz«, erwiderte Rupert. »Jetzt ist es zu spät dafür, dass dein Plan noch gelingt, und auf diese Weise wirst du mit ihm nicht fertig.«

Abu riss die Tür auf, beugte sich vor und feuerte, aber der Hubschrauber sackte durch, und er ließ sein Gewehr fallen. Hastig suchte er Halt, da er beinah kopfüber aus der offenen Tür gestürzt wäre.

Billy hatte den Schuss gehört und schaute auf. Diese Gelegenheit nutzte Osama und versuchte, ihm sein AK zu entreißen. Billy feuerte, aber im gleichen Moment stieß ihn der kräftige Heizer rückwärts aus der Lokomotive.

Dillon erschoss Osama, der ebenfalls aus der Lok stürzte und neben die Gleise fiel. Dauncey hatte wieder das Fernglas ergriffen. »Der junge Salter.«

»Landen Sie neben ihm, Ben«, schrie Kate Rashid. »Los! Und du gibst mir deine Walther, Rupert.«

»Jetzt hör mal, Kate, Villiers wird jeden Moment hier sein. Lass uns besser zusehen, dass wir wegkommen.«

»Gib mir deine Walther!«

Abu funkelte Dauncey drohend an und hob sein AK. Seufzend reichte Rupert ihr die Waffe. »Wie du willst, Cousine.« Der Scorpion wendete und ging tiefer.

Dillon sprang neben den Lokführer und rammte Ali sein AK in die Seite. »Halt den Zug an«, befahl er auf Arabisch. »Sofort!«

Ali gehorchte. Dillon sprang hinaus und rannte zurück.

Billy war noch völlig benommen, als Abu und die beiden Beduinen ihn hochrissen. Er blutete im Gesicht aus einem bösen Schnitt.

»Du Schwein«, zischte Kate. »Du kleines Cockneyschwein. Ich habe euch gesagt, dass ich euch alle umbringe, wenn die Zeit reif ist, und deine Zeit ist jetzt gekommen. Los, lauf um dein Leben. Abu, bring ihn zum Laufen.«

Abu versetzte Billy einen Stoß, und Kate gab mehrere Schüsse auf ihn ab. Die meisten Kugeln trafen nur die Schutzweste, aber zwei erwischten ihn am Oberschenkel und eine andere am Hals.

Dillon ließ sich auf ein Knie fallen, erschoss einen der Beduinen und zielte auf Abu, der Kate und Rupert folgen wollte, die hastig in den Hubschrauber gestiegen waren. Er traf ihn in den Hinterkopf. Der zweite Beduine lief davon und verschwand in den Sanddünen.

Als Carver den Scorpion startete, rannte Dillon zu Billy. Kurz darauf erschien Tony Villiers mit seinen Scouts.

Sie legten Billy in einem der Landrover auf den Rücksitz, wo Villiers ihn untersuchte. In der Titanweste steckten vier Kugeln.

»Hat es ihn erwischt?«, fragte Dillon.

»Nun, ich bin kein Arzt, aber ich habe schon jede Menge Schussverletzungen behandelt. Hier am Hals hat er einen glatten Durchschuss. Wenn eine Schlagader getroffen worden wäre, würde das Blut nur so herausspritzen, aber dem ist nicht so, deshalb können wir diese Wunde erst mal einfach verbinden. Reichen Sie mir den Medizinkoffer.«

Rasch verband er Billys Hals, der leise stöhnte. »Gesegnet sei das Titan«, seufzte Dillon.

»Ja, aber er ist zweimal in den rechten Oberschenkel getroffen worden.« Villiers nahm ein Skalpell aus dem Koffer und schlitzte das Hosenbein auf. Die Wunden hatten kaum geblutet. »Die Kugeln sind noch drin. Gott weiß, was sie angerichtet haben. Ich kann ihn leider nur verbinden und ihm Morphium geben. In den Medizinkoffern sind Infusionsbeutel. Jemand muss sich während der Fahrt neben ihn setzen und sie hochhalten.«

»Das mache ich schon«, sagte Dillon.

Villiers legte Billy einen festen Verband an, versorgte zuletzt auch den Riss im Gesicht und stieß vorsichtig die Nadel eines Infusionsbeutels in den linken Arm. Die Beduinen hatten schweigend zugeschaut. Achmed kam heran und hielt den Plastikbeutel hoch.

»Vier Stunden bis nach Hazar auf dieser Straße. Hat er eine Chance?«, fragte Dillon.

»Ich weiß nicht, aber ich kann seine Chancen verbessern. Ich rufe Ferguson an.«

Ferguson genoss inzwischen bereits die Annehmlichkeiten des Excelsior, da es keinen Grund mehr gab, ihre Anwesenheit in Hazar geheim zu halten.

»Wo sind Sie?«, fragte Villiers.

»In der Bar im Excelsior. Harry und ich feiern ein wenig. Ich habe mit Blake Johnson gesprochen. Er ist außer sich vor Begeisterung.«

»Nun, warten Sie noch ein bisschen mit dem Feiern. Billy ist schwer verwundet. Kate Rashid hat ihn mehrmals angeschossen.«

»Guter Gott.«

»Wir müssen ihn so rasch wie möglich ins Krankenhaus bringen. Der Zug nutzt nichts, er fährt weiter nach Norden ins Leere Viertel. Damit steht uns eine vierstündige Fahrt auf der Straße bevor.«

»Kann der Junge das durchhalten?«

»Nun, seine Chancen würden sich verbessern, wenn Sie dafür sorgten, dass uns ein Krankenwagen entgegenkommt. Der Leiter der Chirurgie ist ein Inder namens Daz. Er hat schon viel für mich getan. Setzen Sie sich mit ihm in Verbindung. Sie können uns nicht verfehlen. Es gibt nur die eine Straße.«

»Wird erledigt.«

»Dann wollen wir mal«, sagte Villiers zu Dillon. »Sie setzen sich neben Billy, ich gehe nach vorn zu Achmed. Meine Jungs folgen uns.« Er wandte sich an seine Männer. »Vorwärts, mit Vollgas nach Hazar.«

Kate Rashid rief über Handy Captain Black am Flughafen an. »Was kann ich für Sie tun, Countess?«

»Wir landen in ungefähr einer Stunde. Ich will sofort weiter nach England. Besorgen Sie uns eine Startgenehmigung.«

»Selbstverständlich, Countess. Ihr Hausboy hat übrigens eine Nachricht überbracht. Falls Sie sich meldeten, solle ich Ihnen sagen, ein General Ferguson und ein Mr. Salter seien ins Excelsior gezogen.«

»Danke.«

Sie schaltete ab und berichtete Dauncey, was sie erfahren hatte. »Gut, dass wir unser Gepäck bereits an Bord haben und sofort weiterkönnen.«

»Sind wir auf der Flucht, Kate?«

»Sei nicht albern. Weswegen denn? Die Brücke steht nach wie vor, der Zug fährt noch, und die Iren sind tot. Man kann uns gar nichts beweisen.«

»Es ist aber interessant, dass die ganze Truppe hier war. Ich frage mich, woher sie es gewusst haben.«

»Das hängt irgendwie mit Dillon zusammen, das ist immer so. Gott weiß, welcher Teufel ihm das eingeflüstert hat, aber das spielt jetzt auch keine Rolle mehr. Zumindest habe ich mit einem von ihnen abgerechnet.«

»Aber nicht mit Dillon.«

»Mein Tag wird noch kommen, Darling, warte nur ab.«

Anderthalb Stunden nachdem sie losgefahren waren, erhielt Villiers einen Anruf von Daz. »Hallo, Tony, der General hat mir alles erklärt. Beschreiben Sie den Zustand des jungen Mannes.« Villiers berichtete ihm rasch, was geschehen war und was er getan hatte.

»Und wie geht es ihm jetzt?«

»Bewusstlos, aber er lebt noch. Die Fahrt ist ganz schön hart.«

»Ich weiß. Ich habe beschlossen, selbst zu kommen, um ihn notfalls gleich behandeln zu können. Es dauert jetzt nicht mehr lange, Colonel.«

»Gott sei Dank«, seufzte Dillon. »Er hat überhaupt keine Farbe mehr.«

»Behalten Sie einfach die Hoffnung«, sagte Villiers. »Das ist das Einzige, was uns bleibt.«

Der Wind nahm wieder zu und trieb Sandwolken vor sich her. Dillon beugte sich über Billy und versuchte, ihn zu schützen. Mein kleiner Bruder, dachte er verzweifelt, da Billy sich immer gern so nannte.

»Hol dich der Teufel, Kate«, sagte er leise. »Wenn er stirbt, gibt es auf der ganzen Welt keinen Platz, an dem du dich verstecken kannst.«

Wenig später tauchte aus einer Sandwolke vor ihnen ein Ambulanzwagen auf. Daz, ein hoch gewachsener hagerer Inder, der einen Burnus trug, sprang mit zwei Sanitätern heraus. Bald lag Billy auf einer Trage und wurde in den Krankenwagen gebracht.

»Wir fahren sofort zurück. Ich will keine Zeit vergeuden.«

»Steigen Sie mit ein, Dillon«, sagte Villiers. »Wir sehen uns dann später.«

Dillon rannte Daz hinterher und kletterte in den Krankenwagen, wo der Sandsturm nur noch gedämpft zu hören war. Alles schien auf einmal wieder ruhig und geordnet.

Schweigend schaute er zu, wie Daz und die Sanitäter sich um seinen Freund kümmerten.

Drei Stunden später saßen Dillon und Harry Salter in der Halle des Krankenhauses und tranken Whiskey, den sie aus der Bar des Excelsior mitgenommen hatten.

»Was für eine Scheiße«, seufzte Harry.

Dillon nickte. »Du hast keine Ahnung, wie Leid mir das tut.«

»Es ist nicht deine Schuld, Dillon.« Er schüttelte den Kopf. »Ich könnte den Jungen nicht mehr lieben, wenn er mein eigener Sohn wäre. Gieß mir noch einen ein.« Seine Hand mit dem Pappbecher zitterte ein wenig. »Er könnte uns wegsterben, und diese Schlampe hätte ihn auf dem Gewissen.«

»Du weißt doch, was man sagt, Harry. Absolute Macht verdirbt jeden. Man bildet sich ein, man könne tun und lassen, was man will, und damit durchkommen. So ist es auch bei Kate Rashid. Aber was passiert, wenn du merkst, dass du eben nicht alles bekommen und nicht immer deinen Willen durchsetzen kannst? Manchmal genügt das schon, um einen verrückt zu machen, wenn man nicht bereits verrückt ist.«

»Na, sie ist es jedenfalls, und zwar komplett. Wenn ich sie je in die Finger kriege ...« Er beendete den Satz nicht, weil Tony Villiers und Ferguson eintraten.

»Irgendwelche Neuigkeiten?«, fragte Ferguson.

Dillon schüttelte den Kopf. »Noch nicht.«

»Aber ich habe welche. Ich habe gerade Lacey am Flughafen angerufen. Offensichtlich sind Kate Rashid und ihr Cousin vor mehr als zwei Stunden nach London abgeflogen.«

»Ihnen ist hier wohl der Boden zu heiß geworden«, meinte Dillon.

»Das könnte man so sagen«, erwiderte Ferguson. »Aber betrachten Sie es mal anders. Was haben wir denn tatsächlich gegen sie in der Hand? Die Brücke steht. Sie ist immer noch die Anführerin der Rashid-Beduinen und die mächtigste Gestalt im südlichen Arabien.«

»Was ist mit dem Tonband und dem aufgezeichneten Gespräch?«

»Das ist ohne Bedeutung, weil nichts, was sie dabei besprochen haben, passiert ist. Aus welchem Grund sollte der Generalstaatsanwalt versuchen, gegen die reichste Frau der Welt Anklage zu erheben? Nur wegen ihrer Spinnereien? Nein, eine solche Angelegenheit würde er nicht einmal mit der Beißzange anfassen, und wenn doch, würde eine Heerschar der besten Anwälte Londons aus ihm Hackfleisch machen.«

»Sie kommt also einfach so davon?«, fragte Harry.

In diesem Moment kam Daz, der noch seinen Operationskittel trug, in die Halle. Harry sprang auf. »Wie geht es ihm?«

»Ich habe alles getan, was ich hier tun kann. Er hatte Glück, dass die Kugel im Hals keine Hauptschlagader getroffen hat, andernfalls wäre er verblutet. Achtzehn Stiche im Gesicht werden ihm eine interessante Narbe bescheren, aber wirklich schlimm waren die Verletzungen durch die beiden anderen Kugeln. Sie haben den Beckengürtel zerschmettert. Er wird einen erstklassigen orthopädischen Chirurgen brauchen, wenn er wieder in London ist, doch meiner Meinung nach ist es nichts, das nicht wieder hinzukriegen wäre.«

»Wo ist er jetzt?«, fragte Harry. »Kann ich ihn sehen?«

»Besser nicht. Er liegt auf der Intensivstation. Morgen früh wäre besser.«

»Wann wird er transportfähig sein?«, erkundigte sich Ferguson.

»Ich würde sagen, in vier Tagen, vorausgesetzt, es gibt keine Komplikationen.«

»Bestens.« Ferguson blickte zu Harry. »Wollen Sie hier bei ihm bleiben?«

»Natürlich!«

»Gut. Ich muss zurück nach London, aber wir halten Verbindung. In vier Tagen schicke ich Ihnen die Gulfstream und bespreche inzwischen die Angelegenheit mit Henry Bellamy. Wenn jemand weiß, wer der beste Spezialist in London ist, dann er.«

»Sehr gut«, nickte Harry.

»Wir starten früh am Morgen, Dillon«, sagte Ferguson. »Falls Sie nicht bei Harry bleiben wollen.«

»Nein, ich fliege besser mit Ihnen. Ich habe noch etwas in London zu erledigen.«

»Gut. Dann könnten wir uns ja jetzt ein Abendessen im Excelsior genehmigen. Leisten Sie uns Gesellschaft, Colonel?«

»Danke, General«, erwiderte Tony Villiers, »aber auch ich habe noch einiges zu erledigen.«

Ehe sie am folgenden Morgen abflogen, schauten Ferguson und Dillon noch einmal im Krankenhaus vorbei. Harry, der über Nacht in einem Gästezimmer geschlafen hatte, saß bereits wartend in der Halle.

Kurz darauf erschien auch Tony Villiers. Er trug seine Tropenuniform und hatte eine Browning am Gürtel, wirkte müde und war von oben bis unten verdreckt.

»Guter Gott, Tony«, sagte Ferguson. »Was haben Sie denn getrieben?«

»Ein bisschen Chaos veranstaltet. Haben Sie Billy schon gesehen?«

»Wir hoffen, man lässt uns gleich zu ihm.«

Eine Schwester, die nachgesehen hatte, ob Billy wach war, winkte ihnen. Salter ging voraus in sein Zimmer. Billy lag im Bett, seine Beine waren geschient, und überall hingen Schläuche. Obwohl er sehr schwach war, brachte er ein Lächeln zustande. Salter beugte sich über ihn und küsste ihn auf die Stirn.

»Verdammt, was ist denn in dich gefahren?«, sagte Billy und schaute zu Dillon. »Wir haben es ihnen wirklich gezeigt, was? Auch wenn die Schlampe versucht hat, mich umzubringen, geschafft hat sie es nicht.«

»Dank der Wilkinson Sword Company und ihren kugelsicheren Westen aus Titan.«

»Ja, Harry, da musst du investieren. Kauf gleich ein paar Aktien.«

»Sie ist weg, Billy«, warf Dillon ein. »Sie und Dauncey sind zurück nach London.«

»Von mir aus gern.« Billy zuckte vor Schmerz zusammen. »Lass es gut sein, Dillon, sie ist es nicht wert.«

Die Schwester, die sich im Hintergrund gehalten hatte, mahnte: »Ich glaube, Sie gehen jetzt besser wieder, meine Herren.«

»Noch einen Moment«, sagte Villiers. »Ich habe so was wie ein Geschenk für Sie, Billy.«

»Was denn?«

»Gestern habe ich das Abendessen ausfallen lassen, weil ich mit meinen Scouts in die Nähe von El Hajiz gefahren bin. Ich habe ein paar Beutel Semtex mitgenommen und bin hinüber ins Leere Viertel. Nur ich und mein Sergeant Achmed. War ein ziemlich furchtbarer Marsch bei diesem Sturm, aber um ein Uhr morgens haben wir in Kate Rashids Terroristencamp bei Fuad ein paar Block Semtex mit Zeitzündern verstreut und den Großteil des Lagers zur Hölle gejagt – Fahrzeuge, Munition, Sprengstoffvorräte, alles.«

»Sie Teufelskerl«, grinste Billy. »Sie wundervoller Teufelskerl. Ich würde ja gern lachen, aber dann platzen am Ende noch meine Nähte auf. Oh, da wird Ihre Hoheit außer sich sein vor Wut.«

Nachdem die Gulfstream auf fünfzehntausend Meter gestiegen war, bestellte Dillon bei Sergeant Pound eine Tasse Tee.

»Sie hatten Recht«, meinte Ferguson nachdenklich, »absolut Recht.«

»Womit?«

»Als Sie gesagt haben, es bliebe keine Zeit, die Marines oder den SAS hinzuschicken. Für diese Sache brauchte man jemanden wie Sie.«

»Ja, es hat geklappt, aber wir hatten Glück. Das nächste Mal klappt es vielleicht nicht.«

»Denken Sie, was Sie wollen, Sean, nur tun Sie mir einen Gefallen.«

»Gott steh mir bei, wenn Sie mich Sean nennen. Welchen Gefallen?«

»Lassen Sie die Sache jetzt auf sich beruhen. Ich habe gesehen, wie Sie vorhin im Krankenhaus dreingeschaut haben. Ich will nicht, dass Sie irgendwelchen Unfug anstellen. Das lohnt die Dame nicht.«

»Sie sprechen in Rätseln; ich bin doch nur ein einfacher

irischer Junge.« Dillon wandte sich um und rief Pound zu: »Einen Bushmills, Sergeant, damit ich auf die Teufelin trinken kann.«

London

Dauncey Place

16

Die Gulfstream landete um sieben Uhr abends Londoner Zeit in Farley Field, wo der Daimler bereits wartete. Dillon und Ferguson verabschiedeten sich von Lacey und Parry.

»Soll ich Sie zu Hause absetzen?«, fragte Ferguson.

»Ja, und dann möchte ich gern Daniel Quinn besuchen.«

»Wir treffen uns dort, nachdem ich Hannah über alles informiert habe.«

Dillon schaute auf die Uhr. »Gut. Sagen wir, um neun?«

»Bestens.«

Er setzte Dillon ab und fuhr weiter. Dillon öffnete die Haustür. Er hatte bemerkt, dass einige Meter entfernt ein Bus der Telecom parkte, und holte sein Nachtsichtgerät, ging die Treppe hinauf in sein Schlafzimmer und hob es an die Augen.

»Mein Gott, die Burschen lernen's auch nie«, sagte er leise, als er Newton und Cook erkannte. »Du kannst einfach nicht aufgeben, Kate, was?«

Kate Rashid hatte durch einen Telefonanruf von dem Angriff auf Fuad und dem Start der Gulfstream erfahren und erklärte Dauncey, was sie vorhatte.

»Meinst du nicht, es wäre besser, eine Weile zu warten, bis sich alles ein wenig beruhigt hat?«

»Im Gegenteil. Ich habe Billy Salter getötet, und er hat es gesehen. Früher oder später wird er hinter mir her sein. Ich ziehe es vor, als Erste zuzuschlagen. Und wenn ich das sofort mache, erwische ich ihn vielleicht unvorbereitet.«

»Dillon und unvorbereitet?« Rupert lachte. »Das wäre etwas ganz Neues.«

Es überraschte ihn nicht, dass sie so wütend war. Seit den Vorfällen an der Brücke hatte sie sich verändert. Sie besaß nicht mehr die übliche Selbstbeherrschung und eisige Ruhe, sondern brannte vor Wut, und in ihren Augen lag ein Schimmer, der ihm Unbehagen bereitete.

»Bist du dabei, oder kneifst du?«, fragte sie.

»Natürlich bin ich dabei. Du willst ihn vernichten, und ich werde dir helfen.«

»Ja, ich will ihn umbringen, aber nur, wenn ich das selbst erledigen kann. Er hat meine Brüder getötet, er hat so vieles zerstört, das mir wichtig war. Es ist Zeit, dass er dafür bezahlt. Wir fahren heute Abend nach Dauncey, nur wir beide. Ich rufe vorher an und gebe den Dienstboten frei. Diese beiden Idioten, die du angestellt hast, sind doch ehemalige SAS-Leute, oder?«

»Ja.«

»Dann sollten sie wohl wenigstens eine simple Entführung hinkriegen.«

»Im Hyde Park haben sie sich nicht besonders geschickt angestellt.«

»Wenn sie diesmal wieder versagen, mache ich sie fertig«, rief Kate, »das kannst du ihnen ausrichten. Sie werden nirgends wieder einen Job finden. Ich habe die Macht dazu, Rupert, das weißt du.«

Seltsamerweise schien sie irgendwie seine Bestätigung

zu brauchen, und er hob begütigend eine Hand. »Natürlich hast du das. Ich arrangiere alles.«

»Gut. Jetzt hol mir einen Drink.«

Dillon duschte, streifte schwarze Cordhosen über, ein passendes Hemd, seine alte Fliegerjacke und ein paar Springerstiefel. Im rechten Stiefel steckte ein sieben Zentimeter langes Messer. Er zog es heraus und überprüfte es. Die Klinge war rasiermesserscharf. Vorsichtig schob er es wieder zurück.

Er ging hinunter in den Flur und öffnete eine geheime Schublade unter der Treppe, in der einige Waffen lagen: eine Browning, zwei Walther und ein 25er-Colt mit kurzem Lauf in einem Knöchelhalfter. Nachdem er die Walther mit aufgeschraubtem Schalldämpfer in der Spezialtasche unter seinem linken Ärmel verstaut hatte, ging er von der Küche aus direkt in die Garage. Er stieg in den Minicooper, öffnete per Fernbedienung das Tor, das sich automatisch wieder schloss, und fuhr davon.

Hinter sich entdeckte er die Lichter des Telecom-Busses, der ihm folgte. Er wusste, dass es früher oder später zu einer Konfrontation kommen würde, deshalb hatte er sich entsprechend vorbereitet, doch den Zeitpunkt wollte er selbst bestimmen.

Ferguson und Hannah warteten bereits in Rosedene und redeten mit Martha, als er hereinkam.

»Wie geht es ihm?«

»Nicht besonders gut. Es hat irgendeine Infektion gegeben, was nicht gerade förderlich war.«

»Ich war heute Morgen bei ihm«, berichtete Hannah. »Er hat davon gesprochen, nach Hause zu fahren.«

»Weiß er, was alles passiert ist?«, fragte Dillon.

»Noch nicht. Der General hat mir erst davon erzählt, als er angerufen hat, um zu sagen, wann Sie zurückkommen. Ich wusste, dass Sie den Senator besuchen würden, deshalb dachte ich, ich überlasse es Ihnen.«

»Gut«, nickte Ferguson. »Gehen wir zu ihm.«

Quinn trug immer noch den Arm in einer Schlinge und las ein Buch. »Sie sind wieder da. Hoffentlich mit guten Nachrichten. Was ist passiert?«

»Na ja, es gibt gute und schlechte Nachrichten«, erwiderte Dillon und berichtet ihm alles.

»Das tut mir wirklich Leid mit Billy«, sagte Quinn. »Aber Sie beide haben es geschafft. Kate Rashid muss rasend vor Wut sein.«

»Das denke ich auch. Wir haben ihr einen gewaltigen Strich durch die Rechnung gemacht. Was ist mit Ihnen? Geht's wieder besser?«

»Meinen Sie gesundheitlich oder vom Kopf her?«

»Beides.«

»Bellamy ist ein hervorragender Chirurg. Es wird mit der Zeit alles heilen, darum mache ich mir keine Sorgen. Aber ich habe viel nachgedacht, während ich hier gelegen habe, und bin zu einem Entschluss gekommen. Solche wilden Abenteuer sind nichts mehr für mich.«

»Was ist mit Ihrem Wunsch nach Rache?«, fragte Dillon.

Quinn schüttelte den Kopf. »Ich habe entschieden, dass Helen und ihr Andenken mehr wert sind als billige Rache.«

»Und Kate Rashid und Rupert Dauncey?«, sagte Hannah.

»Oh, sie werden schon bekommen, was sie verdienen. Wie es scheint, geht es mit ihnen ja bereits bergab. Sie werden sich selbst zerstören. Genauso wie ich mich beinahe selbst zerstört hätte. Rache ist eine mächtige Droge – und genauso tödlich.«

»Ich bin froh, das zu hören«, nickte Ferguson. »Versuchen Sie, sich jetzt etwas auszuruhen.«

»Nur eins noch. Ich möchte nicht, dass einer meiner Freunde denkt, er würde mir einen Gefallen tun, indem er die Sache selbst in die Hand nimmt.«

»Also, sehe ich denn wie so jemand aus«, fragte Dillon, da Quinn ihn bei seinen Worten direkt angeschaut hatte. »Andererseits hat Kate Rashid Billy siebenmal in den Rücken geschossen. Wenn diese Titanweste nicht vier Kugeln abgehalten hätte, wäre er jetzt tot.«

»Sie wollen also Rache nehmen?«

»Nein, es ist nur so, dass ich jederzeit mit dem Tod rechnen muss, genauso der General und Harry Salter, daraus hat Kate nie einen Hehl gemacht. Wahrscheinlich sollte ich am besten ständig meine Titanweste tragen. Gute Nacht, Senator.«

Ferguson und Hannah folgten ihm nach draußen. »Sean, Sie wollen doch nicht irgendwelche Dummheiten machen?«

»Habe ich das je getan, Hannah? Sie kennen mich doch. Also los, fort mit Ihnen beiden.«

»Wir sehen uns morgen um neun in meinem Büro. In der Zwischenzeit keine Eigenmächtigkeiten, klar? Das ist ein Befehl«, sagte Ferguson.

»Warum tut Dillon das?«, seufzte er, während sie die Treppe hinunter zu seinem Daimler gingen. »Es ist, als suche er den Tod.«

»Nein, Sir, das nicht. Aber es kümmert ihn nicht mehr, ob er am Leben ist oder nicht.«

»Dann steh ihm Gott bei.«

Dillon sah ihnen hinterher. Auf der anderen Straßenseite stand der Bus der Telecom. Er ging zu seinem Minicooper, setzte sich hinter das Steuer und fuhr davon.

Newton zog die abgesägte Flinte unter dem Beifahrersitz hervor, um die Patronen zu überprüfen.

»Wann schlagen wir zu?«, fragte Cook.

»Früher oder später muss er mal nach Hause. Wir versuchen es, wenn er aus dem Auto steigt. Er mag ja ein Teufelskerl sein, aber nicht, wenn ich ihm dieses Ding zwischen die Augen halte«, grinste er und tätschelte die Flinte.

Dillons Stammkneipe, das Black Horse, lag ganz in der Nähe seiner Wohnung. Um diese Zeit am Abend parkten dort zahlreiche Fahrzeuge. Er hielt am Ende der Reihe und ging in die Kneipe, bestellte allerdings keinen Drink, sondern schaute nur aus dem Fenster, bis der Bus der Telecom rückwärts in eine Parklücke stieß.

Durch eine Seitentür verließ er die Kneipe und eilte geduckt an den Autos entlang. Newton rauchte und hatte die Scheibe heruntergekurbelt. »Vielleicht sollte einer von uns mal reingehen und sehen, was er vorhat?«, meinte Cook.

»Sei nicht albern. Er würde uns doch gleich erkennen, und was er vorhat, ist ganz einfach – einen trinken.«

»Leider nein.« Dillon hielt Newton seine Walther an den Kopf. »Ich überlege vielmehr, ob ich dir das Gehirn rausblasen soll, und das ist übrigens eine Waffe mit Schalldämpfer. Ihr beiden würdet hier ziemlich lange sitzen, ehe irgendjemand merkt, dass ihr dieses Jammertal längst verlassen habt. Nebenbei, das ist Poesie, aber da ihr keine Iren seid, habt ihr für so was wahrscheinlich keinen Sinn.«

»Was wollen Sie?«, fragte Newton schroff.

»Erst mal die da.« Dillon griff nach der Flinte und legte sie aufs Dach. »Jetzt deine«, sagte er zu Cook. »Du hast doch sicher auch eine Knarre dabei.« Cook zögerte, dann nahm er eine Smith & Wesson aus einer Innentasche und reichte sie ihm mit dem Griff voraus. »Komisch, wie bereitwillig mir alle Leute immer ihre Waffen geben«, grinste Dillon.

»Können wir jetzt fahren?«, fragte Newton.

»Erst wenn ihr mir sagt, was Dauncey vorhat. Was sollte mit mir passieren? Eine Kugel in den Kopf und dann ab in die Themse?«

»Nein, das nicht.«

Dillon riss die Tür auf und drückte die Mündung der Walther gegen Newtons Knie. »Wie ich schon sagte, die ist schallgedämpft. Es wird also niemand was hören, wenn ich dir die Kniescheibe zerschieße. Du weißt vielleicht, dass ich jahrelang bei der IRA war. Damals habe ich gelernt, wie man dafür sorgt, dass jemand an Krücken laufen muss.«

»Nein, nicht! Ich sage es ja. Die Countess will, dass wir Sie schnappen und nach Dauncey Place bringen, hat uns Dauncey ausgerichtet. Er hat ausdrücklich gesagt, wir sollten Ihnen sonst nichts tun.«

»Na bitte, warum nicht gleich?« Dillon schloss die Tür und trat zurück. »Wenn ihr beiden wirklich beim SAS wart, dann helfe Gott diesem Land. Meiner Ansicht nach braucht ihr dringend unbedingt einen anderen Job.« Er gab einen Schuss in einen der Vorderreifen ab, der sofort zusammensackte. »Ich belasse es dabei. Das Reifenwechseln wird euch ein bisschen beschäftigen. Und bitte grüßt Dauncey herzlich von mir. Sagt ihm, wir sehen uns bald.«

Er nahm die Flinte und den Revolver vom Dach, ging zu

seinem Minicooper und fuhr davon. Newton stieg aus. »Los, wechseln wir den verfluchten Reifen.«

»Was ist mit Dauncey?«

»Der kann mich mal. Aber ich werde ihn anrufen. Hoffentlich macht er diesen Bastard fertig.«

»Und was machen wir?«

»Du hast doch gehört – uns einen anderen Job suchen.«

Dillon kehrte nach Hause zurück und ließ den Wagen auf der Straße stehen. Ferguson, Quinn und sogar Billy hatten verlangt, er solle die Sache auf sich beruhen lassen, doch das stand jetzt außer Frage. Denn eins wusste er mit absoluter Sicherheit: Kate Rashid würde nie Ruhe geben, nicht wenn es um ihn ging.

Aber im Moment war er einfach erledigt. Die letzten Tage hatten ihren Tribut gefordert, und er musste in bester Verfassung sein. Er schaltete die Alarmanlage an der Haustür ein, ging hinauf in sein Schlafzimmer, zog sich aus und legte die Walther auf den Nachttisch. Noch ehe er das Licht ausknipsen konnte, sank er schon in einen tiefen Schlaf.

Als er aufwachte, blickte er auf die Uhr und sah, dass es halb vier war. Er hatte wieder einen klaren Kopf und fühlte sich topfit. Er stand auf, zog seine schwarzen Cordhosen an, legte die Titanweste um, darüber das Hemd und schließlich die Fliegerjacke. Abschließend griff er nach seinem alten weißen Lieblingsschal und ging die Treppe hinunter. Aus dem Geheimfach nahm er den 25er-Colt – eine leichte Waffe, dafür aber mit Hohlkugeln geladen.

Dillon steckte sie in den Knöchelhalfter und band diesen über den linken Springerstiefel. In der Jacke hatte er bereits die schallgedämpfte Walther, die zweite Walther schob er hinten in seinen Gürtel.

Er füllte sein silbernes Zigarettenetui, steckte es in die

rechte Innentasche und suchte zuletzt sein altes Zippo-Feuerzeug.

Nachdem er ruhig und methodisch diese ganzen Vorbereitungen getroffen hatte, nahm er eine Zigarette aus dem Etui, zündete sie an und lächelte sich im Spiegel neben der Tür zu.

»Nun geht's wieder los, Alter.«

Kate Rashid trug ihren schwarzen Overall und reichlich Schmuck. Gemeinsam mit Rupert und ihrem Dobermann namens Carl hatte sie die ganze Nacht über in der Bibliothek gewartet. Rupert hatte Kaffee gemacht und stellte das Silbertablett auf den Tisch.

»Ich glaube nicht, dass er noch kommt, Schatz.«

»Aber dein Newton hat doch gesagt, er käme.« Sie schenkte zwei Tassen ein.

»Er hat nur gesagt, er solle mir von Dillon ausrichten, dass wir uns bald sehen. Warum sollte das heute Abend bedeuten?«

»Weil ich Dillon kenne wie niemanden sonst. Er wird kommen.«

»Zum Frühstück?«

Rupert ging zum Sideboard und holte eine Flasche Remy Martin. »Möchtest du auch einen?«

»Du brauchst vielleicht einen Cognac – ich nicht.«

»Wie du meinst, Darling.« Er goss einen großzügigen Schuss in seinen Kaffee. »Fabelhaft, deine Diamanten. Warum trägst du sie?«

»Ich möchte ihn doch nicht enttäuschen.« Ein kleines Lächeln umspielte ihre Lippen, und in ihren Augen lag wieder dieser sonderbare Schimmer.

Mein Gott, sie ist wirklich verrückt. Er trank den Kaffee in einem Zug aus und sah auf die Uhr. »Fast sechs. Er lässt sich wirklich Zeit.«

Rupert ging zur Verandatür und spähte hinaus in den Park. Es war noch immer dunkel, aber allmählich setzte die Dämmerung ein, allerdings regnete es stark.

»Scheußliches Wetter.« Er zündete sich eine Zigarette an und ging zurück zum Kamin.

Dillon erreichte das Dorf nach einer Fahrt von knapp zwei Stunden. Er fuhr an den massiven Toren von Dauncey Place vorbei und hielt eine Viertelmeile entfernt auf dem Parkplatz bei der Kirche, wo ungefähr ein Dutzend Autos standen, die wahrscheinlich den Bewohnern der umliegenden Häuser gehörten. Aus dem Kofferraum nahm er einen alten Burberry-Trenchcoat, setzte eine Kappe auf und machte sich auf den Weg.

Er hatte keinen festen Plan, sondern ließ einfach alles auf sich zukommen. Aus irgendeinem Grund musste er an Billys Heidegger-Zitat denken, dass zum authentischen Leben die entschlossene Konfrontation mit dem Tod gehört. War es das, worum es jedes Mal gegangen war? Ein irrwitziges Spiel, ständig auf der Suche nach dem Tod? Er schlenderte durch die Tore und die Auffahrt entlang. Es regnete kräftig, aber es wurde bereits merklich heller, und auf halbem Weg bemerkte er hinter einigen Buchen zu seiner Überraschung ein Flugzeug – Kate Rashids Black Eagle, die er im Aero-Club von Dauncey gesehen hatte.

»Na, das ist ja interessant«, sagte er leise und ging weiter auf das Haus zu. In der Bibliothek brannte Licht. Er verließ die Auffahrt und näherte sich im Schutz der Bäume dem Haus. Am Rand der Rasenfläche blieb er stehen.

Er sah, wie Rupert die Verandatüren öffnete und nach

draußen schaute, ehe er ins Zimmer zurückkehrte. Dillon wartete, bis er verschwunden war, ehe er weiterging.

In der Bibliothek jaulte Carl auf und stieß ein tiefes Knurren aus. »Such, Junge, such ihn«, befahl Kate Rashid, und der Hund rannte zur Verandatür hinaus. Sie blickte zu Rupert. »Du weißt, was zu tun ist.«

Er zog eine Walther aus der Tasche und schob den schweren Wandteppich neben dem Kamin zur Seite. Dahinter führte eine Tür zur Toilette. Rupert schlüpfte hinein und ließ den Wandteppich wieder zurückfallen.

Bellend stürmte der Dobermann über den Rasen auf Dillon zu, der einen Pfiff ausstieß, einen seltsam unheimlichen Laut. Abrupt blieb der Hund stehen. Dillon pfiff erneut, klagend und verloren, und der Dobermann schlich winselnd auf ihn zu.

»Siehst du, im Herzen bist du nur ein Miezekätzchen. Du wusstest nicht, dass ich diese Gabe habe, was? Deine Herrin auch nicht. Bist ein braver Junge. Komm, gehen wir zu ihr.«

»Was zur Hölle ist mit Carl los?«, fragte Rupert aus seinem Versteck.

»Ich weiß nicht.«

Dillon trat durch die Verandatür herein. »Gott segne alle hier. Mann, ist das ein Sauwetter.« Er zog seinen Burberry aus und nahm die Kappe ab. »Wie heißt er?«

»Carl«, erwiderte sie ruhig.

»Schimpf nicht mit ihm, Kate. Ich kann eben mit Hunden umgehen, das konnte ich schon von Kind an. Gibt es hier etwas zu trinken für mich?«

»Auf dem Sideboard. Ich weiß allerdings nicht, ob du irischen Whiskey findest.«

»Schon recht.« Er schenkte sich einen Scotch ein. Carl war ihm gefolgt und hatte sich neben ihn gehockt.

»Bemerkenswert«, sagte Kate. »Dabei sollen diese Biester angeblich die schärfsten Wachhunde der Welt sein.«

»Das liegt an meiner einnehmenden Persönlichkeit. Wo ist der gute Rupert?«

»In der Nähe.«

»Was für Leute er so einstellt … Newton und Cook waren wirklich die letzten Hampelmänner.«

»Da gebe ich dir Recht.«

»Ich sehe, du hast die Eagle hier geparkt.«

»Du weißt davon?«

»Gewöhnlich steht sie im Aero-Club von Dauncey, aber du hast ja hier ebenfalls eine Rollbahn, die du gelegentlich nutzt.«

»Ja, ich habe die Maschine gestern von einem Angestellten des Clubs herfliegen lassen.«

»Wohin soll es diesmal gehen? Wieder auf die Isle of Wight?«

»Gibt es eigentlich irgendwas, das du nicht weißt? Wo Rupert ist, zum Beispiel?«

»Ich bin sicher, er wird es mir im rechten Augenblick selbst verraten.«

Der Wandteppich wurde zurückgeschoben, und Rupert tauchte mit der Waffe in der Hand auf. »Der ist jetzt.«

Carl drückte sich an Dillon und knurrte bedrohlich. Dauncey richtete seine Walther auf ihn. Dillon hob warnend eine Hand. »Wenn du den Hund erschießt, töte ich dich persönlich.«

»Lass es, Rupert«, sagte Kate.

Dillon tätschelte Carl den Kopf. »Braver Junge. Geh jetzt

zu deiner Herrin.« Gehorsam trottete Carl zu Kate und setzte sich neben sie.

»Und nun?«, fragte Dillon.

»Oh, ich habe etwas Besonderes mit dir vor. Erschießen wäre viel zu gut. Das ist was für Leute wie Billy Salter.« Sie lächelte.

»Ach, ich sollte dir vielleicht verraten, dass Billy noch am Leben ist. Tut mir Leid, Kate. Ja, das ganze Unternehmen ist total schief gelaufen, nicht?«

Für einen Moment blitzte wilde Wut in ihren Augen auf. »Dann muss ich ihn eben noch einmal erschießen.«

Sie griff zwischen Polsterung und Sofalehne und zog eine alte deutsche Luger heraus.

»Dieses Ding hier ist seit dem Ersten Weltkrieg in der Familie. Paul hat mir als kleines Mädchen im Wald beigebracht, damit umzugehen.«

Dillon hatte seine Hände in die Hüften gestützt. Er hätte leicht die Walther aus seinem Gürtel ziehen und beide auf der Stelle erschießen können, zumal er sah, dass ihre Waffe gar nicht entsichert war, doch er tat es nicht. Auf gewisse Weise war es wie hypnotisierend, der schönsten Frau, die er je gekannt hatte, gegenüberzustehen, eine Frau, die vollkommen von Sinnen war, wie er jetzt begriff. Aber er hatte, wie in einem schlechten Traum, eine Rolle zu spielen und musste es zu Ende bringen.

»Du bist mir was schuldig, Dillon, du bist mir was für meine drei Brüder schuldig, die du umgebracht hast.«

»Nun, ich zahle immer meine Schulden.« Er hatte beinahe das Gefühl, selbst ein wenig verrückt zu sein. »Übrigens, die ist noch nicht entsichert.«

Kate Rashid untersuchte die Luger und entsicherte sie. »Besser so? Los, Rupert.«

Während sie Dillon mit der Luger in Schach hielt, legte Rupert seine Waffe auf den Tisch und zog eine Rolle Klebeband aus einer Schublade. »Umdrehen.«

Er band ihm die Hände auf den Rücken.

»Nimm ihm seine Waffe ab«, befahl Kate. Rupert zog die Walther aus der Tasche unter Dillons linkem Arm und legte sie auf den Tisch. »Sehr gut«, lächelte sie.

»Außer er hat noch eine dabei. Ich wette, ich weiß, wo sie ist.« Er tastete unter Dillons Jacke und fand die zweite Walther im Hosenbund. »Na bitte.«

»Und was jetzt?«, fragte Dillon.

»Ich nehme dich auf einen kleinen Flug mit und zeige dir mal, was für eine gute Pilotin ich bin.«

»Das klingt interessant. Ich bin selbst ein hervorragender Pilot, aber ich lerne immer gern etwas dazu. Fliegen wir nach Frankreich zum Mittagessen?«

»Rupert und ich vielleicht, aber für dich ist der Flug ein wenig kürzer.«

»Ach ja? So einfach?«

»Genau. Gehen wir.«

Rupert versetzte Dillon einen Stoß in den Rücken. »Tu, was man dir sagt, und ich verspreche dir, wir machen es schmerzlos.«

Kate Rashid warf die Luger auf den Tisch, schlang sich Dillons Burberry um die Schultern, setzte die Kappe auf und schloss die Verandatüren, ehe Carl hinausrennen konnte.

Es war inzwischen hell geworden, doch am Himmel hingen schwere graue Wolken, und der Regen prasselte auf sie herab. Zwischen den Buchen hindurch gingen sie auf das Rasenstück zu, wo die Black Eagle stand.

»Ein lausiges Flugwetter«, sagte Dillon. »Bist du sicher, dass du es so willst?«

»O ja.« Kate nahm die Schlüssel aus ihrer Tasche, schloss die Maschine auf, und Rupert versetzte Dillon einen Schubs.

»Rauf mit dir.«

Er schob ihn den Gang entlang und drückte ihn auf einen der letzten Sitze am Fenster. Hinter ihm befanden sich eine Toilette, ein Gepäckraum und ein aufblasbares Rettungsfloß.

»Jetzt schön brav sein.«

Rupert schloss die Tür, wobei er Dillon im Blick behielt und weiter die Waffe auf ihn gerichtet hielt. Kate Rashid startete die beiden Motoren. Das Flugzeug begann zu rollen, sie erhöhte das Tempo und hob schließlich ab. In knapp fünfzehn Metern Höhe überflog sie die Buchen am Ende der Rollbahn.

Rasch stieg sie auf neunhundert Meter. Tief unter ihnen hingen dunkle Regenwolken und Nebelschwaden, als sie die Küste erreichten und in Richtung offene See flogen.

Während Dillon scheinbar regungslos aus dem Fenster schaute, bemühte er sich, das Messer aus der Innenseite seines rechten Stiefel zu ziehen. Er bekam den Griff zu fassen, brachte das Messer in die richtige Stellung, und die rasiermesserscharfe Klinge zerschnitt mühelos das Klebeband. Er schob das Messer wieder in den Stiefel, streifte das Band ab und wartete.

Kate wandte sich um. »Jetzt, Rupert.« Sie ging auf ungefähr sechshundert Meter hinunter und reduzierte die Geschwindigkeit.

Rupert entriegelte die Tür und riss sie auf. Ein Schwall

kalter Luft stob herein. Er hielt in der linken Hand die Walther und zerrte Dillon von seinem Sitz.

Kate Rashid blickte erneut über ihre Schulter und lachte. »Nun kannst du in der Hölle verrotten, Sean.«

»Um Gottes willen, nein!« Dillon tat, als knicke er ein.

»Los, alter Freund, mach es dir nicht selbst unnötig schwer. Komm schon, hoch mit dir.« Im Aufstehen zog Dillon den Colt aus dem Knöchelhalfter und drückte Rupert Dauncey die Mündung an den Kopf.

In einer heftigen Explosion spritzten Knochensplitter und Blut durch die Luft, Dauncey ließ die Walther fallen und sank gegen die Wand neben der Tür. Dillon gab ihm einen Stoß, sodass er hinausfiel, und schloss rasch wieder die Tür.

Er wandte sich um und sah, dass Kate Rashid die Eagle auf Autopilot gestellt hatte und nach ihrer Handtasche griff. Sie zog eine kleine Pistole heraus, aber er sprang auf sie zu, entriss sie ihr und warf sie nach hinten ins Flugzeug. Hysterisch vor Wut ging sie mit den Fingernägeln auf ihn los. Dillon schlug ihr ins Gesicht.

»Hör auf! Reiß dich zusammen! Es ist vorbei.« Er kletterte auf den rechten Sitz. »Flieg uns zurück.«

»Zur Hölle mit dir!«

»Na gut, dann mach ich's.«

Dillon schaltete den Autopiloten ab, ging in eine Backbordkurve und hielt wieder auf die Küste zu, die zwei oder drei Meilen entfernt lag.

Anders als die meisten Flugzeuge besaß die Black Eagle einen Zündschlüssel. Kate griff danach, drehte ihn um und zog ihn heraus. Stotternd blieben die Motoren stehen. Kate schob das kleine Seitenfenster auf und warf den Schlüssel hinaus.

»So, Dillon! Jetzt fahren wir zusammen zur Hölle.«

»Das war sehr dumm. Aber es ist erstaunlich, wie weit man in einer dieser Kisten gleiten kann.«

Sie blickte hinaus in den Nebel und zur Küste hin. »Das schaffen wir nie. Wir landen im Wasser, und selbst wenn du das fertig bringst, wird ein so kleines Flugzeug nur anderthalb Minuten lang treiben.«

»Wohl wahr, aber da hinten liegt ein Rettungsfloß – und ich weiß zufälligerweise, wie man auf Wasser landet. Du auch?«

»Sei verflucht, Dillon!«

Sie waren inzwischen auf hundertachtzig Meter gesunken. »Ich will es dir sagen. Fahrwerk drin lassen und Landeklappen ganz ausfahren. Bei leichtem Wind und kleinen Wellen landet man gegen den Wind; bei starkem Wind und großen Wellen parallel zu den Wellenkämmen.«

Und dann waren sie dicht über der Wasseroberfläche, die Wellen waren nur klein, und er landete gegen den Wind. Die Maschine hüpfte über einige Kämme und blieb stehen.

»Komm«, befahl Dillon. Er kletterte aus seinem Sitz und öffnete die Tür, ging nach hinten, zog das Rettungsfloß hervor und warf es hinaus. Es begann sich automatisch aufzublasen.

Als er sich nach ihr umwandte, sah er, wie Kate gerade nach Rupert Dauncey's Walther griff, die durch die Schräglage des Flugzeugs an die Seite gerutscht war.

»Ich habe gesagt, ich will dich in der Hölle sehen«, schrie sie und drückte ab.

Dillon duckte sich hastig und sprang ins eisig kalte Wasser. Die Kugel hatte nur seinen rechten Ärmel gestreift. Rasch schwamm er auf das Floß zu und griff nach dem Tau.

Die Eagle hatte sich mittlerweile noch stärker zur Seite geneigt, und der Backbordflügel war bereits unter Wasser.

Kate Rashid saß noch immer im Cockpit, klammerte sich an das offene Fenster und brüllte ihm wüste Beschimpfungen zu. Dann hob sich das Heck hoch in die Luft, und die Eagle versank.

Dillon schaffte es zum Rettungsfloß und zog sich hinein. Neben einigen Kisten mit Notverpflegung lagen zwei Paddel. Er schob sie in die Ruderdollen. Das einzige Gefühl, das ihn beherrschte, war das sture Verlangen zu überleben.

Er begann auf die Küste zuzurudern, die weit entfernt in Nebel und Regen lag. Es war eine lange Strecke, aber nicht so weit wie der Weg, den Kate Rashid gegangen war.

HEYNE <

Das Buch

Lady Kate Rashid, englische Gräfin arabischer Abstammung, hat Einfluss sowohl in England als auch in der arabischen Welt. Nach dem Tod ihrer drei Brüder, die den amerikanischen Präsidenten ermorden wollten, erklärt sie ihren Feinden den *jihad*. Sie will die USA an einer ihrer Schwachstellen angreifen: der Ölversorgung – selbst wenn das die Vernichtung eigener Ölfelder bedeutet. Ihre weit reichenden Beziehungen ermöglichen es ihr, eine hoch qualifizierte Killer-Truppe zu rekrutieren und blitzschnell weltweit zu agieren. Sie lässt sowohl in England als auch im Nahen Osten ihre Gegner eliminieren und greift auch selbst zur Waffe. Der britische Agent Sean Dillon, ihr erklärter Erzfeind, sieht sich einer ebenbürtigen Kämpferin gegenüber …

Der Autor

Jack Higgins, 1929 in Belfast geboren, studierte nach einer kurzen Militärkarriere an der University of London Soziologie, Psychologie und Wirtschaft und machte seinen Doktor in Medienwissenschaften. Heute ist er ein gefeierter Bestsellerautor und lebt auf Jersey. Zahlreiche seiner Thriller wurden für das Kino verfilmt. Bei Heyne liegen von ihm vor: *An höchster Stelle* (01/13151), *Der Flug der Adler* (01/13318), *Tag der Rache* (01/13222), *Stunde der Angst* (01/13447) und *Auge um Auge* (01/13701).